DOGGY BAG

DU MÊME AUTEUR

Aux Éditions Bernard Barrault

50 CONTRE 1, *histoires*, 1981.
BLEU COMME L'ENFER, *roman*, 1983.
ZONE ÉROGÈNE, *roman*, 1984.
37,2 ° LE MATIN, *roman*, 1985.
MAUDIT MANÈGE, *roman*, 1986.
ÉCHINE, *roman*, 1986.
CROCODILES, *histoires*, 1989.
LENT DEHORS, *roman*, 1991 *(repris en « Folio » n° 2437).*

Aux Éditions Gallimard

LORSQUE LOU, 1992. *Illustrations de Miles Hyman* (« Futuropolis »).
SOTOS, *roman*, 1993 (« Folio » n° 2708).
ASSASSINS, *roman*, 1994 (« Folio » n° 2845).
CRIMINELS, *roman*, 1996 (« Folio » n° 3135).
SAINTE-BOB, *roman*, 1998 (« Folio » n° 3324).
VERS CHEZ LES BLANCS, *roman*, 2000 (« Folio » n° 3574).
ÇA C'EST UN BAISER, *roman*, 2002 (« Folio » n° 4027).
FRICTIONS, *roman*, 2003 (« Folio » n° 4178).
IMPURETÉS, *roman*, 2005.

Aux Éditions Julliard

ARDOISE, 2002.

DOGGY BAG, *saison 1*, 2005.
DOGGY BAG, *saison 3*, à paraître en 2006.
DOGGY BAG, *saisons 4, 5 et 6*, à paraître en 2007-2008.

Chez d'autres éditeurs

BRAM VAN VELDE, *Éditions Flohic*, 1993.
ENTRE NOUS SOIT DIT : CONVERSATIONS AVEC JEAN-LOUIS
ÉZINE, *Presses Pocket*, 1996.

PHILIPPE DJIAN

DOGGY BAG

Saison 2

roman

Julliard
24, avenue Marceau
75008 Paris

Ouvrage publié sous la direction de Betty Mialet

ISBN 2-260-01663-4

PRINCIPAUX PERSONNAGES

DAVID SOLLENS
42 ans. Frère de Marc.

MARC SOLLENS
41 ans. Frère de David.

IRÈNE SOLLENS
63 ans. Leur mère. Femme de Victor.

VICTOR SOLLENS
70 ans. Père de David et de Marc. Mari d'Irène.

ÉDITH
40 ans.

SONIA
20 ans. Fille d'Édith.

JOËL
25 ans. Ami de Sonia. De même que Odile (18 ans).

JOSIANNE
35 ans. Maîtresse de David. Infirmière.

CATHERINE DA SILVA
40 ans. Meilleure amie d'Édith. Directrice du magazine *City*.

ROBERTO
40 ans. Ami d'enfance des deux frères, d'Édith et de
Catherine.

BÉA
32 ans. Secrétaire des deux frères. A une sœur :
Martine (40 ans).

DOCTEUR BRADGE
58 ans. Médecin d'Irène, et accessoirement de
Victor.

VINCENT DELBORDE
La quarantaine, gay. Avocat des deux frères.

PAUL
45 ans. Ex-mari d'Édith. Beau-père de Sonia. A une
jeune maîtresse : Sylvie.

PÈRE JOFFREY
60 ans. Prêtre. Confident d'Irène.

MARGA et GILBERT DAMANTI
La cinquantaine. Nouveaux voisins de Marc et Édith.

1.

Irène regarda son fils droit dans les yeux et lui demanda ce qu'il comptait faire.

Elle n'était pas trop inquiète, cependant. David allait certainement baisser la tête.

Les baies étaient grandes ouvertes sur le jardin. Le soleil brillait. Elle se sentait forte. Plus forte que jamais. Chaque épreuve surmontée – ces derniers temps en avaient été assez riches –, chaque mauvais pas dont elle s'était tirée l'avaient galvanisée.

Levée de bon matin, pleine d'énergie, elle s'était préparée sans perdre une minute – son chignon, néanmoins, frôlait la perfection – afin d'attraper David au vol.

Pour finir, il baissa la tête.

« Eh bien quoi, n'es-tu pas content ? fit-elle. Avais-tu oublié qu'une femme pouvait tomber enceinte ? »

Elle leva les yeux au ciel, légèrement excédée. L'irrésolution congénitale qui frappait les hommes de cette famille, et la grande majorité des autres, aussitôt que l'on abordait les questions sérieuses, l'usait littéralement.

« J'avais cru comprendre que ta relation avec Josianne t'importait par-dessus tout. Y a-t-il un problème ? »

Les poings au fond des poches, David gardait la tête enfoncée dans les épaules comme s'il était coincé sous une forte averse.

« C'est toi, le problème, lui dit-il.

— Je le voudrais tant. Seigneur, je le voudrais tant. Ce serait tellement plus simple. »

En sortant, se dirigeant vers sa voiture, elle aperçut Élisabeth Dorflinger qui inspectait ses rosiers avec une grimace.

« Je me suis absentée trois semaines et regarde-moi ça ! »

Élisabeth avait le teint fichtrement hâlé et portait de lourds bracelets aux reflets aveuglants. Elle pestait contre ces jeunes jardiniers qui ne pensaient qu'à lui soutirer de l'argent, l'amadouaient avec leurs gentils sourires mais se foutaient de ses rosiers comme de l'an quarante. Elle soupira.

« Et toi, ma chérie, quoi de neuf ? »

Il y en avait tant à dire. Il y avait tant de choses à raconter. Durant une seconde, Irène se sentit submergée par une conscience aiguë de son fardeau et fut tentée de l'alléger en le partageant avec Élisabeth – en la mettant au parfum de tout ce qui était arrivé durant son absence, en lui relatant le vertigineux enchaînement de ces événements insensés. Néanmoins, elle se contenta de lui annoncer que Victor était à l'hôpital et que de ce pas, elle lui rendait visite, d'où cette sortie plutôt matinale qui devait lui permettre d'éviter le plus gros des embouteillages.

« Bon sang, soupira Élisabeth. Ce n'est pas rassurant, ce que tu me dis là. Je veux bien que Victor ait dix ans de plus que nous, mais tout de même. Dis donc, raconte-moi ça. On parle de le ponter ou quoi ? »

Il faisait déjà chaud. Les deux femmes étaient bras nus, sous un ciel limpide. En contrebas, le fleuve miroitait entre les ponts et les façades de verre scintillaient comme des cierges.

Victor Sollens avait subi une angioplastie. Dans le genre, il y avait pire. Bradge n'avait même pas jugé utile de le transférer dans l'une de ces cliniques privées où il avait ses habitudes. Ça ne valait pas le coup, avait-il expliqué. « Tu seras dehors d'ici deux ou trois jours, pas davantage. » Il avait claqué des doigts pour exprimer la brièveté de ce séjour dans un établissement public.

À son réveil, Victor avait constaté qu'il était en chambre double et que la fenêtre ne donnait pas sur un parc mais sur un mur de briques rouges sali par le temps. Jugeant cette situation intolérable – l'homme qui occupait le lit voisin n'avait pas le type franchement occidental –, Victor était sur le point de provoquer un esclandre lorsque soudain lui était revenu à l'esprit qu'il était grand-père. Il avait alors oublié tout le reste.

Plus tard, ignorant l'horrifiante côtelette de veau qui prétendait lui servir de repas, il avait appelé Irène puis s'était endormi avec le sourire aux lèvres car les nouvelles étaient plutôt bonnes.

Irène le trouva donc dans une forme tout à fait

acceptable pour un homme de soixante-dix ans qu'un accident cardiaque avait terrassé deux jours plus tôt. Son œil brillait d'un éclat vif, son teint, même, demeurait assez rose. Certes, il était vêtu d'une affreuse blouse qui lui servait de pyjama et il avait perdu de sa superbe, mais Irène n'était pas là pour flirter avec lui. Elle n'avait apporté ni journaux, ni fleurs, ni confiseries, ni rien de la sorte, car cet homme l'avait tout simplement anéantie autrefois.

« Je n'ai besoin de rien. Ta présence me suffit, lui déclara-t-il.

— Alors tant mieux, fit-elle en s'asseyant. Jolie chambre. »

Irène avait une montagne de griefs contre lui. Depuis quelque temps, elle se demandait même, à la lumière de certaines conversations avec Josianne, si Victor l'avait baisée correctement durant toutes ces années. Malgré tout, ce matin-là, elle ne pouvait s'empêcher de le considérer avec un embryon de bienveillance. Non qu'elle fût attendrie par cette matinée hautement lumineuse ou par le fait que Victor l'avait échappé belle. Il lui en fallait davantage. Mais tout de même, ce personnage impossible, cette brute égocentrique, cet inconscient. En faisant ce qu'il ne fallait pas faire, n'avait-il pas crevé l'abcès ? N'avait-il pas donné l'impulsion nécessaire ? N'avait-il pas conduit à une situation qui se présentait sous d'assez bons auspices, objectivement ?

En retour, elle résolut de l'éclairer sur les nouvelles dispositions des uns et des autres pour autant qu'elle-même en était informée.

« Mais ne t'emballe pas, lui dit-elle. Rien n'est

joué. J'admets que nous avançons dans la bonne direction, je ne le nie pas. Permets-moi cependant de rester méfiante. Permets-moi de rester vigilante. Je sais à qui nous avons affaire, figure-toi. »

Cette raideur qu'elle avait cultivée au fil des années, ce pli amer qui figeait son sourire et lui donnait un air dur, Victor en était fou à présent. Chaque jour le confirmait. L'attirance qu'Irène exerçait à nouveau sur lui relevait de la folie pure et simple. Il replia ses genoux sous les draps afin de dissimuler son érection au regard de ce diable de femme. Cette raideur, ce pli amer, cette froideur blonde, cette distance qu'elle imposait, Victor en devenait complètement zinzin.

« Se pourrait-il que tu sois bientôt apaisée ? fit-il du bout des lèvres. Serait-ce possible, Irène ? Es-tu en train de me dire que tu vas t'occuper d'autre chose que de tes deux fils ? »

Si elle avait perçu la moindre ironie dans les propos de Victor, Irène l'aurait assuré de son mépris, lui aurait aussitôt retourné quelque réplique cinglante. Mais il ne s'agissait que de stupide espoir, comme si elle allait enfin avoir du temps à lui consacrer. Il parlait tout à fait sérieusement. Il ne doutait de rien – la foi du charbonnier.

Elle détourna un instant les yeux. Cette remarque à propos de David et de Marc n'avait rien d'original. On lui en avait rebattu les oreilles, amis ou autres, depuis qu'elle les avait mis au monde. Son étonnante vigilance, son incommensurable dévouement, sa puissante fibre maternelle. Que d'imbécillités sur le sujet, que de crasse incompréhension n'avait-elle pas suscitées depuis ce qui lui semblait être la nuit des temps. Elle soupira secrètement. Elle regarda sans le voir l'homme de type asiatique qui occupait le lit voisin et qui était assoupi, la bouche grande ouverte. Elle prenait soudain conscience que les choses avaient changé. Elle se rendait compte qu'elle désirait désormais en finir avec tout ça. Que ses deux fils soient casés l'un et l'autre, peu importe avec qui, peu importe comment, mais chacun de leur côté car elle en avait assez quant à elle, et voilà qui était nouveau.

« Tu ne veux pas me répondre ? insista Victor.

— Je t'en prie. Mêle-toi de ce qui te regarde. Occupons-nous de les marier, c'est tout. Le plus tôt sera le mieux. Qu'il y en ait un au moins sur les deux. Au moins qu'il y en ait un.

— Mais oui. Entièrement d'accord. Tu sais, vivement que je sorte. Écoute-moi. C'est la jeune fille la plus sympathique que j'ai rencontrée. Tu finiras par en être folle, je le sais.

— Tu ne sais rien du tout. Garde tes navrantes prophéties pour toi. Laisse-moi décider de mon attitude. Ne t'occupe pas de mon attitude. »

Victor grimaça comme s'il s'était pris le doigt dans une porte imaginaire. À l'évidence, le paradis n'était pas encore en vue.

Le problème avec les bêtabloquants était qu'ils pouvaient rendre impuissant. Du moins était-ce le bruit qui courait et que Victor apprit avec effroi et stupeur de la bouche de son compagnon de chambre qui savait de quoi il parlait – le pauvre diable comptait ses érections sur les doigts de la main depuis qu'il ingurgitait ces maudits poisons.

Dans l'après-midi, bouillant encore de rage après le départ d'Irène, il sauta à la gorge du docteur Bradge qui le visitait par pure amitié. Pour un homme de soixante-dix ans, Victor Sollens avait encore du punch et il attira Bradge devant son nez, par ses revers, faisant choir le panama, et il lui jura qu'il allait le tuer. Que si jamais sa virilité subissait le plus infime préjudice à cause de ces fichus bêta-bloquants, Bradge allait le payer de sa vie. Mais Victor en voulait également à Irène, qui ne s'apprê-tait pas à faciliter les rapports à venir avec leur petite-fille et la mère de celle-ci en refusant obstiné-ment d'écouter son cœur.

Il tenait Bradge entre ses mains, à demi renversé sur le lit, mais c'était à Irène qu'il réservait son regard furieux. Il n'avait pas plus envie de devenir impuissant que, disons, que l'on vienne lui gâcher l'éclosion de sentiments qu'il découvrait à l'au-tomne de sa vie.

Il allait falloir la surveiller. Il allait falloir empê-cher Irène de nuire et aussi empêcher qu'on lui nuise, tant que chaque chose n'occuperait pas sa place. Combien de temps allait-il falloir à cette femme avant qu'elle entame une analyse objective de la situation et se rende à la joie et au bonheur que cette formidable jeune fille pouvait leur apporter ?

Il relâcha le docteur qui épousseta son chapeau contre sa jambe et jura qu'aucune preuve scienti-fique n'allait dans le sens que l'autre indiquait, lequel autre, s'agitant sur le lit voisin, voulait savoir, dans ce cas, pourquoi sa femme s'arrachait, façon de parler, les cheveux par poignées et se montrait nue à la fenêtre.

Malgré la chaleur – l'air climatisé était sans doute en panne et de gros ventilateurs datant de la guerre brassaient une soupe épaisse –, Victor enfila un peignoir léger, gris perle à manches courtes, en coton gaufré, que Bradge lui avait apporté, et il se mit à tourner en rond dans la chambre.

Le soir, au moment du repas – poisson pané ou jambon, purée de pommes de terre –, il effectuait encore les cent pas tandis que le ciel, que l'on apercevait en collant le front au carreau, par-delà le mur de briques, s'effondrait au creux des orangés et des mauves.

Il devait sortir de là en vitesse. Il avait pleinement conscience que sa place n'était pas ici. Il devait se rapprocher d'Irène coûte que coûte à présent. Il devait récupérer la position qu'il avait jadis occupée au sein de cette famille.

« Malheureusement, il ne suffit pas de le vouloir, déclara son voisin en coupant sa tranche de jambon. Croyez-moi. Je me suis trouvé, plus ou moins, dans votre situation. Je connais. Croyez-moi. J'ai deux filles. Ce qui est perdu est perdu. »

Victor grimaça et fit signe à l'Asiatique de se les garder, ses histoires. Il était huit heures du soir. En fait, il ne tenait plus en place, plus du tout, son impatience augmentait à mesure que le jour se couchait. Et on voulait le garder encore quarante-huit heures dans cette chambre.

« Il ne faut pas être si pressé d'y retourner, reprit

l'Asiate en baissant les yeux sur sa purée guère appétissante. Il ne faut pas en rajouter dans la souffrance. Oh ! non. Faites-moi confiance. Il ne faut pas payer plus que l'on ne doit. Il faut refuser de porter un fardeau encore plus lourd. C'est déjà bien assez comme ça. Oh ! là, là ! bien assez dur comme ça. On ne nous demande pas de jouer aux héros, vous savez. À moins d'être pressé d'en finir. »

Pendant ce temps-là, Victor avait ouvert un placard, enfilé chemise, costume et mocassins, mais il ne trouvait pas sa cravate bien qu'il eût fouillé dans toutes ses poches. Les propos du Chinois ne manquaient pas de sagesse, reconnaissait-il. Difficile pour Victor d'oublier que son cœur avait failli lâcher dans les bureaux de *City* deux jours plus tôt et qu'il devait *se ménager*, qu'il devait *observer un repos complet* au cours des prochains jours.

Allait-il devoir payer pour son empressement ? Allait-il s'effondrer à nouveau avant d'atteindre le bout du couloir, s'effondrer dans la porte à tambour, s'effondrer au milieu de la rue, aux pieds des passants, ou se faire écraser par une voiture, ou dépouiller puis laissé pour mort dans une ruelle ? Qui pouvait le dire ?

Victor Sollens sentit qu'une petite sueur glacée coulait dans son cou lorsqu'il quitta la chambre sous le regard perplexe de son déprimant voisin. Il s'aperçut, en descendant les escaliers, qu'il avait les jambes un peu molles. Dans le miroir du hall, il se fit peur : il avait l'air d'un vieillard. D'un vieillard faible et voûté et la maison se trouvait à trois kilomètres. Et les derniers cinq cents mètres s'élevaient

le long d'une forêt de sapins noirs qui découpaient le
ciel en dents de scie et il s'agissait d'une terrible
côte.

L'hôpital était excentré. Il faisait lourd et il n'y
avait aucun taxi en vue. Plus bas, quelques personnes attendaient à un arrêt de bus au-dessus duquel
tournoyait un nuage de lucioles et deux ou trois
papillons de nuit dont le vol semblait complètement
détraqué. Victor hésita puis se décida sans enthousiasme à rejoindre le petit groupe qui poireautait au
crépuscule.

Le simple fait de se tenir debout représentait un
exploit, se disait Victor. Il transpirait sous l'effort, le
regard fixé sur l'avenue d'où ne pointait aucune
lueur de bus, ni même aucun signe de vie en dehors
de quelques voitures qui tournaient au croisement
d'Élisabeth en direction de l'aéroport.

Il tâta son cœur, à la recherche de signes inquié-
tants, mais il ne trouva rien. Il se sentait soudain
épuisé après le flot d'énergie qui l'avait porté hors
de la chambre. Il se sentait comme un soldat blessé
qui retournerait au combat.

Il ne devait pas y avoir beaucoup moins d'une cinquantaine d'années que Victor Sollens n'avait pas
mis les pieds dans un bus, mais il ne le regrettait pas.
Une fétide odeur de transpiration flottait à l'intérieur
de l'engin qui avait fini par apparaître à l'horizon de
l'avenue, rampant tel un ver luisant dans la glu, si
lent qu'on pouvait croire qu'il était arrêté, qu'il
avançait centimètre par centimètre. N'importe qui
aurait pu mourir cent fois avant son arrivée. Les
sièges étaient durs. Le chauffeur était un jeune type

qui conduisait avec lenteur mais également avec brusquerie, aussi paradoxal que c'était. Parfois, une roue heurtait le trottoir ou c'était le rétroviseur d'une voiture en stationnement qui explosait à leur passage, tournoyait dans les airs comme une météorite.

Son front était moite. Il était contrarié de ne pas avoir trouvé sa cravate, de n'être pas très bien rasé ni bien coiffé, de sorte qu'il devait ressembler, songeait-il tandis qu'ils atteignaient le fleuve, à un vagabond ou au moins à la grande majorité des débraillés qui sillonnaient le pays.

Le bus le laissa pratiquement à l'embranchement de la route qui longeait les sapins et conduisait sur ce plateau où l'on trouvait les maisons les mieux situées, avec vue sur le fleuve et sur la ville, et au-delà, par temps clair, dans le lointain, sur la ciselure harmonieuse des montagnes, à l'ouest – plus que la maison elle-même, c'était cette vue qu'il regrettait, cette vue où il avait autrefois puisé une bonne partie de ses forces. Il soupira.

Il n'était pas fâché de descendre. Il remerciait le ciel de lui avoir épargné l'utilisation des transports en commun qui se révélait aussi peu réjouissante qu'il s'y attendait, aussi fastidieuse et pénible en raison de la promiscuité qui régnait, et désolante en raison des visages éteints et de l'ennui qu'ils véhiculaient par cette nuit claire de juin qui enserrait sa poitrine dans un étau.

Son cœur tenait bon, mais il avait les jambes comme du coton à l'idée des épreuves qui les attendaient si aucun effort n'était accompli de part et d'autre, s'il n'y avait pas une réelle volonté de signer une paix générale.

Il leva les yeux sur la maison dont les lumières scintillaient dans la nuit. Sûrement une demi-heure de marche en suivant la route, une sérieuse montée. Mais il était décidé à reprendre son ascendant sur Irène et il serra les dents.

Au premier virage, son pied glissa sans prévenir dans un fossé, il battit des bras puis roula dans la poussière, s'égratigna le front et les coudes. Il s'épousseta mais il n'y avait pas grand-chose à faire pour conserver un semblant d'allure, constata-t-il, son veston clair n'étant plus si clair, ses joues étant barrées d'ombres noires comme s'il sortait du fond d'un ravin.

Il n'était plus qu'un pauvre hère. La côte était rude. Houf, houf. Il adorait gravir cette côte au volant de son Aston Martin. Il avait l'impression de s'envoler, il se sentait tellement léger, tellement plein de réserves au volant de son bolide, tandis que là, ses vieilles jambes n'étaient pas à la fête. Ses vieilles jambes fatiguaient vite.

D'un autre côté, sa volonté était inébranlable. Il aurait attaqué n'importe quel pic, par n'importe quelle face, et autant de fois qu'il l'aurait fallu, si Irène y avait été juchée. Il voyait clairement son chemin, à présent, il le voyait s'illuminer et il n'avait pas l'intention de s'en écarter. Voilà qui était sûr.

Une demi-heure plus tard, il titubait sur les derniers mètres, coupant à travers le jardin avec la poitrine en feu. Il emprunta l'épatant escalier de bois qui menait à la véranda en grimaçant comme un

damné – il était victime d'un point de côté assez terrible qui lui vrillait la hanche. Dire qu'Irène était
passée par-dessus bord l'autre soir, songea-t-il en
s'accrochant à la rampe, faisant grincer les marches
sous ses pas. Dire que de telles choses pouvaient
effectivement arriver.

Il s'accorda une halte sur la dernière marche. Il
s'assit, le souffle court. Le teck brillait autour de lui,
le plancher avait des reflets gris argenté. Son cœur
battait. Il espérait qu'il n'avait pas fait l'idiot avec
ça. Derrière la baie, Irène traversait le salon en direction du bar. Elle ne pouvait pas le voir mais lui la
voyait parfaitement bien. Il se sentait à bout de
forces. Il sentait la noirceur de la nuit au-dessus de
sa tête. Il se sentait vieux. Alors qu'il ne la trouvait
pas vieille du tout. Et même plutôt magnifique pour
son âge. Archiattirante.

Tandis qu'elle se servait un verre, il se redressa.

Il attendit qu'elle revienne de sa stupeur et il lui fit
signe d'ouvrir.

Il tenta sans succès de balayer d'un geste les différentes observations d'Irène. Autant essayer d'arrêter
le vent avec un mouchoir de poche. Elle lui demanda
s'il était fou, elle lui demanda s'il était devenu *subitement* fou, ou s'il avait fait ça pour l'impressionner
ou Dieu sait quoi.

« Tu es ma femme. Tu es la mère de mes enfants.
Comment pourrais-je t'impressionner ? lui répliqua-
t-il. Nous nous connaissons mieux toi et moi que
n'importe qui au monde.

— Si tu le crois, tu commets une grosse erreur,

mon ami. Laisse-moi rire. Tu es venu pour me dire
ça ? »

Il se laissa choir lourdement sur le canapé.

« Est-ce que je peux boire un verre ? soupira-t-il.
Est-ce que tu peux me laisser souffler *une minute* ?
Est-ce que je n'ai pas le droit de venir dans cette
maison alors que la mort m'a frôlé, alors que la solitude m'étreint, alors que nous sommes *une famille,*
nom de Dieu ! »

Elle se planta devant lui, le buste légèrement en
avant, les deux poings calés aux hanches, prête à en
découdre.

« Mais qu'est-ce qui te prend, à la fin !... lâcha-
t-elle d'une voix grinçante. Pourquoi emploies-tu
des mots pareils ?

— Des mots ? Quels mots ?

— *Une famille.* De quel droit emploies-tu ces
mots ? *Une famille.* Comment peuvent-ils sortir de
ta bouche ? De tels mots. Dis-moi : es-tu devenu
cinglé ? »

S'il avait eu besoin d'une preuve qu'Irène n'avait
toujours pas digéré leur séparation et qu'elle lui en
tenait passablement rigueur, il l'avait. Il suffisait de
lever les yeux sur elle pour s'assurer qu'elle ne plaisantait pas – alors que la grande majorité des couples
autour d'eux avaient connu les mêmes problèmes,
s'étaient défaits, s'étaient séparés, s'étaient difficile-
ment supportés, survivaient tant bien que mal, tout le
monde savait ça, alors qu'est-ce qu'elle voulait, se
demandait-il, qu'est-ce qu'il avait fait de si énorme,
de si *abominable*, pour qu'elle refuse de lui pardonner avec un entêtement aussi farouche ? Ne lui avait-

il pas laissé la maison, ne lui avait-il pas assuré un confortable train de vie, n'avait-il pas conservé d'assez bonnes relations avec elle depuis qu'il l'avait quittée ? Allait-elle lui garder sa rancune jusqu'à la nuit des temps ?

« Écoute, lui dit-il, je suis vieux, je vais peut-être mourir. Écoute, il ne nous reste plus l'éternité... »

Elle s'en fichait. Tout le monde meurt un jour ou l'autre, répliqua-t-elle. Il sentit qu'elle était capable de le jeter dehors si elle le décidait. Qu'elle était capable de lui flanquer un tour de reins en le bousculant vers la porte. Il baissa la tête.

« Sers-moi un verre, veux-tu ? Accorde-moi un semblant d'hospitalité. »

Elle hésita. Au-dessus de Victor, de l'autre côté de la baie, la nuit était claire, et Irène, une seconde, le considéra d'un œil oblique. Il ne payait vraiment pas de mine. Dans son état, il avait parcouru tout ce chemin pour la voir et elle ne pouvait nier qu'elle en retirait un certain plaisir – elle lui avait autrefois juré, sans réellement y croire, qu'il reviendrait vers elle en rampant.

Elle attendit que leurs regards se croisent, puis elle tourna les talons sans ajouter un mot.

« Tu permets que j'utilise le canapé ? » soupira-t-il dans son dos cependant qu'elle montait à l'étage.

Le lendemain matin, il fut réveillé par le jour. Des flots de lumière se déversaient de tous côtés et des ondes de chaleur déformaient déjà l'horizon. L'aspirateur, à cette heure-ci, ronflait. La femme de ménage le propulsait d'un bout à l'autre du balcon. Elle dépliait les transats, ouvrait les parasols, secouait son chiffon au-dessus du jardin tandis qu'il se dressait avec difficulté sur un coude et clignait des yeux avec peine – la nuit les avait collés.

Irène était assise à la table. C'était terrible. Elle avait beau paraître plongée en pleine correspondance, Victor en était malade. C'était terrible. Un reflet dans la vitre lui confirma qu'il était hirsute, mal rasé, qu'une merde blanche séchait au coin de ses yeux, comme au coin de sa lèvre, il en jurait, et ce n'était pas son slip kangourou qui allait le rendre plus sexy, certainement pas. Il allait tout simplement l'effrayer – comme il s'effrayait lui-même quand il se dévisageait de bon matin, au saut du lit, pendant que Valérie Ardentropp, sa secrétaire, lui rappelait ses rendez-vous de la journée, comme il se désolait devant le miroir à trois faces de la salle de bains tandis que Valérie Ardentropp, sa secrétaire, de la chambre, poursuivait sa litanie aux oreilles d'un homme que le choc de sa propre vue foudroyait.

Chez lui, il avait une crème à base de placenta humain, qui était chère mais dont les effets étaient presque immédiats, raffermissant la peau et donnant au teint un sérieux coup d'éclat, cependant on aurait dit qu'il s'agissait d'une mauvaise blague, ce matin-là, on aurait dit que rien ne lui serait épargné, et il en ricana par avance.

« As-tu bien dormi ? » lui lança-t-elle d'un ton un peu trop jovial alors qu'il se pressait vers l'étage, décati, humilié, en butte à toutes les vexations imaginables, un drap froissé autour des épaules en guise de linceul.

Là-haut, dans le couloir, un genou replié, l'autre planté dans la moquette, David laçait en silence les chaussures de Géraldine. Il leva les yeux sur son père, sans abandonner sa besogne, puis les baissa en déclarant qu'il pourrait sans doute ramener l'Aston Martin dans le courant de la matinée.

« J'estime que c'est une angoisse assez légitime, plaida Victor. J'étais là-bas, dans cette maudite chambre éloignée de tout, et j'ai soudain eu peur que mon cœur ne me lâche de nouveau, et je sais ce que tu vas me dire. Mais ça ne se commande pas, David. Un homme a parfois besoin de visages et de lieux familiers, quoi qu'il en dise. »

David feignit n'avoir rien entendu. Il se releva et poussa Géraldine devant lui, le front bas, visiblement peu enclin à se laisser entraîner dans une conversation de cet ordre, à se mêler des angoisses et autres simagrées de son père.

« Ce que je dis t'intéresse ? » lâcha celui-ci.

David serra les mâchoires puis se pencha sur Géraldine et l'invita à descendre pour avaler son petit déjeuner sans perdre une minute, ce qu'elle fit.

« Écoute, commença-t-il, cette situation est déjà bien embrouillée. En tout cas, elle l'est suffisamment pour moi. Alors excuse-moi si je ne suis pas disposé à en débattre de bon matin. Je dois conduire Géraldine à l'école. Je n'ai pas le temps, d'accord ?

— Bien sûr. Mais sinon, comment te sens-tu ? »

Plus tard, sous la douche, Victor se demandait encore si David était satisfait ou non de la situation. Savoir ce que pensait vraiment David n'était pas plus difficile que de lire l'avenir dans le marc de café. Ni au sujet d'Édith ni sur le fait qu'il allait être père dans quelques mois. Impossible de savoir ce qu'il ressentait au juste.

Irène était assez confiante. Elle le répéta à plusieurs reprises tandis que le petit déjeuner se poursuivait sur la terrasse, à présent inondée de soleil, imprégnée du parfum des mimosas qui bourdonnaient au bas de l'escalier de la manière la plus agréable qui soit. Elle répéta que David, elle *sentait* qu'il allait tenir bon, *son instinct* lui disait que son fils, David, sans doute le moins mauvais des deux, le plus solide quelque part, allait tirer tout le monde d'un bien mauvais pas en épousant Josianne. Elle croisa les doigts.

« Et c'est ce qu'il veut ? C'est vraiment ce qu'il veut ? questionna Victor en se confectionnant une tartine de miel. En sommes-nous vraiment sûrs ? Veut-il vraiment épouser cette fille ? »

Le visage d'Irène s'assombrit, ses sourcils se froncèrent.

« Mais de quoi parles-tu, toi qui ne sais rien ? Toi qui avais mieux à faire que de t'occuper de tes fils. Je ne sais pas si tu t'en souviens. Je peux te rafraîchir la mémoire. Est-ce que tu es là pour poser tes questions stupides ? Je crois que tu arrives après la bataille. Tu sais, je crois que tu arrives de si loin que tes observations n'ont vraiment aucune valeur.

— Mais Irène...

— Mais Irène *quoi* ? Tu n'es pas d'accord ? »

Elle le fixait avec les yeux plissés. De toute évidence, il s'était engagé sur un terrain glissant, sur un chemin où elle était embusquée, prête à lui tomber dessus, et ce n'était absolument pas ce qu'il voulait, c'était la dernière chose qu'il voulait.

« Je veux simplement dire que le mariage est une affaire sérieuse. Qu'il n'est pas interdit d'y réfléchir. »

Elle alluma une cigarette et lui souffla la fumée à la figure – une vieille habitude qui le rendait vert de rage autrefois, et qu'elle employait presque, à présent, de façon systématique.

Victor devinait ses formes sous le chemisier. David allait sans doute se montrer à la hauteur de la situation, il y avait de bonnes chances pour qu'il le fasse, pour qu'il assume, c'était terrible, mais le plus important était ailleurs. Le plus important se tenait en face de lui, elle était bras nus, tellement incroyablement attirante qu'il s'en trouvait abasourdi – et que le sort de David ne pesait dès lors pas bien lourd dans la balance.

Lorsqu'il posait ainsi les yeux sur elle, lorsqu'il la fixait ainsi d'un regard brûlant qu'elle estimait assez ridicule, Irène s'interrogeait sur le vif regain d'attention dont elle était l'objet et elle se sentait partagée entre l'indifférence et la colère.

« Mais dis-moi une chose, fit-elle en examinant ses ongles. Réponds-moi. As-tu l'intention de semer le trouble dans son esprit ? »

Non, non, bien sûr que non. Loin de lui la moindre intention d'influer sur le cours d'événements qui se dirigeaient, autant qu'on pouvait en juger, dans la bonne direction.

« Il n'y en a pas d'autre, affirma-t-elle d'une voix presque tremblante. C'est la seule solution. David le sait très bien.

— Bien sûr. Tout à fait d'accord. Mais, dans ce cas, pourquoi semble-t-il d'aussi joyeuse humeur ? »

Irène haussa les épaules. Elle avança que ses garçons étaient des célibataires endurcis et qu'ils chérissaient tant leur fichue liberté que la simple évocation du mariage en faisait des poules mouillées.

Victor hocha la tête. Il cligna des yeux en examinant l'horizon au-dessus du fleuve, la circulation étincelante sur la voie express, le manège des prostituées tout en bas, le long de la rive, les crêtes verdoyantes qui ondulaient à la sortie de la ville, les quelques cimes enneigées dans le lointain, hérissées dans le ciel bleu. Quel homme sain d'esprit, se demandait-il, quel homme sain d'esprit aurait bien pu songer au mariage, au fait de *s'enchaîner* à une femme, *n'importe* quelle femme, sans prendre aussitôt ses jambes à son cou ? Sans filer séance tenante ?

Machinalement, il toucha son cœur en faisant une petite grimace. Et bien lui en prit. Sans aucun doute. Car touchant son cœur et lâchant sa petite grimace de cardiaque en sursis, il intercepta au vol, tel un éclair, le regard inquiet qu'Irène lui glissait tout à coup. Fantastique. Ce qu'elle disait était une chose et ce qu'elle ressentait en était une autre, songeait-il en se réjouissant de sa découverte tandis qu'elle sortait ses jambes de sous la table et les allongeait au soleil, parfaitement épilées. Fantastique. Absolument parfait.

« Écoute, se lança-t-il, j'aimerais utiliser le canapé durant quelques jours. Écoute, accorde-moi cette faveur. Tu sais, je pense à une rechute. On ne peut pas l'écarter. Je peux très bien être foudroyé dans une minute et je veux que tu sois avec moi. Je veux pouvoir t'adresser mes derniers mots en cas de pépin. Est-ce que ça te semble idiot ? Est-ce que c'est d'un romantisme échevelé, d'un vieux jeu insupportable, selon toi ? »

Elle sembla y réfléchir profondément, comme s'il lui demandait un énorme sacrifice. Puis elle déclara que s'il lui causait la moindre gêne, que si sa présence était la source du moindre tracas, de la plus petite déconvenue, elle le ficherait à la porte, sans autre avertissement. Au moindre mot de travers qui sortirait de sa bouche. Du vent. Elle le mettrait dehors sans état d'âme.

« Ne t'en fais pas pour ça, ricana-t-il. Je n'ai pas l'intention de te décevoir. Sûrement pas. Tu sais, j'apprécie ton geste. Ça me semble important que tu le saches. Que je l'apprécie beaucoup.

— Je ne veux pas t'avoir dans les jambes. Ne l'oublie pas.

— Sois tranquille. Je compte rester la plupart du temps sur la terrasse. Avec deux ou trois magazines. Dis-moi ce que tu en penses. »

En fin de matinée, David gara l'Aston Martin devant la maison. Lui aussi considérait que Victor n'était pas très malin, que son périple nocturne n'amusait personne, au contraire, que traverser la ville comme il l'avait fait ne méritait même pas qu'on en discute.

Il claqua la portière de l'Aston un peu fort. Les épaules de Victor se crispèrent une seconde. Décidément, songea-t-il, tout le monde est sur les nerfs, dans cette maison.

Mais il était satisfait d'être là. Il se félicitait d'être là, aux premières loges. Contrairement à l'image qu'Irène avait de lui. C'était la preuve que cette famille lui tenait à cœur, contrairement à ce qu'elle pensait.

En fait, elle ne savait pas quelle drôle de chose s'était emparée de lui depuis qu'il avait eu la révélation de l'existence de Sonia. Lui-même n'en avait pas exactement conscience. Mais une chose était sûre : il n'allait pas se contenter de rester à l'écart. Il n'allait pas rentrer chez lui et attendre de recevoir des nouvelles par la poste. Son humeur, également, n'était plus aussi maussade qu'à l'ordinaire. Il n'était plus tout à fait le même homme, pour ainsi dire.

Élisabeth Dorflinger apparut de l'autre côté de la haie, coiffée d'un chapeau de paille qu'ornait un large ruban de satin vert bouteille.

« Je te croyais à l'hôpital, fit-elle tandis que David s'éloignait vers la maison. En tout cas, tu n'as pas très bonne mine. Irène m'a dit qu'on t'avait transporté aux urgences, non ?

— J'ai une cicatrice qui part de mon nombril et remonte jusqu'à ma gorge. Est-ce que tu veux la voir ? »

Le soleil brillait. Ils restèrent un instant à observer David qui franchissait le seuil de la maison, la mine plus grise que jamais.

« Ne te fatigue pas. Je suis au courant des bruits qui courent, déclara-t-elle. Tu viens voir comment ça se passe ? »

Un quart de siècle plus tôt, au cours d'une soirée arrosée chez les Blutte, Victor avait tringlé Élisabeth Dorflinger derrière un bosquet d'aubépine, mais cela n'avait pas altéré leurs relations de bon voisinage – qui s'étaient étoffées avec le temps, ils s'offraient des chocolats à Noël et William Dorflinger, son mari, qui sucrait à présent les fraises dans un établissement spécialisé situé à la montagne, avait été un compagnon relativement honorable, un assez bon joueur de golf, et Victor le regrettait.

« Eh bien, Élisabeth, de quel avis es-tu donc ? Va-t-il réellement épouser cette fille ? Ce garçon a-t-il davantage qu'un petit pois en guise de cervelle ?

— Quoi qu'il en soit, cela semble convenir à Irène. J'ai cru le comprendre. C'est donc une option non négligeable. Ne la néglige pas. William serait là, il te le dirait. »

Les nouvelles circulaient vite. À peine arrivé chez lui, à peine avait-il sauté de l'Aston Martin et mis un pied dans son duplex, que Valérie Ardentropp, sa secrétaire, et ancienne maîtresse elle aussi, se penchait par-dessus son bureau et l'interrogeait sans plus attendre sur le futur mariage de David avec son infirmière.

« Aide-moi plutôt à remplir une valise, lui répliqua-t-il. Je vais m'installer là-bas pour quelques jours. »

Pendant ce temps, l'après-midi avançait. Préparant son paquetage à l'heure où le soleil incendiait les alentours, à demi aveuglé, il ne pouvait s'empêcher de penser à la vraie dimension que prenait ce voyage dans l'autre sens, de l'éloignement vers le rappro-

chement, à son extrême importance au regard de son
nouvel état d'esprit.

À présent, il regrettait d'avoir été infidèle, d'avoir
toujours été partant pour une promenade en voiture
qui se terminait bien souvent sur la banquette arrière,
d'avoir été si commun et si faible, alors qu'il avait ce
qu'il cherchait à sa portée, fût-elle un peu trop têtue,
un peu trop vindicative, et parfois même exaspé-
rante, mais finalement tellement irrésistible, tellement indispensable. Cette sacrée femme. Il s'était
trop dispersé. Sa vue avait été brouillée par on ne
savait quoi. Il avait couché avec de nombreuses femmes, avait monté son affaire, s'était joliment enrichi,
etc., et tout cela lui avait demandé du temps, en tout
cas beaucoup trop de temps pour qu'il puisse se
consacrer à autre chose.

« Et tu espères sans doute profiter de la situation
pour te remettre avec elle ? Eh bien, celle-là, c'est la
meilleure que j'aie entendue.

— Peut-être. Mais garde tes réflexions pour toi.
Ne viens pas m'emmerder avec tes considérations à
la gomme. »

Les lèvres pincées, elle l'aida dans ses préparatifs,
le pourvut de slips et de chaussettes qu'elle rangea
soigneusement dans cette valise qui la rendait nerveuse.

« Tu ne comprends donc pas où est ma place ? lui
dit-il. Tu vas utiliser tous les mouchoirs de la maison ? »

Elle redressa la tête, le fixa d'un air courroucé.

« Qui donc t'a rendu ta première visite à l'hôpital ? Qui s'est occupé de toi ? Qui t'a soigné durant

toutes ces années ? Qui s'est occupé de ton dos ? Et c'est ainsi que tu me traites ? »

Il la considéra d'un œil étonné. C'était la première fois qu'elle lui répliquait sur ce ton et Dieu sait qu'il n'avait pas toujours été tendre avec elle, Dieu sait qu'il lui avait souvent donné motif de se plaindre.

« Mais Valérie, qu'est-ce qu'il t'arrive ?

— Est-ce que tu vas me renvoyer ?

— Bien sûr que non, je ne vais pas te renvoyer. En voilà, une idée. Tu es ma secrétaire et...

— Je suis *davantage* que ta secrétaire. Je suis *un peu plus* que ta secrétaire, il me semble. Inutile d'être cruel, tu sais. »

Victor la considéra en songeant qu'il lui faudrait sans doute la remplacer un de ces jours car tout ceci n'était pas sain. Irène pouvait être mise au courant de certaines choses qu'il jugeait à présent plus prudent de tenir cachées – eussent-elles daté d'un passé lointain qui n'avait aucune raison de remonter à la surface, sinon pour lui nuire.

Valérie Ardentropp portait un tailleur ultracourt et se servait d'un rouge à lèvres lumineux, mais les effets qu'elle provoquait autrefois chez Victor avaient disparu à tout jamais.

« Écoute-moi, Valérie, il y a trente ans, j'étais une autre personne. *Tu* étais une autre personne. Ce que nous avons fait tous les deux il y a trente ans n'a plus aucune espèce d'existence. Tu entends ce que je te dis ? C'est bien trop loin. Alors n'y pense plus. Je n'accepterai pas que tu me fasses une scène. Que ce soit clair. »

Elle lui préparait de splendides petits déjeuners,

portait ses affaires au pressing, prenait tous ses appels, rédigeait son courrier, le déchargeait des corvées quotidiennes, mais pour autant, malgré tout, elle n'était pas plus à l'abri qu'une autre si elle lui cassait les pieds.

Il lui tendit la boîte de Kleenex, puis lui tourna le dos et se pencha sur les photos de Sonia qu'il avait épinglées à la tête de son lit. Il avait hâte de la revoir.

Au même instant, les poings de Valérie s'abattirent dans son dos. En cascade.

Incroyable. Il n'en revenait pas. Il était stupéfait. Jamais il n'aurait cru qu'une telle chose puisse arriver. Dix mille jours s'étaient écoulés depuis la fin de la liaison qu'ils avaient entretenue tandis qu'Irène s'occupait de ses fils – tandis qu'Irène regardait grandir ses fils en applaudissant des deux mains, totalement sous le charme. Il aurait pu prendre une demi-douzaine de maîtresses, à cette époque, elle ne se serait aperçue de rien car elle naviguait dans la stratosphère. Quoi qu'il en soit, trente années étaient passées, trente, et cette navrante histoire resurgissait. Il fallait se pincer pour le croire. Valérie était en train de piquer une crise de nerfs, ni plus ni moins. Une invraisemblable crise de nerfs. Martelant le dos de Victor de ses poings serrés, animée d'une rage étonnante, elle pleurait et gémissait sans retenue. De quoi alerter tous les voisins. Il en tomba assis sur le lit.

Puis à son tour, lui saisissant les bras, il la secoua vigoureusement – exercice au cours duquel il s'aperçut qu'il était plus faible qu'il ne l'imaginait et qu'il n'était plus qu'un vieillard que la débilité emportait toujours plus loin.

« Mais nom d'un chien de nom d'un chien ! lâcha-t-il entre ses dents. Sapristi. Es-tu devenue folle ? »

Il employa le quart d'heure qui suivit à la calmer. Il l'entraîna hors de sa chambre et l'allongea sur le canapé du bureau pour qu'elle revienne à la raison et se détende tandis qu'il allait lui chercher une bouteille d'eau minérale.

L'ennui était qu'elle était devenue indispensable. Inutile de se voiler la face. La cuisine baignait déjà dans une demi-pénombre. Des fenêtres, qui s'ouvraient au-dessus des immeubles alentour et des jardins baignés par le crépuscule, on avait une assez bonne vue sur l'auditorium dressé au bord du fleuve, un bâtiment blanc en forme de boîte à sucre hémisphérique, modulable, qui avait coûté trois fois le budget que la municipalité avait annoncé mais ne manquait pas d'attirer les touristes, en particulier les amateurs de concerts en plein air, classiques ou autres. Il décapsula une bouteille d'eau pétillante qui siffla.

Victor Sollens avait signé un chèque de cinquante mille euros pour cet auditorium.

Il promit à Valérie de l'y emmener un soir si elle cessait ses pleurs et se montrait raisonnable. Une grande fille.

« Que je dorme ici ou ailleurs, quelle importance ? Réfléchis un peu. »

Valérie Ardentropp était à moitié toquée, bien entendu. Rares étaient celles qui dépassaient la cinquantaine sans perdre la moitié de leurs neurones en route, avait-il remarqué. Si bien que les larmes de Valérie coulèrent de nouveau à l'idée qu'elle n'aurait plus l'occasion de lui préparer son petit déjeuner, de lui préparer son jus de fruits, de lui apporter la presse. Vraiment n'importe quoi, songea-t-il en lui caressant la main mais en regardant ailleurs. Elle était à présent une vieille fille qui portait des jupes courtes, profondément pathétique avec ses mouchoirs trempés, mais définitivement indispensable.

Sur le chemin du retour, il ne parvint pas à penser à autre chose. La réaction de Valérie ne l'amusait pas. Qui savait de quoi elle était capable ? Qui savait quelles sottises elle avait ruminées durant toutes ces années ? Il se souvenait du fort séisme qui avait secoué la ville quelques années plus tôt, en pleine foire annuelle. Elle s'était jetée dans ses bras et l'avait solidement étreint pendant de longues minutes, pas suffisamment pour l'étouffer mais pas loin. Il revoyait la scène avec une étonnante précision. Elle avait enroulé ses jambes autour des siennes. À l'époque, il n'avait fait aucun commentaire. Tandis que de la poussière voletait encore autour d'eux, que le lustre du bureau se balançait encore au-dessus de leurs têtes et que les premières sirènes éclataient au-dehors, il l'avait écartée de lui sans un mot, feignant ne s'être aperçu de rien alors qu'elle était rouge comme une tomate. Bien sûr. En cherchant bien, on pouvait trouver d'autres détails révélateurs, d'autres preuves du mal qui habitait cette pauvre Valérie depuis bientôt trente ans. Il espérait n'avoir pas commis d'erreur en négligeant la chose.

Le soir tombait. La circulation s'amplifiait. À l'intérieur de l'Aston Martin, il se sentait comme à l'intérieur d'un nid. On ne pouvait qu'apprécier la perfection susceptible d'être atteinte en réglant l'air climatisé, précis comme une horloge, l'insonorisation de l'habitacle, la qualité du cuir qui revêtait les sièges, ainsi que les milliers d'autres avantages qui contribuaient à la satisfaction du propriétaire d'un tel véhicule. Aussi Victor, derrière son volant, se refusait-il à envisager un supplément d'épreuves, repoussait-il l'éventualité d'une de ces mauvaises surprises qui ne pouvait qu'échoir à un type malchanceux, ce qu'il n'était pas. Il l'avait prouvé.

Il le prouverait une seconde fois en reprenant sa place dans la famille et en regagnant le cœur d'Irène. Après quoi, il pourrait pleinement profiter de sa petite-fille, il allait pouvoir se consacrer à de nouvelles choses. Désormais, les quelques années qu'il avait passées hors de chez lui semblaient avoir duré mille ans.

2.

Marc avait décidé de ne pas la brusquer. De lui accorder le temps nécessaire – il lui en fallait un peu lui-même.

Il avait été bien inspiré de la sauver des flammes.

Rien n'était plus difficile que de savoir ce qu'elle pensait. Édith prétendait qu'elle était confiante car Sonia ne s'était pas braquée, ce qui représentait en soi une véritable victoire quand on la connaissait.

« Hé, toi, là-bas ! lança Marc. Descends de cet arbre. Va voir chez les voisins si j'y suis ! »

Il s'en prenait au jeune obèse qui passait son temps à les espionner, quelquefois avec son outil à la main, du figuier qui poussait derrière le mur, un figuier touffu, de belle taille. Le petit gros grommela avant de filer à l'anglaise – il n'était pas si docile avec les femmes –, dégringolant comme une grosse balle entre les branches.

« Elle me plaît, reprit Marc en s'éventant d'un magazine. Ça au moins, j'en ai la certitude. Elle me convient parfaitement. Je n'en aurais pas voulu une autre, il me semble. »

Il se rendait bien compte qu'Édith n'avait pas ce problème, qu'elle ne pouvait donc pas comprendre ce qu'il ressentait. S'il avait ou non une fille, cette histoire de paternité. Il ne s'y était pas *exactement* préparé, pour dire la vérité.

Il s'agissait d'une sensation étrange. Dont il n'avait pas envie de parler, pour le moment. Il avait plaisanté dès le premier soir, à propos de leur premier face-à-face qui avait consisté à rouler l'un sur l'autre dans l'herbe et jusqu'au milieu d'un potager, noirs de suie, mais ils ne s'étaient pas mis à en rire aux éclats. Ils s'étaient aimablement souri.

Il ne pensait pas tout le temps à elle, mais il y pensait plusieurs fois par jour.

Il était d'accord pour pratiquer les tests nécessaires puisqu'elle voulait savoir, mais il avait quand même sa petite idée sur la question.

« Inutile de me regarder comme ça, soupira Édith. Ça ne te paraît pas possible et pourtant ça l'est. Je te le jure. »

Il ne la croyait pas. Il ne saisissait pas très bien pourquoi elle essayait de lui faire croire que son instinct de mère, son instinct de *procréatrice*, flanchait sur une question aussi brûlante. En tout cas, cela ne l'empêchait pas d'avoir plus que jamais envie d'épouser Édith, d'en faire sa femme une bonne fois pour toutes.

Depuis quelques jours, prétextant des rendez-vous en ville qui laissaient Béa incrédule, il visitait en secret des maisons et ses intentions ne variaient pas. Il ne ressentait aucune appréhension, même légère, même naturelle, à l'idée de chambouler sa vie de

fond en comble. Certes, il se trouvait devant une
option qu'il avait toujours espérée, toujours voulue,
mais il n'était pas mécontent de vérifier sur place,
au-delà des mots, ce que cela signifiait exactement,
concrètement, oubliant les jacasseries de la femme
de l'agence qui semait son parfum dans toutes les
pièces et arpentait les parquets de ses solides mollets
pour aller ouvrir des fenêtres qui, suivant les instruc-
tions précises de Marc, devaient donner sur le fleuve.
Invariablement magnifique, sous tous les angles,
sous quelque luminosité que ce soit. En fait, tout ce
qui se trouvait à l'ouest du pont Lafayette, sur la rive
droite, et s'étendait sur un bon kilomètre en amont.
De loin ce qu'il y avait de plus agréable.

La femme de l'agence déclarait que les prix étaient
justifiés. Tout le monde voulait une vue d'enfer,
mais, la plupart du temps, la liste des candidats à la
propriété s'éclaircissait dès qu'un chiffre était lancé.
Quand elle souriait, elle découvrait de longues dents
très blanches, complètement disproportionnées.

Édith apporta des boissons fraîches, mais il était
encore sous le coup des difficultés que la banque faisait pour lui débloquer les fonds nécessaires. Il
devait prendre son mal en patience car le directeur
était parti en week-end avant que la situation soit
éclaircie, néanmoins la tension qui habitait Marc
provenait bien davantage de cette maison qu'il avait
visitée pour la seconde fois, de bon matin, que de
l'envie de corriger son banquier, de lui faire rendre
gorge comme il le méritait.

Il s'agissait d'une villa de type moderne qui sem-

blait parfaitement convenir à leur besoin d'espace,
de confort, de calme et de standing, d'après lui.

« Quoi qu'il en soit, je me sens tout à fait comblé,
déclara-t-il en l'attirant sur ses genoux. Je ne sais
pas si j'ai eu l'occasion de te le dire. »

Il faisait chaud. Ils s'embrassèrent farouchement.
Un gloussement en provenance du figuier força
Édith à repousser une main qui se glissait à l'inté-
rieur de son short.

Il ne lui avait pas dit qu'il cherchait une maison,
mais dès qu'elle poussa la porte, dès qu'elle entra et
s'avança dans le salon, elle fut aussitôt conquise et
ravala certaines observations qu'elle comptait soule-
ver concernant une décision qui était prise de manière
unilatérale et qui, sans vouloir donner trop d'importance à l'incident, n'augurait pas très agréablement
de la suite.

Les baies s'ouvraient sur le fleuve qui resplendissait derrière les joncs dont les bouquets soyeux se
balançaient dans l'air tiède en compagnie des saules.
Bien sûr, elle en avait le souffle coupé. Sur la rive
opposée, dans la boucle du fleuve, se dressaient
quelques buildings tout à fait splendides dont l'un en
forme d'hélice taillée dans un bloc de verre translucide et un autre que l'on aurait dit gonflé comme un
matelas pneumatique, tout en rondeurs, sans oublier
la silhouette gracieuse de l'auditorium et la tour
Nelson Mandela, cylindre d'acier poli au sommet
duquel se trouvait le plus haut poste d'observation
de toute la ville, une terrasse où se bousculaient les
touristes et les couples indécis.

« C'est ce qu'il nous faut, n'est-ce pas ? » déclarat-il sobrement tandis qu'ils visitaient l'étage et qu'elle appréciait chaque détail, le moindre mitigeur, la moindre poignée de porte.

Elle rayonnait littéralement. Marc souriait, mais on aurait dit qu'il se soumettait à une formalité agréable et rien de plus.

Il expliqua en riant qu'il ne s'agissait encore que d'une maison vide et jura qu'il était le plus heureux des hommes.

Il le répétait de plus en plus fréquemment.

Au lit – même si les choses se passaient en dehors du lit, la plupart du temps –, il se montrait un si ardent partenaire qu'elle n'avait aucune raison de mettre sa parole en doute. Au contraire, il semblait que leurs ébats gagnaient en intensité, qu'il la désirait chaque fois davantage. Au matin, ils étaient fourbus – sa gynécologue lui avait prescrit une pommade pour les rougeurs et lui avait conseillé, esquissant un clin d'œil amical, d'espacer les pénétrations anales, dans la mesure du possible, si elle voulait s'épargner quelques petits soucis inhérents à l'exercice.

Ils n'allaient pas attendre cent sept ans pour se marier. Une nouvelle vie allait donc commencer ici même, entre ces murs, et Édith ne pouvait s'empêcher de s'émouvoir.

« Enfin, je ne comprends pas..., fit-elle en souriant avec hésitation. Je ne comprends pas comment tu peux rester insensible à...

— Insensible ? Non, non. Détrompe-toi. Je sais très bien où nous nous trouvons, en ce moment. Je

sais ce que ça représente, rassure-toi. J'en suis parfaitement conscient. »

Il la serra contre son épaule. Il avait l'impression
d'être heureux. Car elle allait lui apporter ce qui lui
manquait, cela ne faisait aucun doute. Assis sur les
marches du perron, face au fleuve, ils espéraient tous
les deux avoir une vie plus vaste et cette maison présentait de nombreux avantages. À différents niveaux.
Il soufflait un air doux, les joncs bruissaient, la
girouette – ange embouchant une trompette – grin-
çait faiblement. Pour sa part, Marc jugeait qu'ils
pourraient emménager rapidement, aussitôt que les
peintures auraient séché, et il prenait conscience de
combien tout cela lui avait manqué et ce constat le
rendait confiant.

Ils refermèrent les volets et les portes.

Le lundi matin, à la première heure, il se présenta
devant le directeur de sa banque, et dix minutes plus
tard, tout le monde entendait que ça chauffait dans le
bureau de celui-ci. Marc avait une voix forte et cas-
sante. Certains se demandaient si les corniches enlu-
minées qui ornaient le plafond n'allaient pas s'effri-
ter puis tomber en poussière sur le sol de marbre
blanc ou encore les vitres voler en éclats.

L'homme qui avait attiré cette colère sur sa tête
n'en menait pas bien large. Il cramponnait les accou-
doirs de son fauteuil, sans doute prêt à bondir vers la
sortie, mais cependant, étonnamment, il ne revenait
pas sur sa décision, il secouait négativement la tête,
plus borné et buté qu'une vieille mule bramant au fin
fond de la campagne.

Il n'était pas très difficile de comprendre ce qui se passait. Vincent Delborde, leur avocat, les avait prévenus. Il avait expliqué aux deux frères qu'intenter un procès à la mairie n'irait pas sans causer quelques désagréments aux plaignants. Il ricana au téléphone lorsque Marc lui raconta ce qui se passait. Il ricana de son ricanement d'avocat. Il invita Marc à venir boire un café dans son bureau perché au vingtième étage et il lui déclara que le cabinet perdait quelques clients lui aussi.

« Mais c'est assez bon signe. J'aime plutôt ça, vous savez. Je crois qu'ils veulent *absolument* obtenir un arrangement. Ils savent où nous voulons en venir. Et ils n'ont pas tort de s'inquiéter. » Il étala quelques dossiers sur son bureau. « Voilà ce que nous avons trouvé, ces quinze derniers jours. Et sans beaucoup chercher. Scandales immobiliers, transactions douteuses, manœuvres d'intimidation, pots-de-vin, détournements... Le maire et toute son équipe. Tous impliqués à des niveaux divers. Nous avons l'embarras du choix. »

Marc l'observait et se disait qu'ils avaient mis la main sur le meilleur avocat de la ville.

Que Delborde soit pédé ne le gênait pas, tant qu'il devinait en celui-ci une bonne dose de pugnacité. Il pouvait être ce qu'il voulait, se disait Marc, du moment qu'il leur faisait gagner ce fichu procès. Pratiquer la zoophilie si ça l'amusait, ou la nécrophilie de façon régulière, à condition de les mener à la victoire.

Vincent Delborde estimait que le procès n'aurait pas lieu avant l'automne et qu'ils devaient s'attendre à souffrir. Marc opina sans desserrer les dents. Le soleil brillait au-dehors, inondait le bureau de l'avocat, mais Marc ne sentait pas sa chaleur, ne percevait rien de ses rayons. Il aurait dû être en train de jubiler car la femme qu'il avait attendue pendant vingt ans était de retour et il allait l'épouser et emménager avec elle et devenir un autre homme et avoir une conduite irréprochable. Il aurait dû être en train de marcher dans les rues en sifflant, les mains dans les poches.

Il portait un polo à manches courtes qui laissaient apparaître ses bras vigoureux, les poils blonds de ses avant-bras sur lesquels Vincent Delborde évitait de poser les yeux.

« Si nous parvenons jusqu'au procès, votre frère et vous serez les premiers à leur avoir tenu tête. Beaucoup de gens vous en seront reconnaissants. Croyez-moi. Personne n'a encore eu le courage ou les moyens d'aller jusqu'au bout, personne, je vous le répète. Enfin, voilà. J'espère que ce ne sera pas trop dur. »

À son tour, Marc souhaita que le cabinet n'ait pas à subir trop d'ennuis, mais Vincent écarta ce vœu pieux d'un geste sans appel, n'espérant pas, déclarat-il, ne souhaitant pas du tout passer entre les gouttes. Au contraire. Estimant qu'ils devaient porter un fardeau semblable pour gagner en cohésion, pour être animés d'une même colère, d'un même désir de monter à l'assaut.

« Je vais vous indiquer une banque qui se fera un plaisir de vous aider, déclara l'avocat en griffonnant quelques mots sur une carte de visite. Allez-y de ma part. Ils font partie de nos amis.

— De nos amis ? feignit de s'inquiéter Marc avec le sourire aux lèvres. De nos amis, Vincent ? Dites-moi, mon vieux, dans quoi essayez-vous de m'embarquer ? »

Vincent croisa les mains sur son bureau et lui renvoya son sourire.

Dans l'ascenseur, étincelant, horrible musique, Marc se trouva bientôt à côté d'une jeune femme qui lui donna l'impression qu'ils descendaient vers le centre de l'enfer. N'y tenant plus, il lui adressa la parole et, lorsqu'ils atteignirent le rez-de-chaussée, ils poursuivirent leur conversation jusque dans la rue et s'engouffrèrent dans une brasserie.

Il n'écoutait pas vraiment ce qu'elle disait. Il n'avait jamais eu besoin d'écouter ce qu'elles disaient durant toutes ces années. Il repérait aussitôt ce genre de femme. Disponible pour une aventure, bouillant intérieurement, prête à écouter toutes les sornettes qu'un type pouvait débiter – surtout s'il était bourré de charme et d'intentions malhonnêtes.

Ils échangèrent leurs numéros de téléphone. Elle travaillait pour un autre cabinet d'avocats, trois étages en dessous, et elle savait qui était Marc, toute la profession était au courant de la procédure qui se mettait en place, et elle le regardait droit dans les yeux afin de lui faire comprendre qu'elle n'était plus qu'une fille sans défenses attendant d'être cueillie sur une branche basse et dévorée vivante.

Il pensa qu'un ange devait veiller sur lui, car, de lui-même, il n'aurait pu se sortir de ce mauvais pas.

Il envisageait déjà de glisser une main sous la table
ou de l'emmener dans les bois comme il le faisait
généralement, preuve qu'il avait franchi un seuil
dont on ne revenait pas, et lui encore moins qu'un
autre.

Il y avait déjà eu cette soirée – peu de temps après
le retour d'Édith – à la suite de laquelle il avait juré
de dire adieu à ces pénibles histoires – sous l'œil
narquois de Catherine Da Silva grignotant ses
Golden Grahams. Or il voulait pouvoir se consacrer
à Édith, rentrer chez lui, le soir, dans leur maison, et
pouvoir la serrer dans ses bras comme un type normal. Elle était sans doute la seule femme au monde
qui méritait de tels égards d'après lui, et, pourtant, il
n'était pas fichu de se tenir tranquille. Une inconnue
croisée dans un ascenseur et toutes ses bonnes résolutions tombaient à l'eau.

On aurait dit qu'à la vue de certaines femmes son
esprit se déconnectait ou qu'il devenait somnambule.
Et donc il se tenait là, renversant un à un les risibles
et faibles remparts que la jeune personne tâchait
mollement d'édifier pour sauver les apparences, il se
tenait là, penché sur elle, chuchotant, profondément
occupé à mener cette affaire à son terme aussi vite
que possible, lorsque ça lui tomba dessus – lorsqu'il
fut terrassé par l'horreur de la chose qu'il était en
train d'accomplir, comme s'il était réveillé au milieu
d'un cauchemar. Proprement terrassé. Il se redressa
contre le dossier de sa chaise, avec l'air d'un type
qui vient d'avoir une apparition, mais désagréable.

Une décharge envoyée du Ciel ? Un éclair de pro-
bité ? Ce genre-là ?

Il lâcha aussitôt le genou gainé de nylon qu'il tenait entre ses mains et malaxait rêveusement. Son front se couvrit d'un voile de sueur glacée. Son sourire s'évapora, et, bredouillant quelques excuses confuses, il se leva et déguerpit.

Arrivé au garage, il s'enferma dans son bureau pour y tourner comme un lion en cage. Dressée sur la pointe des pieds, l'œil rond, par-dessus la limite du verre dépoli, Béa se demandait ce qui mettait Marc dans un tel état.

La matinée était si belle qu'il était sans doute la seule personne de mauvaise humeur dans les parages.

Béa le protégea des éternels casse-pieds qui sont le pain quotidien des concessionnaires haut de gamme – le type qui croit voir une tache sur son tapis ou un léger défaut dans le miroir du rétroviseur ou le vieux qui pense que son ordinateur de bord est programmé en chinois –, mais Marc était bien trop préoccupé par le lamentable épisode au cours duquel il avait dragué cette fille, bien trop exaspéré par l'examen de ses mauvaises habitudes, pour apprécier les efforts que déployait la brave secrétaire.

Cherchant à libérer son esprit d'une question qui le taraudait, il finit par s'activer doublement : il sillonna les couloirs, visita les bureaux, arpenta l'atelier, se chargea lui-même de la vente du nouveau coupé S au président de la Compagnie Électrique – lequel, incidemment, voyait d'un assez bon œil l'action que les deux frères allaient mener contre l'équipe qui dirigeait la ville –, sauta son repas du midi, donna des ordres, inspecta les vitrines tournantes où s'exposaient les plus beaux modèles, tra-

versa le parking de long en large, évita soigneusement le regard de David, passa de nombreux coups
de téléphone, en vain. Il s'agita sans obtenir le résultat escompté.

Le moindre instant d'inaction ouvrait une faille
dans laquelle s'engouffrait la terrible interrogation
suivante : allait-il se soigner de cette maladie ? Allait-
il débarrasser son corps et son esprit de l'exorbitant
et inquiétant appétit sexuel qui les ravageait lentement et sûrement ? Or il le fallait coûte que coûte. Il
voulait se marier, peut-être avoir des enfants, adopter
une vie un peu plus valorisante, etc., maintenant
qu'Édith était là. Son plan avait toujours été celui-ci :
donner libre cours à ses plus vifs penchants, à ses fréquents besoins de pratiques charnelles – il était du
style affamé, dépravé, inassouvi, frénétique, obsessionnel, grand habitué, grand consommateur de prostituées ou apparentées – aussi longtemps qu'Édith ne
se manifestait pas.

Au début, l'avoir perdue avait failli le rendre fou.
Dès qu'il avait ouvert un œil sur son lit d'hôpital, il
avait juré de les retrouver et de descendre Paul d'une
manière ou d'une autre. Ensuite, quand il avait pu de
nouveau marcher, il avait baisé tout ce qu'il pouvait,
tout ce qui croisait son chemin, pour la chasser de ses
pensées et pouvoir continuer à vivre. Voilà comment
l'on prenait de vilaines habitudes. À cause de la souffrance.

Vingt ans de furia sexuelle ne s'effaçaient pas
d'un coup, il en était conscient. Sans doute, malheureusement, allait-il devoir faire face à des épreuves
du genre de celle qu'il venait d'expérimenter et qui

devenait effrayante par son côté machinal, ordinaire, naturel, spontané. Il était à la merci d'un simple clin d'œil, d'une fille qui glissait avec nonchalance de son haut tabouret tandis qu'au bar il était sagement occupé à boire un verre au terme d'une longue et rude journée. S'il ne maintenait pas une vigilance de tous les instants, il était fichu, voilà ce que ça signifiait. S'il cédait à ses anciennes manies, il risquait de le payer cher.

Il savait aussi que ce ne serait pas facile. La veille, accompagnant sa mère qui venait pleurer pour ses pare-chocs, Catherine Da Silva lui avait glissé une invitation pour une soirée débridée dans un appartement du centre qu'il connaissait bien, condamnable à souhait, voilà par exemple à quoi il était soumis, les formidables tentations auxquelles il était confronté un peu trop souvent. Ce matin même, c'était le tour de Béa – même s'il était hors de question qu'il baise avec le personnel, aussi sympathique et dévoué soit-il –, c'était au tour de leur inénarrable secrétaire de le mener au bord du gouffre en grimpant sur un escabeau pour changer une ampoule basse tension dans son faux plafond. Pauvre Marc. Il semblait qu'on ne se décidât pas à lui accorder la moindre trêve. Durant de longues minutes, Béa avait emprisonné le regard de l'infortuné sous sa jupe et il n'en était pas sorti grandi mais aussitôt propulsé vers les toilettes comme un vulgaire incontinent.

La sombre prophétie de Catherine Da Silva allait-elle se réaliser ? Avec ses seules armes, Édith parviendrait-elle à le satisfaire ? En elle, allait-elle trouver les ressources nécessaires à l'entreprise ? D'un mot, allait-il se lasser de la baiser ? Allait-il se contenter du même menu jour après jour ?

Marc aimait bien se faire peur. Il aimait bien marcher de long en large en maugréant contre d'improbables nuages qu'il voyait s'amonceler à l'horizon, prêts à déferler sur lui, et il aimait l'appréhension qui naissait de cette vision lugubre. Pouvait-il encore tout perdre ? Il tenait en main les meilleures cartes, mais pouvait-il encore tout foutre en l'air, tout abîmer, tout perdre, tout détruire ?

Ça fichait les jetons, n'est-ce pas ? À cette simple évocation, il se sentait criblé de flèches, projeté dans les ténèbres, secoué dans tous les sens, mais il devait convenir qu'il aimait plutôt ça. David lui disait qu'on trouvait là une assez bonne traduction de sa personnalité et sans doute ne se trompait-il pas beaucoup. En tout cas, quelque chose bouillait en lui. Presque en permanence. Et il n'avait aucune envie que ça cesse.

Vers le milieu de l'après-midi, il reprit confiance. Le ciel était d'un bleu magnifique et Édith lui avait glissé quelques mots tendres au téléphone – elle avait appelé pour savoir comment s'était passé son rendez-vous avec la banque mais la conversation avait aimablement bifurqué. À présent, tout allait bien. À présent, Béa se tenait tranquille. À présent, il ne doutait plus de ses forces, de sa capacité à tenir bon devant Unetelle ou Unetelle. Quel homme, sur le point d'épouser la femme de ses rêves, pouvait avoir de sérieuses raisons de se creuser la cervelle ? Quel sinistre rabat-joie fallait-il bien être pour évoquer le pire, pour insinuer que la chair était trop faible pour qu'on s'en sorte. Du moins avec les honneurs.

Il traversa la rue et prit place en soupirant à la terrasse de Roberto qui, étrangement, semblait avoir abandonné son bar. Certes, les affaires de celui-ci ne marchaient pas fort depuis que l'inévitable fast-food s'était installé presque en face, mais ce bar sans âme qui vive, ce comptoir déserté comme une banquise, la fichaient mal. L'endroit n'avait plus grand-chose d'accueillant, à l'exception d'une longue et confortable banquette de skaï couleur safran qui courait le long des murs, mais ce n'était pas suffisant. Roberto se laissait profondément aller. Lorsqu'il accompagnait Marc aux réunions que tenait l'opposition, aux séances d'information, aux meetings, il finissait par apostropher les orateurs qu'il jugeait trop mous, trop coupeurs de cheveux en quatre, il affichait chaque fois des positions plus radicales, prônait des actions plus musclées, *même si le sang devait couler de certains pifs,* précisait-il pour ceux qui portaient des Lacoste ou des polos Ralph Lauren aux couleurs claires.

Ce fast-food le rendait fou et la mairie était responsable de son installation. Résultat, il s'enfonçait dans la dépression et il fallait une bonne dose d'abnégation pour fréquenter son établissement qui périclitait bel et bien, malgré ses vécés neufs.

Marc avait soif. Ne pouvant plus attendre, il se glissa derrière le zinc et s'empara d'une canette de bière hawaïenne cependant que des flots de lumière pourpre roulaient à l'ouest, semaient le feu au-dessus du parc Élisabeth qui s'étendait et chatoyait jus-

qu'au pied des collines – sur le flanc desquelles, par
parenthèse, son frère et lui avaient dévalé au volant
d'une Lancia Stratos tout juste remise en état, et qui
se fracassait contre les troncs d'arbre, dégringolait,
exécutait d'horrifiants et assourdissants tonneaux
avec les deux frangins à bord, allant jusqu'au bout
de leur logique.

C'était l'heure où Roberto aurait pu retenir quelques clients, l'heure de l'apéritif, s'il s'en donnait la
peine – par exemple engager une serveuse un peu
avenante, une fille qui laisse un peu rêveur, par
exemple. Mais qu'est-ce qu'il fabriquait ? Qu'est-ce
que Roberto fabriquait au juste ? Marc l'aimait bien,
mais... Il fallait quand même dire que Roberto
n'avait jamais su prendre le taureau par les cornes. Et
donc il en était là où il en était et personne ne devait
le plaindre, selon Marc, pour qui l'apitoiement sur
soi-même était exclu depuis la plus petite enfance.

D'où il se tenait, il avait une vue sur l'escalier qui
descendait vers les toilettes et le téléphone. Au-
dehors, sur l'avenue, les voitures avançaient au pas,
des oiseaux tournoyaient dans le ciel, se perchaient
sur les fils électriques ou sur l'enseigne d'un show-
room Ikea qui clignotait déjà dans l'air tiède.

Soudain, une main apparut en bas des marches,
rampant sur le sol, mais une seconde plus tard, elle
ne bougeait plus. On aurait dit qu'apparaître ainsi
l'avait privée de ses dernières forces, car, encore une
fois, elle ne bougeait plus et restait recroquevillée.

Il s'agissait de la main de Roberto, qui lui-même
avait le crâne en sang et était tombé dans les pommes. Étendu dans le petit couloir luisant, repeint de

frais et vaporisé d'un parfum à la cannelle et à l'orange que Catherine lui avait conseillé – ils employaient le même dans les couloirs de *City* et dans les salons du Hilton qui s'était lassé d'un mélange miel et ambre tout à fait agréable, d'après elle –, Roberto gisait dans une flaque d'hémoglobine, copieusement amoché.

Rien de très beau à voir. Marc attrapa son portable et composa le numéro de David pour l'avertir de ce qui se passait et lui demander d'appeler une ambulance. Puis il se pencha sur Roberto et lui déclara que les secours arrivaient, mais rien ne permettait de penser que l'autre l'entendait dans l'état où il se trouvait. Marc lui souleva un œil. Celui qui l'avait assommé avait cogné fort. Le sang ne coulait plus, mais l'entaille était belle.

David arriva au pas de course. Les deux frères échangèrent une grimace. David annonça que Josianne allait les attendre à l'entrée des urgences.

Roberto entrouvrit un œil et commença à gémir. Marc lui administra quelques claques machinales sur les joues pour l'engager à reprendre ses esprits, l'encouragea à tenir bon, évoqua leur longue amitié, mais Roberto semblait bloqué entre deux mondes, comme un homme ivre.

Ils entendirent au loin la sirène de l'ambulance.

« C'est l'heure la pire, déclara David en secouant la tête. Ça ne pouvait pas tomber plus mal. En tout cas, elle nous attend, c'est déjà ça. »

Marc le considéra tandis qu'ils étaient penchés sur Roberto. Il sourit en pensant que David était son aîné. En fait, on avait l'impression que Josianne le

faisait retomber en enfance. Du moins, qu'elle
l'avait rendu un peu idiot. Et cet idiot allait devenir
père. Amusant, non ?

Comment s'y prenait-on, à quarante ans révolus,
pour mettre une femme enceinte *sans le faire exprès* ?
Combien de fois, par le passé, Marc avait-il épargné
à son frère de se prendre les doigts dans une porte ?
Combien de fois l'avait-il tiré de situations critiques
depuis qu'ils étaient en âge de porter des culottes
courtes ? Heureusement qu'il avait été là, avec une
tête un peu plus solide. Pendant un temps, Édith
avait fortement perturbé les relations entre les deux
et il en restait encore des traces, mais Marc ressentait toujours ce besoin de veiller un peu sur son frère,
bien qu'il ait failli le tuer.

Et cette fois ? Que ressentait-il, cette fois ? L'ambulance approchait et Marc devait convenir que la situation générale n'était pas mauvaise. Il suffisait de voir
à quel point elle différait du cataclysme qu'Irène leur
avait prédit et comme leur mère à présent se tenait
coite, n'en croyant pas ses yeux, pour prendre la
mesure de la chose. La chaotique liaison que David
entretenait avec Josianne, renforcée par le fait qu'elle
était enceinte, ressemblait fort à du pain bénit, objectivement. Devait-il renoncer à se réjouir ? Devait-il
mettre son frère en garde ? Et contre quoi ? La guerre
valait-elle mieux que la paix ? Chaque homme ne
devait-il pas suivre son destin ? Chacune des questions demandait réflexion.

En blouse blanche, pour dire la vérité, Josianne
était pratiquement irrésistible. Certes, on ne la compa-

rait pas sans raisons, à Jennifer Lopez, mais l'uniforme la transcendait, la sculptait avec un réel bonheur, et il fallait être aveugle pour s'interroger sur le comportement de David, à la base. À trente-cinq ans, et bien qu'elle eût enfanté à deux reprises, elle avait conservé tout son potentiel, toute son énergie. C'était la seule chose à retenir.

Marc finissait par la connaître, mais il l'observa discrètement sous toutes les coutures pendant qu'elle les conduisait le long des couloirs de l'hôpital et il se dit qu'il devait cesser de s'inquiéter pour David. Comment pouvait-on plaindre un type qui avait tiré une femme comme Josianne à la fameuse tombola ? Comment plaindre un tel veinard ? Une beauté pareille. N'avait-elle pas réussi à supplanter Édith dans l'esprit de cet animal ?

C'était une fille solide. Elle n'allait pas davantage lâcher David qu'elle n'avait craqué lorsque son petit garçon était mort. Il le voyait bien. Il devait désormais s'en faire une alliée, la chose était entendue. Bientôt, ils auraient à dîner tous les quatre ensemble, ainsi qu'il en avait parlé avec elle, l'autre matin. Ça, ils n'allaient pas y couper. On aurait pu l'appeler le dîner de tous les dangers.

Bref, une voiture ou Dieu sait quoi avait explosé dans le secteur et trouver un médecin, ou même un seul interne pour s'occuper de Roberto se révéla problématique. Celui-ci tenait alors vaguement sur ses jambes mais il était incapable de proférer un mot – ou alors n'avait-il rien à dire.

« Nous n'avons pas besoin de lui demander son avis, déclara Marc. Je suis sûr que vous faites ça très

bien. Ce n'est qu'une entaille, après tout. Ma foi,
une superentaille. Écoutez, on vous fait entièrement
confiance. »

C'était une femme, disons, sa main ne tremblait
pas à la vue du sang. Du fil et une aiguille.

Sous l'œil des deux frères, elle recousit le crâne
de Roberto sans faire de manières, sans hésitation,
précise et terriblement efficace. Puis elle lui trouva
un lit car elle préférait le garder en observation pour
la nuit.

Professionnelle, avec ça.

En tout cas, elle avait réalisé l'irréalisable. Il faudrait bientôt se pincer pour se souvenir que David et
lui s'étaient autrefois étripés au nom d'Édith, se
pincer fermement pour donner du crédit à cette
extravagance. Bravo. Se faire mettre enceinte au bon
moment était un coup de génie et il espérait avoir
l'occasion de lui en parler un jour. De la féliciter, de
lui dire à quel point il avait apprécié son sens du
timing.

Une fois Roberto couché, sous sédatif, ils se
retrouvèrent à la cafétéria et discutèrent, devant un
verre, des chances que l'on avait de se faire agresser
lorsque l'on tenait un commerce, et même si l'on ne
tenait rien du tout, du moment qu'on était blanc et
assez con pour ne pas porter des dreadlocks ou avoir
la boule à zéro. Ils ricanèrent. Autour d'eux, derrière
un écran de caoutchoucs plantés dans des pots
Riviera, le soir tombait tranquillement et ils sou-
riaient dans le vague tandis que le ciel s'étoilait.

« Je n'ai pas encore eu l'occasion de vous féliciter, déclara-t-il à Josianne. Honte à moi. Mais ces

derniers jours nous ont aspirés dans un tourbillon, n'est-ce pas ?

— Tout va bien. Ne vous en faites pas.

— Je vais vous faire livrer des fleurs. Ou des chocolats, comme vous voulez. Écoutez, je sais que ça ne le fera pas revenir, mais le bébé vous aidera, j'en suis sûr. »

Elle se figea durant un quart de seconde.

« Je vous le dis très sincèrement, poursuivit-il. Je trouve aussi que vous formez un beau couple, tous les deux. J'aurais dû vous le dire depuis un moment, déjà.

— Bon Dieu, Marc, lâcha David en prenant un air dégoûté. Qu'est-ce qui te prend ? Qu'est-ce que c'est que ce baratin épouvantable, pauvre idiot ?

— Je ne rigole pas. Je trouve que c'est une grande nouvelle. Je trouve que c'est une *réjouissante* nouvelle. Il faut absolument qu'on fasse un dîner, tous les quatre, hein David, tu ne pourrais pas nous organiser ça, qu'en penses-tu ?

— Qui, moi ?

— Oui, toi. C'est à toi que je parle, figure-toi. Asseyons-nous tous les quatre autour d'une table et levons nos verres en nous regardant bien en face. Je souhaite que nous devenions les meilleurs amis du monde. »

David glissa un coup d'œil désolé à Josianne qui affichait un sourire poli. D'où Marc sortait-il tous ces jolis ballons, se demanda-t-il, de quel balcon fleuri les lâchait-il dans l'azur ? Était-ce l'approche de son union avec Édith qui lui ramollissait le cerveau ? Allait-il évoquer les oiseaux qui gazouillaient

sur la branche, le glouglou du ruisseau, le bleu éclatant du ciel ? Allait-il retourner à l'église ? Baigner
les pieds des lépreux ? C'était Irène qui allait être
contente.

« Ne te gêne pas. Fiche-toi bien de moi, répondit
Marc. N'empêche que mon souhait est toujours le
même. Oui mon vieux, les meilleurs amis du monde.
Et pour commencer, c'est moi qui vous invite. Tut-
tut-tut ! C'est moi qui vous invite. Ne discutons pas.
Fixons un jour. »

À présent, c'était une conduite de gaz qui avait
sauté dans un immeuble dont on disait qu'il ne restait plus aucune vitre. Des infirmiers, des aides-soi-
gnants, des internes couraient dans tous les sens et
Josianne dut se lever pour leur prêter main-forte.

David voulait l'attendre mais elle indiqua l'agitation qui régnait dans le couloir et le pria de coucher
Géraldine dès qu'il rentrerait.

« Je compte sur toi. Elle est fatiguée. Je crois que
j'en ai encore pour deux bonnes heures. Et plus
encore, si cette fichue nuit ne se calme pas. » Les
aléas de ce métier. « Mais je n'en ferais pas un autre,
poursuivit-elle à l'attention de Marc, je ne le quitte-
rais pour rien au monde. J'aime vraiment ça, soigner
les gens. Ça donne un peu de sens à tout le reste,
n'est-ce pas ? »

Marc était d'accord. S'occuper de l'humanité souf-
frante méritait tout son respect, ça ne faisait aucun
doute, même si l'entreprise paraissait immense. Décidément, cette sacrée Josianne gagnait à être connue.
Elle en apportait souvent la preuve. Peut-être ne
représentait-elle pas tout à fait le genre de femme

qu'il fallait épouser – personne ne le pensait, elle
était un peu trop primitive, un peu trop résolue,
etc. –, mais elle possédait d'autres qualités. Combien
de filles de bonne famille, combien de brillantes uni-
versitaires la valaient sur le plan humain ? Pas des
masses. Il y en avait peu.

« Je suis sous le charme, déclara-t-il à David tandis qu'ils mettaient le cap sur la chambre de
Roberto. Je me demande si c'est le fait qu'elle soit
enceinte. En tout cas, je suis sous le charme et Édith
la trouve pas mal du tout...

— Formidable. Je suis content qu'elle vous plaise.

— Bon. Tu aurais préféré que je te dise le contraire ?
Je te trouve bien nerveux, en ce moment.

— *Nerveux ?* Qu'est-ce qui pourrait bien me
rendre nerveux ? Vas-y. Aide-moi. »

Visiblement, David n'était pas encore en état
d'enregistrer de plus amples informations. Devant le
lit de Roberto, leur ami d'enfance dont le crâne était
enroulé dans un horrible pansement, il ne se montra
pas ému le moins du monde. Perdu dans ses pensées,
les nerfs plutôt à vif, il se rogna un ongle. Chez certains hommes, devenir un père et un mari pouvait
provoquer des crises d'angoisse et de doute – et parfois même, chez les plus sensibles, c'était encore
plus grave.

Marc remit donc à plus tard certaines révélations
susceptibles de perturber davantage ce pauvre David,
surtout à la veille des importantes décisions que
celui-ci devait prendre – pour la tranquillité, la
clarté, le confort légitime, la rédemption de chacun.

Dehors, les arbres qui bordaient l'avenue se balançaient dans l'air tiède. Marc griffonna un mot de soutien à l'intention de Roberto puis ils quittèrent l'hôpital sans en savoir plus à propos de l'agression dont leur ami avait été la victime – celui-ci n'ayant pas daigné ouvrir un œil ni prononcé un mot intelligible depuis le début de cette étrange affaire.

Un peu plus tard, au terme d'un voyage silencieux – mieux valait sans doute laisser David baigner dans son jus – il déboucha devant la maison et se gara derrière l'Aston Martin de son père. Il coupa le contact. Son père. Il l'avait oublié, celui-là.

« Elle ne marchera jamais, déclara-t-il en reposant ses mains sur le volant. Mais qu'est-ce qui lui prend, d'après toi ? Qu'est-ce qu'il espère ? Plus jamais elle ne voudra de lui. Il rêve ou quoi ?

— En tout cas, il a dormi sur le divan, hier au soir. Je ne l'ai pas inventé. J'ai même eu droit à son discours sur, tu sais... *j'ai eu peur de mourir loin de la maison !,* bla bla bla. Tu vois, avec sa main me triturant l'épaule. Théâtral à mort.

— Il ne manquait plus que ça. Franchement. On est sûr qu'il est cardiaque ? Il ne serait pas plutôt devenu sénile, par hasard ? »

Un rayon de lune filtrait à travers les sapins qui avaient sombré dans l'obscurité tandis que le fleuve, en contrebas, se découpait comme une traînée de vif-argent qui semblait épouser les contours de la ville – alors que c'était la ville qui épousait les contours du fleuve.

Un instant, Marc fut tenté de larguer David et filer sur les chapeaux de roues car il n'avait aucune envie de mettre un pied dans l'atmosphère démente que ses parents devaient distiller sous le toit de cette maison et que son frère et lui allaient à coup sûr envenimer par leur présence. Il n'était pas prêt à débattre du moindre sujet avec eux, à supporter le moindre interrogatoire. Mais il finit par bouger et descendit de la voiture.

« En tout cas, je t'invite à faire comme moi, conseilla-t-il à son frère tandis qu'ils avançaient sur l'allée bordée d'hortensias bleus. Si tu ne veux pas connaître l'enfer. Déménage en vitesse.

— Quoi... Tu veux dire...

— Déménager. Voilà ce que je veux dire. Habiter ailleurs. *T'installer* ailleurs.

— Tu veux dire qu'on prenne un truc ensemble, Josianne et moi ? »

Cette perspective lui plissa le front, lui fit pencher la tête sur le côté.

« Qu'on se mette *en ménage* ?

— Appelle ça comme tu voudras, et alors ? Où est le problème ? Écoute, et si tu redescendais un peu sur terre ?

— Pas besoin de me bousculer. Du calme. Je ferai ce que j'ai à faire en temps voulu.

— Tu tiens à cette fille, oui ou non ?

— Josianne. Elle a un nom. Elle s'appelle Josianne. C'est pas difficile à retenir. »

Au moment où ils entrèrent, Irène termina une conversation téléphonique avec le père Joffrey qui, leur dit-elle, les saluait au passage. Elle était seule, occupant le sofa, les jambes repliées sous elle. Dehors, derrière la vitre, en plein air, à l'autre bout de la véranda, on distinguait Victor dans une chaise longue, immobile, bras croisés, presque dans le noir.

Ils embrassèrent leur mère.

« Il y a un tas de problèmes avec la sacristie, soupira-t-elle. Il ne se passe pas une journée sans qu'un ennui nous tombe sur la tête. Est-ce que vous pouvez imaginer qu'une fuite d'eau a fichu le parquet en l'air ? Par pitié, dites-moi que ce n'est pas possible... »

Elle affichait un air détaché mais elle était tendue. Visiblement, elle cherchait à lire sur leurs visages. Y avait-il du nouveau ? S'étaient-ils parlé ? À l'époque où ses deux fils, régulièrement, roulaient dans la poussière et se cognaient dessus autant qu'ils le pouvaient, elle les dévisageait souvent ainsi pour essayer de comprendre, pour tenter de percer l'abominable mystère de leur entêtement – se forçant à surmonter la vue de nez qui saignaient, de cocards, estafilades et autres merveilles du genre qui, fallait-il préciser, l'anéantissaient – n'ayant elle-même jamais connu de véritable passion, jamais imaginé l'existence d'un sentiment aussi violent – dont elle ne percevait que les côtés les plus noirs, si terrifiants, si horrifiants pour une mère qui avait consacré sa vie à ses enfants.

David rompit le charme en expliquant qu'il avait pour mission de coucher Géraldine.

« Tu n'as rien remarqué ? déclara-t-il à sa mère. Cette gosse est à plat et tu la laisses traîner devant la télé, bon sang, je n'en crois pas mes yeux ! »

Il poussa un énorme soupir et se dirigea vers le salon où Géraldine, couchée sur le tapis, sur le dos, regardait l'écran à l'envers, de ses grands yeux prétendument cernés.

Marc les observa tandis qu'ils pénétraient dans le salon au coude à coude puis se penchaient sur Géraldine. De l'autre côté des baies, bravant l'obscurité, Victor fixait un point droit devant lui, mais on pouvait jurer qu'il ne perdait pas une miette de ce qui se déroulait dans les parages, que son indifférence était fictive.

David et Irène se passèrent l'enfant à tour de rôle. Ils vérifièrent qu'elle n'avait pas le front chaud tandis qu'ils l'emportaient à l'étage. Ça promettait, songea Marc. Quand Josianne aurait accouché. Ça promettait. D'un autre côté, l'attention d'Irène serait braquée ailleurs.

On ne pouvait espérer mieux, réflexion faite. C'était une épine qu'on s'enlevait du pied. Aussi longtemps que sa mère s'occuperait d'autre chose, se disait-il, tout irait bien. Elle pouvait même finir par oublier, par ne plus brandir sa mortelle et fichue mémoire de mère traumatisée. Et laisser Édith tranquille.

« Ne sois pas si gourmand, lui conseilla son père. Ne fais pas comme si tu ne la connaissais pas. » Victor se leva en grimaçant, fit quelques pas en se tenant les reins puis s'accouda à la balustrade – difficile d'imaginer qu'Irène était passée par-dessus bord peu de temps auparavant sans se rompre les os – d'où il continua de fixer l'horizon. « Imagines-tu cette femme, poursuivit-il, cette femme qui est grand-mère depuis vingt ans ? Qui, vingt années durant, par on ne sait quelle invraisemblable volonté, mais

durant vingt longues années, s'est tenue à distance
de la chair de sa chair ? Cette femme-là ? Ne te fais
pas d'illusions. Je ne crois pas qu'une seule chose au
monde puisse lui faire changer d'opinion à propos
d'Édith. Je crois même que, si elle le voulait, elle
n'en serait pas capable. »

Marc hocha tranquillement la tête. Une possible
alliance avec son père – toutes proportions gardées –
luisit un instant au fond de ses pensées. Et n'était-ce
pas drôle ? Cette simple idée d'unir ses forces à celles
de son père, pour quelque but que ce soit, n'était-ce
pas étrange, n'était-ce pas totalement incongru ? À
cet instant de leur vie, allaient-ils *vraiment* parcourir
un bout de chemin ensemble ? Allaient-ils être utiles
l'un à l'autre ? C'était amusant d'y penser. Après
toutes ces années d'incompréhension, d'indifférence,
de rudesse, de triste désolation, de blessures d'orgueil
– Victor ne tenait pas ses deux fils en haute estime, la
plupart du temps –, voilà que son père lui adressait la
parole sur un ton presque sentimental – incroyable ! –,
voilà que son père s'adressait à lui sur un ton presque
amical – le monde résolument à l'envers.

« Ça ne facilite pas les choses, confia-t-il à Victor.
Nous sommes appelés à nous croiser quelquefois, à
faire quelques repas ensemble, si je ne m'abuse. Ça
ne rend pas les relations très commodes. J'entends,
qu'elle baigne dans ce ressentiment. Ça n'apporte
rien à personne.

— Tu crois que je n'en suis pas conscient ? » Il
gloussa légèrement. « Tu sais, je pense à cette petite
Sonia...à *ma* petite Sonia, devrais-je dire, et je ferai
tout ce qui est en mon pouvoir pour que ta mère

abandonne son affreux entêtement, mais je ne peux te garantir le résultat, je suis désolé. De ce côté, elle ne s'est pas arrangée en vieillissant... Non, cette femme ne s'est pas adoucie avec le temps. C'est d'ailleurs tout juste si elle accepte ma présence dans cette maison. Qui est aussi la mienne, entre parenthèses. Je m'excuse de le préciser.

— Écoute, je pense qu'elle est en droit de te flanquer dehors. Elle a *tous* les droits. N'oublie pas que tu l'as *plaquée*. N'oublie pas que ton départ l'avait réduite en bouillie, n'est-ce pas, rafraîchis ta mémoire. »

Victor écarta les bras.

« Je sais. Je n'y peux rien. D'accord. Mais il se trouve que je sens renaître de forts sentiments envers Irène. Ton frère et toi n'êtes pas obligés de m'accorder votre bénédiction et je peux très bien le comprendre. »

L'ombre d'une grimace apparut sur le visage de Marc :

« C'est quoi, *de forts sentiments* ? De quoi veux-tu parler, au juste ?

— Eh bien quoi ? Tu n'es pas homosexuel, que je sache. Tu as sans doute entendu parler de l'attrait qu'une femme peut exercer sur un homme. J'espère que ce n'est pas du chinois pour toi ? »

Marc se demanda s'il était raisonnable d'imaginer une quelconque association, d'envisager une quelconque intelligence avec ce genre d'homme.

« Je crois que c'est bien que je sois là, reprit Victor. Dans ces circonstances particulières. Je pense pouvoir éviter que certaines situations ne deviennent explosives ou simplement pénibles pour les uns et les autres. Bien sûr qu'elle m'en veut de l'avoir quittée, je peux très bien me le figurer. Mais ça ne l'empêche pas de m'écouter, je te le certifie. *Séparés* ne signifie pas *éloignés*. Au contraire.

— Ce serait intéressant d'avoir son avis.

— Tu l'auras. Ça prendra du temps mais tu l'auras. Je vais reconstruire cette famille, figure-toi. Et quiconque s'y opposera me trouvera en travers de son chemin. J'ai longuement médité sur la question. Il est temps, pour moi, d'accomplir ce travail. »

Sus le regard de son père, Marc ébaucha un sourire. Il valait mieux sourire. Il se demanda si Victor avait vécu son infarctus comme une expérience mystique, comme une sorte d'épiphanie dont il allait répandre la lumière autour de lui. Peut-être en arrivait-on là à soixante-dix ans : à croire qu'il était temps de faire quelque chose.

3.

David attaqua son régime quelques jours après que Roberto fut sorti de l'hôpital. De bon matin, au terme de son footing quotidien, il avala sans ciller la moitié d'un saladier de riz blanc nature en même temps qu'il s'inscrivait au cinquante-huitième marathon de la ville qui devait avoir lieu dans trois semaines.

Irène s'en inquiétait un peu car elle était au fait de la baisse d'activité sexuelle entre le futur marathonien et la jeune infirmière – ayant déjà observé une version du triste phénomène après le deuil qui avait frappé Josianne, et voilà que la scène se reproduisait à l'identique, voilà que ça recommençait, à croire que cette famille était maudite, poursuivie par le mauvais sort. Du couloir, elle tendait l'oreille la nuit venue et ne percevait pas le moindre écho, ou guère, d'un éventuel chahut en provenance de leur chambre. L'oreille collée à la cloison, elle tombait rarement sur ce qu'elle cherchait et qui aurait été susceptible de la rassurer. Victor lui avait expliqué qu'un sportif était fortement encouragé et même tout simplement contraint de réduire son activité sexuelle s'il ne voulait pas finir avec les jambes sciées au moment de l'épreuve, et les bras en coton.

« Mais est-ce que c'est le moment ? fit-elle entre ses dents. Est-ce bien choisi ? A-t-il juré de me briser les nerfs ? Et toi, espèce d'idiot, tu prends sa défense ? »

Plusieurs fois par jour, elle avait une sérieuse envie de mettre Victor à la porte. Elle ne savait pas ce qui la retenait. Il avait acquis – par quelque injuste miracle – une nouvelle forme d'intelligence lui permettant de calculer jusqu'où il pouvait aller avant qu'elle n'explose, et il se gardait bien de dépasser la limite et il se retranchait sur la véranda lorsque l'orage commençait à poindre. Il n'allait pas jusqu'à l'horripiler – mais Dieu sait qu'il n'en était pas loin.

Quoi qu'il en soit, elle voyait juste : les choses n'allaient pas très fort au sein du jeune couple – qui vivait sous son toit, la plupart du temps, bien que Josianne eût gardé son pavillon et qu'ils y couchassent encore une ou deux nuits par semaine pour ne pas sauter le pas. Enfin bref, tout ne se déroulait pas aussi bien qu'on l'aurait souhaité, de ce côté-ci. David était perturbé. Lorsqu'il entendait le mot « mariage », il transpirait à grosses gouttes. Ou bien il allait faire un tour. Il ne disait pas non, mais il ne disait pas oui, pas franchement, et cette position devait se révéler, si l'on en jugeait cet air de bête traquée qu'il prenait soudain, terriblement inconfortable.

Vingt jours avant la compétition, il entama sans beaucoup d'enthousiasme une cure de Betaselen et se leva une heure plus tôt pour élargir son circuit et l'établir à une quinzaine de kilomètres.

Josianne, qui elle-même profitait des installations de l'hôpital pour conserver sa ligne – trois séances d'aérobic, cours exclusivement réservé au personnel – et s'imposait deux fois quarante longueurs de piscine par semaine pour entretenir la machine et la garder en forme, ne pouvait désapprouver la fichue détermination de son amant pour ce fichu marathon. Le sport était une bonne chose. Josianne pensait même que pour un homme de quarante ans, en règle générale, le sport était une obligation. Au regard de la vitesse de dégradation du corps humain, le sport était le seul frein de secours, le seul sursis envisageable.

Courir était un bon moyen d'être seul. À six heures du matin, ils étaient rares sur les pistes qui longeaient les berges et l'on avait affaire à des clients sérieux – de possibles candidats aux quarante-deux kilomètres de la course, bourrés de sucres lents et de vitamines – et dans le silence du jour qui se levait à peine, on entendait le vaillant sifflement de leurs respirations et le *vitch ! vitch !* ténébreux et mordant de leurs semelles sur le bitume tandis qu'ils fonçaient sous les arbres comme des locomotives à vapeur.

David exécutait deux fois le tour de l'auditorium, puis il traversait le pont Lafayette, presque désert, et rentrait en coupant par les bois qui surplombaient le fleuve et abritaient une bonne demi-douzaine de parcours de santé où il trouvait de quoi procéder à ses indispensables étirements – barrières, barres de suspension, espaliers – et un banc où il terminait tranquillement sa bouteille d'Isostar arôme citron.

C'était la cinquième fois qu'il se préparait pour le marathon – qu'il courait d'ordinaire en moins de

trois heures – et jamais il ne s'était senti en aussi
mauvaise forme. Pour commencer, avant même
qu'un beau matin Édith ne réapparaisse dans le paysage – et ne jette une assez bonne dose de confusion
dans les rangs –, l'impétuosité naturelle de Josianne
qui ne lui accordait alors que de maigres heures de
repos par nuit avait fortement réduit ses perfor-
mances de coureur à pied. Ensuite, les soucis et les
contrariétés s'étaient accumulés et aucun entraînement digne de ce nom, aucun embryon de mise en
condition mentale n'avait pu voir le jour sous de tels
misérables auspices.

Il en était écœuré. Il se voyait déjà se traînant sur
les derniers kilomètres, ou mieux encore, s'effon-
drant avant de franchir l'arrivée – ça lui pendait au
nez, ça n'était pas une blague le moins du monde. Sa
fierté allait en prendre un coup d'une manière ou
d'une autre, il pouvait y compter. Il venait de s'asseoir et son cœur battait encore un peu vite après la
montée au milieu des sapins luisants de rosée, à travers lesquels s'infiltrait une généreuse aurore. Au-
dessus de lui, un couple de choucas tournoyait féro-
cement dans le ciel pur et il les observa en pensant
qu'il n'avait pas d'autre solution que d'épouser
Josianne dans un avenir assez proche. Il parvenait à
cette conclusion pour environ la cinquante millième
fois. Il n'avait rien à lui reprocher, au demeurant. Il
ne lui en voulait pas une seconde. Il aurait été incapable de donner une seule raison valable de ne pas
l'épouser. Tout venait de lui. Tout venait de cette
insurmontable défiance que les femmes lui inspi-
raient dès qu'elles commençaient à envisager l'ave-

nir, à parler de mesures concrètes. Même s'il s'étranglait presque lorsqu'il jouissait en elles.

Voilà pourquoi il les choisissait mariées. Voilà pourquoi il s'en était tiré jusque-là.

Cependant, il se leva d'un bond et jeta un coup d'œil fébrile autour de lui. Les poings serrés, les mâchoires serrées, la poitrine dans un étau. Les pieds du banc étaient vissés sur des plots de béton enfoncés dans le sol. Le dossier était composé de trois épaisses lattes de teck, fixées aux montants par de gros écrous de cuivre. Mais une telle rage l'envahissait tout à coup que l'on ne voyait pas très bien quel genre de mobilier aurait pu lui résister.

Il en écumait presque. Décochant à ce malheureux banc de mortelles ruades qu'il accompagnait de rugissements à faire peur, il poursuivit son entreprise de démolition avec application et méthode. Et *han !* Et *han !* Et *han !* À tout coup se mêlait un terrible grincement. Il cognait si fort qu'il manquait presque chaque fois de perdre l'équilibre et de s'étaler sur la terre battue.

Puis, quand il eut terminé de ravager le dossier, il saisit une latte et, la soulevant au-dessus de sa tête, il l'abattit à tour de bras sur la partie où l'on s'asseyait, épaisse d'environ trois centimètres. Et *vlan !* Et *vlan !* Et *vlan !* Et à tout coup asséné, de violentes et douloureuses vibrations remontaient dans ses bras comme un courant électrique, mais quelle importance ? Par bonheur, il n'y avait personne dans les parages – à moins que l'éventualité de tomber sur un forcené en ait refroidi plus d'un.

Autrefois, seul Marc avait le pouvoir de le mettre

dans un tel état et il pensait en avoir fini avec ces accès de fureur incontrôlables. Mais ce n'était pas le cas. Preuve qu'il pouvait encore se laisser submerger, réagir avec aveuglement comme si toutes ces années n'avaient servi à rien.

Quoi qu'il en soit, le banc se trouva réduit en miettes. De nouveau, David transpirait. Il tituba durant quelques secondes avant de lâcher le méchant bout de bois qui lui avait permis de transmettre au monde, d'improviser, un message de colère et de fureur qui ne pouvait pas attendre. Assez vague et confus, le message, il en convenait.

Il se laissa choir au pied de l'arbre le plus proche. Il se sentait mieux, cela dit. Au-dessus de lui, dans les branches que découpaient des fils d'or, les choucas se remettaient à bavarder calmement, comme si de rien n'était.

Le riz blanc qu'il avalait depuis deux jours l'avait constipé et il considéra qu'une part de sa mauvaise humeur pouvait bien provenir de cet embarras passager.

Il baissa la tête, enserra ses genoux dans ses bras et attendit que le calme et la paix reviennent dans son esprit.

Il se demandait comment il pouvait encore s'asseoir derrière son bureau, harcelé comme il était harcelé. Il avait l'esprit tellement ailleurs. Il était tellement recroquevillé sur lui-même qu'il n'entendait pas la moitié de ce qu'on lui racontait.

Il ne parvenait même pas à assimiler l'information selon laquelle Édith et Marc étaient sur le point d'emménager dans une maison au bord du fleuve. Qu'il était l'oncle de Sonia, que Victor faisait son come-back, et Dieu sait quoi encore. Il n'arrivait pas à intégrer toutes ces données qui surgissaient de part et d'autre, tant sa propre situation l'obnubilait.

Roberto se pencha pour lui présenter sa blessure que plusieurs points ornementaient et déclara qu'avoir le crâne ouvert en deux remettait les idées en place.

« Je vais me lancer dans autre chose, déclara-t-il. Et si je vendais, je ne sais pas moi, si je vendais des téléphones, pour changer ? »

David opina, le regard dans le vague. De l'autre côté de l'avenue, les nouveaux parasols Pepsi Cola ouverts sur la terrasse de Roberto soulevaient tristement leurs franges dans l'air tiède.

« Toi et moi, nous sommes les deux dindons de la farce, ricana amèrement celui-ci. J'espère que nous aurons plus de chance dans une autre vie. »

Béa passa la tête par l'entrebâillement de la porte. Aux dernières nouvelles, elle semblait être sur le point de conclure la vente d'une SL Kompressor et son visage rayonnait. Comment se débrouillait-elle ? Mystère. Il s'agissait cette fois d'une directrice commerciale, d'une blonde âgée d'un demi-siècle que Béa avait rencontrée dans un bar de lesbiennes – non pas que Béa eût soudain tourné casaque, mais ses trente-cinq ans, âge auquel elle avait décidé de rentrer dans le rang, approchaient à grands pas.

Ni David ni Marc ne voulaient croire que Béa le faisait, qu'elle se faisait cette femme tirée jusqu'au coude, avec ses grosses lèvres humides et son chignon doré. Eh bien, qu'ils se détrompent, elle se la faisait, et pas qu'un peu, en vérité, et plus fort encore : elle n'en était pas mécontente. Elle avait découvert avec étonnement les trésors cachés de la baise contre nature et, bien qu'elle n'eût pas l'intention d'y basculer de façon définitive, elle appréciait cette liaison qui lui donnait le sentiment de souffler, l'impression de s'allonger dans un pré, au soleil, les yeux fermés, entre l'éveil et le sommeil, comme dans un océan de calme – sans aucun doute, sa camarade de jeu méritait-elle la fameuse médaille de suceuse olympique.

D'où la mine ravie que la jeune femme arborait depuis quelques jours et que l'on pouvait comparer, sans grande exagération, à un rayon de soleil.

« J'ai le docteur Bradge en ligne ! » lança-t-elle sur un ton guilleret.

« Je n'arrive pas à croire ce que tu me racontes, soupira Roberto tandis que Béa repartait en roulant des hanches. Comment imaginer une chose pareille ? Alors que c'est l'hétéro typique, la fille qui a besoin d'une vraie queue, bien entendu, c'est clair comme le nez au milieu du visage. Mince, alors ! Encore quelques années et le chaos sera total. »

David discuta brièvement avec le docteur Bradge pour qui tout s'annonçait aussi bien que possible. Josianne sortait à l'instant de son cabinet et elle était en parfaite santé, elle avait un cœur solide et on n'avait trouvé ni cholestérol, ni diabète, ni rien qui pût perturber le bon déroulement de la grossesse *de sa future femme*.

Le docteur Bradge ne craignait pas de se montrer lourdingue quand il estimait agir pour le bien. Surtout lorsqu'il était question d'enfants qu'il avait mis au monde de ses propres mains – pour David, il avait employé les forceps et il partageait avec Irène l'idée que la Providence avait envoyé Josianne et qu'il fallait saisir cette aubaine si l'on souhaitait éviter à nouveau du grabuge entre les deux frères.

« Qu'attends-tu pour faire la prise de sang que je t'ai demandée ? Tu n'es donc pas pressé de te mettre en règle avec toi-même, de mettre un terme à cette situation transitoire, littéralement intenable pour tout le monde ?

— Allez vous faire foutre. Docteur, allez vous faire foutre. Occupez-vous de vos oignons.

— Très bien, je te laisse encore vingt-quatre heures. Pas une de plus. »

David lui raccrocha au nez. La journée s'annonçait exécrable. Il se tâta brièvement l'estomac qu'une seconde mesure de riz plombait un peu. Puis il considéra Roberto avec défiance.

« Dis-moi, que veux-tu dire au juste quand tu dis que nous sommes les deux dindons de la farce ? Est-ce que ça te dérangerait de ne pas faire de comparaisons ?

— Attends, il n'y a pas de honte à avoir. Il y a davantage de gens baisés que de gens qui baisent. Il y en a infiniment plus, mon petit pote. Jette un coup d'œil autour de toi.

— Tu fais allusion à cette histoire ? *Sérieusement ?* Tu crois que je suis aussi stupide ? Tu crois que je n'ai pas de problème plus urgent à résoudre ? Hé ! Ouvre les yeux. Réveille-toi. C'est avec *Josianne* que j'ai un problème. Hé ! Tu me reçois ? C'est *Josianne* que j'ai fichue enceinte, pauvre nœud, *est-ce que tu piges ?* »

Roberto ricana en silence. Il ne cachait pas qu'il ne voyait pas d'un très bon œil le parachutage des deux femmes dans leurs vies de célibataires. Il n'avait pas besoin de se sentir rejeté, aussi peu que ce soit, au moment où ses épaules touchaient presque le sol. Malgré tout, il savait que, à la seconde où le piège se refermerait sur chacun des deux frères, une porte se refermerait sur son nez, sur son nez à lui, et cette porte, il ne pourrait plus jamais la rouvrir.

Il feignit de se désintéresser du sujet alors qu'ils se fréquentaient depuis le collège et avaient traîné dans les bars durant deux décennies – bu dans les mêmes verres et baisé les mêmes habituelles blondasses qui rôdaient autour du fleuve, quand il s'agissait de Marc. Difficile de se montrer fair-play, d'envisager sereinement d'inévitables moments de solitude. Il voyait leur jeunesse, le tumulte de cette époque mémorable, s'enfuir à tout jamais, ce qu'ils avaient été disparaître comme un lourd et mélancolique bâtiment de marine coulé par le fond dans une eau verte, troublée d'algues microscopiques.

Au moins, elle partageait quelque chose avec lui. *Catherine Da Silva* partageait quelque chose avec lui. Pour cette raison, il ne pouvait pas prétendre que tout était noir, que la vie n'apportait que son lot de déconvenues et de défaites. Il profita d'un moment où David se dirigeait en rotant vers les toilettes pour se remémorer la conversation qu'il avait eue avec elle à propos du nouveau climat qui s'installait. Il en souriait encore. Il y avait si longtemps qu'ils n'avaient pas eu de vraie conversation – au point

qu'il avait presque fait une croix dessus –, si longtemps qu'ils ne s'étaient pas *réellement* parlé,
Catherine et lui, si longtemps qu'elle n'avait pas
posé sur lui un regard qui ne fût pas méprisant, qui
ne lui fît pas sentir qu'il n'était pas grand-chose à
ses yeux. En tout cas indigne d'une femme comme
elle.

« Cesse de pleurnicher sur ton sort, avait-elle
ordonné. Je n'y peux rien, si tu n'es pas mon type.
Tu ne l'étais déjà pas à l'époque, je ne vois pas pourquoi tu le serais aujourd'hui... »

La brutalité faite femme. À un détail près, cependant : elle lui avait saisi la main. Durant de longues
secondes, Roberto en était resté mentalement désar-
çonné. Lui qui avait admis qu'elle était en droit de
ne jamais lui pardonner le guet-apens dans lequel il
l'avait autrefois attirée, voilà qu'il prenait une leçon
sur la complexité de l'esprit féminin. Il en souriait
encore. Malgré tout. Malgré le type qu'elle avait
envoyé pour lui défoncer le crâne.

Mais aussi, répétons-le, elle lui avait saisi la main
sans crier gare, et alors, naturellement, le sang de
Roberto n'avait fait qu'un tour. Il avait tenu bon pendant qu'elle avait déballé son désarroi, sa déception,
son amertume, à l'idée de perdre Édith, même si ce
n'était qu'en partie, comme lui-même perdait plus
ou moins les deux autres. Il lui avait offert son
épaule ainsi qu'un autre bloody mary pour l'aider à
surmonter le spleen qui la saisissait au petit jour,
lorsqu'elle n'avait pas trouvé la force de rentrer chez
elle, dans son appartement désert, et prenait un dernier verre au bar d'une discothèque ou ailleurs. Au

Obott, par exemple. Au Obott où les insomniaques et
les zombies atterrissaient en grimaçant dès les premières lueurs de l'aube – attirés par une déco post-
moderne.

Il s'était rapproché d'elle, sur la banquette en peau
de vache bicolore. Depuis le temps, les mensurations
de Catherine avaient été revues à la hausse – et
toutes les lipos, toutes les crèmes, tous les coachs et
toutes les inventions du monde n'y pouvaient rien –,
mais malgré tout, quoi qu'il en soit, par-delà toute
explication raisonnable, l'attirance qu'elle exerçait
sur lui demeurait toujours aussi forte. Aussi vive
qu'à l'instant où il avait posé les yeux sur elle pour
la première fois.

Or voilà qu'ils s'étaient rejoints dans le malheur,
pour le moins dans une plus grande solitude, voilà
qu'elle n'avait plus cherché à le snober, à l'éviter,
mais l'avait pris pour confident.

Jamais il ne l'oublierait. Ce qui s'était passé
ensuite était regrettable et tout à fait idiot de sa part.
La culbuter sur cette banquette en fouillant d'une
main hardie entre ses jambes avait été le comble de
l'idiotie. Il en convenait volontiers. Il avait tout flanqué par terre et en avait sans doute repris pour vingt
ans avant qu'elle ne lui adresse de nouveau la parole.
Soit. Mais elle ne pouvait nier que subsistait entre
eux une relation particulière, unique, inaltérable.
Telle une piqûre d'épingle, un tressaillement de joie
électrisait brusquement sa lèvre lorsqu'il y pensait.

Puis David revint à son bureau, coupant court aux
rêveries qui occupaient l'esprit de Roberto.

« Je suis de nouveau constipé à mort », déclara-t-il

en examinant un prospectus qui proposait un crédit gratuit pour l'achat d'un canapé en cuir, et aucun frais de livraison. Ahurissant. Tout cela était d'une tristesse assez considérable, d'un certain point de vue.

« Bon Dieu ! soupira-t-il en froissant l'offre entre ses mains. Le mariage est une affaire *sérieuse* ! Le mariage ne peut pas être le prix à payer parce qu'on ne met pas de capote, hein, enfin je l'espère ! Tout est assez tordu comme ça, à mon goût. »

Roberto répondit qu'il se trouvait dans une situation délicate et refusait de se mettre Josianne à dos en prenant une position qu'elle pourrait juger contraire à ses visées.

David enregistra le message. Puis il jeta un coup d'œil à sa montre.

« Très bien. Allons-y. En tout cas, Rob, reste près de moi. Promets-moi de meubler les silences. Ach ! J'ai l'impression que ma tête va éclater ! »

En passant, il avertit Béa qu'il s'absentait. Elle battit gentiment des cils.

Une chance faramineuse. Inespérée. David ne pouvait employer d'autres termes pour qualifier l'inattendu et vif intérêt que Sonia exprima d'emblée pour la course à pied en général et le marathon en particulier. Ça la passionnait, pour tout dire. Et elle était stupéfaite qu'à l'âge de David on puisse encore se lancer de tels défis, s'astreindre à une telle préparation, bourrer son corps de sucres lents et autres nourritures terribles, pour la noble et simple satisfaction de parcourir quarante-deux kilomètres à travers la ville, coudes au corps, sans mordre la poussière ni cracher ses poumons.

Enthousiasmée, elle affirma qu'elle assisterait à la course et se posterait à un endroit stratégique pour l'applaudir.

Il n'en croyait pas ses oreilles.

Elle était assise devant lui – à la terrasse de Roberto, déserte une fois de plus, n'était un couple de myopes égaré, vêtus de shorts – et elle semblait parfaitement à l'aise. Enjouée était le mot juste.

« Et vous mettez quoi, comme chaussures ? »

Ému, David se demanda si elle parviendrait à le tutoyer un jour.

C'était trop beau, bien sûr. Au bout d'un moment, il se mit à l'examiner avec plus d'attention tandis qu'à point nommé Roberto l'interrogeait sur ses études et le genre de musique qu'elle écoutait. C'était bien trop beau. Plus il la regardait et plus il se rendait compte qu'elle devait se moquer de la course à pied comme de sa première chaussette.

« Et si l'on discutait un peu sérieusement ? finit-il par lui annoncer de but en blanc. Et si l'on tombait les masques une minute ? Roberto, laisse-nous, veux-tu, retourne à ton comptoir. Je crois que nous allons nous débrouiller, mademoiselle et moi. Merci, Roberto. »

Il y avait de fortes chances que Roberto fît la grimace, mordillât sa lèvre inférieure, curieux comme il était, mais David avait mieux à faire que de lui accorder le moindre coup d'œil à cet instant, car toute son attention était concentrée sur Sonia.

Il la trouvait assez jolie. Peut-être un peu maigre.

Têtue. Culottée. Potentiellement dangereuse. Pas bête, a priori – bien qu'elle eût trouvé le moyen de se transpercer l'arcade sourcilière pour y accrocher un anneau. Peut-être plus sensible qu'elle ne le montrait.

« D'accord ! fit-elle sans se démonter. D'accord ! Alors voilà ce que j'ai à dire. Écoutez-moi bien. Que ce soit bien clair. J'ai la tête comme une citrouille avec toutes vos histoires. Je vous le dis et je vous le redis. J'ai la tête comme *ça*. Besoin qu'on me laisse tranquille, vu ? Je ne sais pas si vous vous rendez compte. Non, ça m'étonnerait.

— Écoute, j'ai moi-même quelques petits soucis, lui répondit-il. J'ai l'esprit très occupé. Alors inutile de te méfier de moi. J'ai d'autres chats à fouetter, au cas où tu ne serais pas au courant. Nous pouvons d'ores et déjà signer un pacte de non-agression, toi et moi. Oh ! oui. Tranquillise-toi là-dessus.

— Hum. Vraiment ?

— Vraiment. » Il pencha la tête et la regarda par en dessous. « De quoi es-tu au courant ? Sais-tu qu'elle est enceinte ? Et d'abord, qui te l'a dit ? Enfin, peu importe. J'ai trouvé le moyen de la mettre enceinte, le résultat est là. Et que fait-on, dans ce cas-là ? Qu'est-ce qui vous laisse une chance de vous regarder le matin, dans la glace ? » Il vida son martini-gin d'un seul trait – sans doute afin d'optimiser sa condition physique à vingt jours de la course – et le reposa sèchement sur la table en détournant les yeux. « Tu es encore jeune. Très jeune. Tu ne dois pas comprendre que l'on puisse vouloir une chose et ne pas la vouloir en même temps. Tu dois te dire,

c'est complètement insensé. Ce type est barje.
Rassure-toi. Tu n'es pas la seule. Sois parfaitement à
l'aise. Je ne t'en voudrai pas une seconde. »

Elle déclara que c'était un peu raide de se réveiller
un beau matin et d'apprendre que son père n'est pas
son père – même s'ils ne partageaient pas une
grande passion l'un pour l'autre – et de s'en voir
décerner un autre dans la foulée, carrément tombé du
ciel, que c'était dur à avaler. David le comprenait
très bien. Il hochait la tête, lâchait quelques soupirs,
se retenait de ne pas prendre les mains de Sonia dans
les siennes – il craignait d'aller un peu vite en
besogne, même s'il estimait que les turbulences
qu'elle traversait en ce moment auraient pu justifier
certains gestes de la part d'un oncle digne de ce
nom.

« D'un autre côté, tu aurais pu tomber plus mal.
Tu aurais pu tomber sur moi, pour commencer, et là,
je ne te dis pas dans quelle salade nous nous trouve-
rions à l'heure qu'il est. Je ne te fais pas un dessin.
Mais bon, le pire a été évité. Nous avons eu chaud.
Non, lorsque je dis que tu aurais pu tomber plus mal,
je parle de Marc. De ton père, donc. Tu ne devrais
pas avoir trop à t'en plaindre, d'après moi. Ça peut
très bien rester vivable.

— Si nous gardons nos distances. À cette seule
condition. Je le répète : si nous gardons une vraie
distance. S'ils accélèrent leur projet d'emménager
ailleurs. Je croise les doigts. À cette unique et seule
condition. Quoi qu'il en soit, je tenais à mettre ces
choses au point... Je parle de nos rapports... Je trouve

ça tellement ridicule... Pff... Ça pourrait être un cauchemar, vous savez. Enfin, ça y ressemble.

— Okay. Je ne vais pas te prendre sur mes genoux. Je ne vais pas tendrement te pincer la joue. Je ne te ferai pas de cadeau pour Noël, okay ? Sonia, je me mets à ta place. Je comprends que tu sois perturbée. Les conneries, c'est nous qui les avons faites et c'est toi qui passes à la caisse. Okay. Je mesure ce que cette situation a d'injuste. Je sais combien ta colère est grande, crois-moi. Fais-moi confiance. »

Elle resta, en le quittant, sur une impression mitigée. Elle se glissa dans les embouteillages sans même y prendre garde. Elle traversa le fleuve et tourna sur la voie rapide, bordée de hauts frênes lumineux, à la vitesse d'un homme traînant des pieds. Il flottait dans l'air une odeur persillée d'herbe fraîchement coupée. Sur la berge, à la hauteur de l'auditorium, on tondait et on installait des sièges pour un concert en plein air et une scène au moyen d'un camion-grue qu'un blondinet en salopette manipulait à distance, de façon merveilleuse. À la radio passait un morceau divinement triste d'Antony and the Johnsons et Sonia songea un instant à ces choses que l'on voulait et que l'on ne voulait pas à la fois et elle eut le sentiment que ce n'était pas aussi rare. Vouloir une chose et en même temps ne pas la vouloir. Il n'y avait rien là d'anormal. On voyait ça tous les jours, se disait-elle tandis que le soleil lui léchait le bras à la portière.

Bien sûr, elle était un peu en froid avec Édith et elle souhaitait que celle-ci fiche le camp le plus vite possible, que sa mère plie bagage en vitesse et aille cultiver ses autres secrets – s'était-elle arrêtée en si bon chemin ? – ailleurs, sous d'autres cieux, le plus loin possible, dans une autre dimension, en tout cas *pas dans la chambre d'à côté, bordel, merci bien, sans façons.*

Car à présent, pour faire bonne mesure, et forte d'une ambiance de légitimité, Édith ne tentait même plus de copuler en silence. Ni même avec le minimum de discrétion. Chaque fois que Marc passait la nuit à la maison – autant dire presque toutes les fois – Édith s'abandonnait sans retenue et optait pour de bruyants orgasmes, délicieusement glauques selon Sonia, définitivement *too much.* Non pas qu'elle s'étonnât que sa mère prît encore soin de s'adonner à certaines pratiques amoureuses plus ou moins tolérées. Mais les mettre en sourdine, voilà qui aurait été infiniment apprécié. Voilà qui aurait dû constituer un seuil minimal, un prix au-dessous duquel on ne pouvait pas aller, mais ce n'était pas le cas.

Elle espérait que cette situation n'allait pas s'éterniser car c'était intenable par moments, les ressorts du lit, les soupirs, les râles, les niaiseries qu'ils échangeaient à propos de leurs sentiments ou les discours salés qu'ils tenaient concernant les diverses fonctions de leurs anatomies respectives, comment elles s'emboîtaient, comment elles étaient faites l'une pour l'autre.

« Et je ne me bouche pas les oreilles si facilement, je vous promets, mais il y a des limites.

— Hum. Je vois très bien de quoi tu parles. Quand elle avait vingt ans, ta mère enflammait tout ce qu'elle touchait. Note bien que, dans ma bouche, c'est un compliment. Note bien. Mais je comprends que ça puisse choquer. Tu sais, quelquefois, ma mère nous tombait sur le dos – nous avions à peine ton âge – et elle demandait à Édith où elle avait appris ce langage de putain. Tu me diras, elle n'avait pas à écouter aux portes. Mais elle jurait qu'elle allait lui frotter les lèvres au savon noir. Je l'entends encore... Comme c'est loin, tout ça.

— Il paraît que vous avez dévalé la route et que c'est un miracle si on vous a retrouvés vivants. C'est vrai ? J'y crois pas, vous l'avez fait *exprès* ? Quoi ? Il faut pas en parler ? »

Il avait marqué le coup mais s'était très vite repris. Il avait expliqué qu'en effet son frère et lui en étaient arrivés à un point où la dégringolade au fond de l'abîme avec plusieurs grammes d'alcool dans le sang constituait un épisode prévisible. Il avait parlé d'une voix calme, donné le nombre des tonneaux qu'avait exécutés leur Stratos avant de les éjecter et de s'aplatir dans la vallée et celui de leurs fractures, perforations et déchirements en tout genre – il avait eu le bon goût de ne pas exhiber ses cicatrices. « Il paraît qu'il y a un Bon Dieu pour les ivrognes », avait-il conclu en détournant la tête.

Elle se gara sur le parking de la bibliothèque – l'un de ces bâtiments à l'architecture glacée, en pierre grise, cauchemardesque, aux salles encaustiquées et lambrissées de bois sombre – et passa un long moment à compulser les journaux, les articles de l'époque, tandis que de fines particules dorées voletaient autour d'elle. Très instructif. Il y avait également quelques photos, la Stratos en mille miettes, le portrait des deux terreurs au bord d'une piscine. Pas mal. Vraiment pas mal, reconnut-elle. D'accord, il y avait de quoi hésiter.

Et impossible de les départager sur le plan sexuel.

« Du moins, en ce temps-là, soupira Édith. Je n'avais pas beaucoup d'expérience. Ils me comblaient tous les deux.

— *Tous les deux ?* Dis donc, c'est ce qui s'appelle avoir de la chance. »

Les sarcasmes de Sonia n'étaient pas rares depuis qu'elle était confrontée à son nouveau paysage familial, mais Édith ne lui en voulait pas. Elle se sentait de taille à accepter les variations d'humeur de sa fille car elle se tenait elle-même sur un nuage – ou plus justement *à l'intérieur* d'un nuage, à l'intérieur d'une capsule qui atténuait la dureté du monde extérieur. Sonia pouvait railler cette folie qui l'avait conduite à coucher avec les deux frères. C'était son droit. Mais cela n'enlevait rien au fait qu'Édith traversait une période de grande satisfaction sexuelle dans les bras de Marc et ne voulait surtout pas se bagarrer avec sa fille, avec son *unique* fille. Ainsi, lorsque le vent menaçait de tourner, se concentrait-elle sur ce moment de la soirée qui la verrait monter à sa chambre et se glisser prestement dans les draps, le front moite, en culotte, se mordillant la lèvre inférieure tandis que Marc franchissait le seuil en débouclant sa ceinture.

Elle essayait de ne pas y penser, mais ce n'était pas facile. Elle avait le sentiment que son corps avait attendu cette vague chaude et cotonneuse durant de longues années, même si Paul s'était révélé – à

défaut d'être un vrai mari – un partenaire tout à fait
honorable, et même assez souvent doué d'une réelle
imagination en son temps, d'un vrai talent pour la
chose.

Sonia ne pouvait pas comprendre. Aucune fille de
vingt ans n'avait une chance de saisir de quoi il
s'agissait. Réfléchir à la décoration de leur future
maison intensifiait le plaisir qu'elle prenait à leurs
ébats. Par exemple, songer à un sofa d'Antonella
Scarpitta judicieusement placé devant la cheminée,
quand Marc la prenait par-derrière, lui arrachait d'in-
coercibles vagissements. Jamais elle n'avait joui avec
autant de facilité, n'avait éprouvé un tel sentiment de
plénitude. Elle n'avait aucune raison de s'en cacher
mais préférait ne pas s'étendre sur un sujet qui passait au-dessus de la tête de Sonia.

En revanche, Catherine Da Silva était sur la même
longueur d'onde. L'exemple du canapé semblait à
cette dernière d'une telle évidence qu'elle avait
mainte fois encouragé ses lectrices, au moyen d'édi-
tos enflammés, à mélanger le sexe et la décoration
intérieure, ou plus généralement le sexe et la pro-
messe d'une situation meilleure, le sexe et la sécurité. La plupart des femmes étaient d'accord. Il n'était
pas rare d'en trouver une confirmation dans le courrier de *City* – telle ou telle qui lors d'une séance à
première vue sans relief était littéralement montée au
ciel en songeant à sa liste de mariage ou à une
simple machine à espresso, le modèle en acier brossé
avec affichage digital multilingue.

De joie, Catherine Da Silva tombait raide morte
lorsqu'il s'agissait de choisir des tissus. Elle adorait

toutes ces choses qui pendaient le long des murs, drapaient les fenêtres, tendaient quelques plafonds, en tout cas pour les chambres, et son goût était d'une sûreté étonnante. Dans certains magasins, elle avait accès à des pièces confidentielles, à des coupons introuvables, à des tirages réduits, à des velours que l'on ne réservait qu'aux meilleures clientes.

Édith en profita pour lui demander une augmentation qui foudroya l'autre quelques instants, cependant qu'elle examinait un chintz à fines rayures.

« Il faut bien que je me débrouille à payer ces trucs, prétexta-t-elle. Tu vas me faire dépenser une fortune. Je ne gagne pas la même chose que toi, tu sais. Tu as tendance à l'oublier.

— Et tu ne gagneras jamais autant que moi, ma chérie, je préfère que tu le saches. Que veux-tu, je suis le patron et tu es mon employée. On n'est pas chez les communistes, ici. »

Souvent Édith louchait sur la garde-robe de sa patronne – largement représentée par le style Vivienne Westwood. Écrire avait rarement nourri son homme. Les portraits qu'elle rédigeait, compte tenu des interviews qu'elle devait réaliser pour obtenir la matière, ne lui permettaient guère de coups de folie – mais plus d'une fois, elle s'était privée de manger pendant une semaine pour se payer une paire de mules d'une beauté insoutenable.

« Mais chérie, d'un autre côté, tu ne peux pas tout avoir. Quand je pense que je n'ai jamais rien pu tirer de lui et que tu n'as eu qu'à lever le petit doigt pour qu'il t'épouse, je dois dire que ça me dépasse. »

Plus tard, à l'occasion d'une visite de la maison

envahie de peintres, d'échelles, d'éclats de soleil en provenance du fleuve qui passait au fond du vaste jardin, Catherine soupira encore davantage. N'ayant pas fait mystère de deux ou trois lointaines étreintes sans conséquences avec le futur époux – alors qu'en vérité ils fréquentaient hier encore les mêmes bandes et se croisaient environ une fois par mois sur des *king-size* encombrés ou simplement sur la moquette ou encore un carrelage quelconque et se distribuaient des Kleenex –, elle se sentait autorisée à gémir sur son sort, à déclarer qu'Édith recevait la meilleure part.

« Tu as la maison, tu as l'homme qui va avec. Regarde-moi ça ! » fit-elle en inspectant le salon avec un petit sifflement. Les deux poings sur la taille, qu'elle avait un peu enrobée, malheureusement, Catherine Da Silva eut un sourire amer. « Et puis quoi ? Il te faudrait l'argent par-dessus le marché, non mais je rêve ! »

Lorsque Catherine faisait allusion aux deux ou trois rapports qu'elle avait eus avec Marc et qui appartenaient à présent au passé, un passé dont elle avait été l'absente, Édith jugeait que c'était de bonne guerre. Elle n'était vraiment pas la mieux placée pour adresser des reproches ou des mauvais points autour d'elle – et puis Marc traitait l'épisode sur le ton de la plaisanterie, déclarait que ses souvenirs étaient vagues, qu'il y avait prescription.

« Est-ce que ça te plaît ? demanda-t-elle à son amie. Qu'est-ce que tu en penses ? »

Elle faisait allusion à une nuance de grège dont elles avaient discuté pour les murs du salon. N'étant

pas totalement ramollie du cerveau, elle se sentait
assez forte pour admettre que Marc avait pu avoir
quelques rapports sexuels en vingt ans. Simplement,
elle ne voulait pas en connaître les détails. Elle refusait de se poser la moindre question à leur sujet.

Catherine fixait intensément la protubérance pro-
metteuse qui gonflait le pantalon d'un jeune peintre
grimpé sur un échafaudage à roulettes. Éblouissant.
Elle se secoua tandis que le vrombissement d'une
moto – Roberto, car c'était lui, conduisait rageusement une moto Guzzi V11 Ballabio – rompait avec
le calme exceptionnel d'un quartier dont le standing,
comme l'avait fait valoir la femme de l'agence en
dodelinant sur ses horribles mollets, n'était pas
usurpé.

Catherine plongea la main dans son sac et recula
d'un pas au moment où Roberto parut sur le seuil.

« Ne t'approche pas de moi ! lança-t-elle en agitant et en braquant dans sa direction une petite
bombe lacrymo. N'avance pas. Tu sais que je le
ferais. »

Roberto regarda autour de lui en souriant. Comme
s'il valait mieux en rire. Comme si le monde était
d'une absurdité sans réplique.

« Ça, je n'en doute pas, ricana-t-il.

— Reste où tu es.

— Écoute, laisse-moi au moins embrasser Édith. »

Ce qu'il fit. Catherine finit par abaisser son bras.
Elle rangea la bombe dans son sac. Il était midi juste
et les peintres gagnaient la sortie les coudes au
corps. Elle alluma une cigarette puis se rendit dans
le jardin en roulant des hanches.

« Je ne lui en veux pas du tout, déclara Roberto en indiquant sa blessure au crâne. Je ne vais pas lui chercher des noises pour si peu, elle le sait bien.

— Oui, elle m'a raconté. Mais qu'est-ce qui t'a pris ? C'est tout le respect que tu as pour elle ?

— Attends, je ne vois pas où il est question de respect... Qui est venu pleurer sur mon épaule ? Qui s'est mis à me triturer la main en la serrant contre sa poitrine ? Je trouve qu'elle y va un peu fort. Attends, je n'avais pas l'intention de la violer. Je l'aurais déjà fait, depuis le temps. » Il attira de nouveau l'attention d'Édith sur sa blessure. « Ça me coûte cher, ces histoires. Ce connard aurait pu me tuer. Elle va m'en envoyer une équipe complète, la prochaine fois ? Elle va mettre à mes trousses une armée de tueurs à gages ? »

Édith admit que l'addition était salée.

« Elle est capable de t'en vouloir jusqu'à la fin de ses jours, j'en ai peur. Pourquoi ne tires-tu pas un trait définitif ? Pourquoi ne pourriez-vous pas rester *amis*, tout simplement ? Qu'est-ce qui vous en empêche ? »

Roberto refusa de répondre à ces questions idiotes. Il les balaya d'un geste. Puis il s'intéressa à la maison et secoua la tête :

« Chouette baraque, dit-il. Eh bien. Nom d'un chien. Ça fait drôle de penser... Marc et toi... après toutes ces années... j'ai l'impression de regarder un film. En tout cas, vous allez être bien, ici, c'est moi qui vous le dis. Très très chouette baraque. »

Sur ses talons arrivèrent Marc et David.

À l'arrière de leurs véhicules s'entassaient des

sacs emplis de victuailles. Il y avait également deux glacières. Marc et Roberto installèrent une table et des sièges sous un tilleul dont les graines piquetaient le feuillage de vert pâle et dansaient dans la lumière.

David resta planté près d'Édith. Tournant le dos au fleuve, étudiant la façade, notant son architecture moderne, il commença par s'excuser de ne pas être venu plus tôt, d'avoir été aussi grossier, ajoutant qu'il n'avait rien à opposer pour sa défense, n'était un emploi du temps mental hyperchargé qui le coupait du monde.

« Je suis certaine que vous vous entendrez bien, prophétisa Édith sur le ton de la confidence. Tu sais, les hommes ont toujours eu peur de faire des enfants. Tu n'as rien d'exceptionnel. Aie confiance.

— Je n'arrête pas d'y réfléchir. J'y pense du matin au soir. Je n'aime pas ça, j'ai peur que ce soit mauvais signe. Ça devrait aller de soi, non ? Je ne devrais même pas me poser la question. »

À de nombreuses reprises, par le passé, elle l'avait trouvé vraiment touchant. Bien que les deux frères ne voulussent jamais en parler, elle était persuadée que c'était David qui conduisait la Stratos.

Pas assez solide. Profondément séduisant, mais pas assez solide – et cette fragilité le rendait plus séduisant encore. Par chance, les années gommaient les travers romantiques et militaient pour le fait que mieux valait suivre un chemin largement éclairé que de s'engager sur celui dont la lumière se montrait incertaine, aussi attirant fût-il.

« Quoi qu'il en soit, nous avons réussi, poursuivit-elle à mi-voix. Vous êtes tous les deux formidables.

Vous êtes les deux personnes les plus formidables que j'aie jamais rencontrées, ton frère et toi. »

David lui glissa un coup d'œil assez méfiant. Depuis plusieurs jours, il avait l'impression que son esprit n'enregistrait pas tout et qu'il se réveillait au milieu des discours des uns ou des autres, sans avoir tout suivi. Les femmes, en particulier, semblaient tenir des propos incompréhensibles, totalement absurdes. Perturbant. Par-dessus l'épaule d'Édith, il vit Josianne arriver dans sa Skoda, simplement vêtue de sa tenue d'infirmière. Entre l'envie de courir vers elle et celle de s'enfuir à toutes jambes, il y avait égalité.

« Tu es tout pâle, fit remarquer Édith.

— Possible. Je suis pas mal constipé, en ce moment. Je suis en plein entraînement. »

Édith hocha pensivement la tête. Elle se sentait toujours plus ou moins troublée en sa présence, mais elle faisait confiance au temps et pariait qu'ils deviendraient d'excellents amis une fois que le passé serait enterré.

Marc fit sauter un bouchon de champagne. À la différence de David, il avait une mine superbe. Il garda le même sourire lorsque l'Aston Martin se gara devant l'entrée et qu'en descendirent Irène et Victor. Il cligna de l'œil à Édith.

Le coup de fil qu'il avait donné à sa mère dans la matinée avait porté ses fruits. Il avait su se montrer ferme, intraitable, refusant de négocier quoi que ce soit mais promettant un profond durcissement de leurs rapports si elle déclinait son invitation.

Elle savait de quoi Marc était capable. Elle savait qu'il ne bluffait pas, qu'elle avait mis au monde un cœur de pierre, un fils qui ne prenait pas en pitié sa pauvre mère et restait insensible à sa douleur – car c'était une vraie douleur que d'apparaître devant Édith et de lui concéder la victoire en s'extasiant devant la maison que lui avait choisie son irréductible fils.

Irène s'avança vers le petit groupe la tête haute, laissant Victor à quelques pas, dans son sillage.

« C'est bien, c'est au bord de l'eau », dit-elle.

Victor, quant à lui, ne chercha pas à cacher le vif dépit qu'il conçut de l'absence de Sonia. « Où est ma petite-fille ? » lançait-il un instant plus tôt, sans plus de précautions oratoires – sans doute ravi de prononcer certains mots à voix haute –, avant de s'entendre répondre qu'elle ne viendrait pas. Il arracha presque des mains de son fils une coupe de champagne qu'il emporta à l'ombre du tilleul.

Il s'aidait à présent d'une canne pour marcher. Son cœur allait bien, mais la famille traversait une zone de turbulences qui pesait comme un fardeau sur ses épaules. Une canne n'était pas de trop. Depuis qu'il avait appris qu'il était grand-père, l'angoisse de la mort le tiraillait moins, mais d'autres contrariétés lui échoyaient et il avait recours à un spray pour les surmonter. Pschitt ! Pschitt ! Bradge voulait l'envoyer une quinzaine de jours à la montagne pour qu'il se repose, mais il avait répondu qu'on verrait plus tard.

Irène l'avait agressé durant le trajet. À un feu rouge, il avait eu le malheur de fixer les jambes de sa femme et elle lui avait dit qu'il se comportait comme un animal. Il ne voyait pas toujours le coup arriver et parfois elle le transperçait sur place. Cela expliquait en partie le spray. Heure après heure, il tâchait de se rapprocher d'elle, c'était comme attaquer une montagne à mains nues, jusqu'au moment où, *bing !*, elle le renvoyait brusquement dans les cordes. Il avait toujours su que cette femme était animée d'une volonté farouche. Si cette volonté n'avait pas été dirigée contre lui, il aurait sans doute admiré tant de ferme résolution, lui aurait voué un respect sans nom.

Sous bien des aspects, cette réunion était épouvantable, se disait-il. Chacun portait un masque, se tenait plus ou moins sur ses gardes. Marc ouvrait des portes qui donnaient sur des pièces vides qui empestaient la peinture et résonnaient comme des tambours. Aucun intérêt. À peine entré dans la maison, Victor changea d'avis et rebroussa chemin sans plus s'occuper de la visite, retrouvant l'abri du feuillage et l'éloignement qu'il escomptait. Pour dire la vérité, l'absence de Sonia créait un insupportable vide.

Depuis quelques jours, il bouillait littéralement. Exactement depuis l'instant où il était parvenu à s'emparer du numéro de téléphone de Sonia en compulsant le répertoire de Marc après que celui-ci, fringant, eut ôté sa veste, un matin, pour griller tranquillement quelques toasts et cuire un œuf à la coque – au contraire de son frère qui marchait au riz blanc et cavalait comme un dératé depuis l'aube. Feignant d'être absorbé par la lecture des pages économiques du *Herald Tribune*, Victor lui avait subtilisé son portable et avait pu noter tout à loisir le renseignement qu'il cherchait. Ainsi possédait-il à présent une sorte de trésor qui ne demandait qu'à s'ouvrir et qui lui brûlait les doigts. Rien que de très prévisible quand on savait combien cette histoire l'avait transformé, avait transformé sa perception du monde. Le numéro de Sonia. Il était en sa possession. Tel un fil invisible. Il n'avait pas encore trouvé le courage de l'utiliser, mais il l'avait saisi de nombreuses fois sur son écran et n'avait pu dépasser ce stade. Impossible d'aller plus loin. Et que faire sinon le regarder fixement, jusqu'à en être hypnotisé ?

Profondément contrarié, le cœur noir, il empoigna son téléphone et s'éloigna vers le fond du jardin, le pressant contre son oreille.

À l'intérieur, Irène restait accrochée au bras de son fils, tandis qu'ils passaient d'une pièce à l'autre avec leurs coupes. Une hache ne l'aurait pas séparée de ce garçon qui lui causait cependant l'une des plus terribles déceptions de sa vie en tombant à nouveau dans les filets de cette maudite fille – qui avait au moins la pudeur de ne pas commenter la visite –, mais un imbécile restait un imbécile, personne n'y pouvait rien. Certes, le père Joffrey lui avait conseillé de cultiver les graines de la paix et du pardon issues du Cœur Sacré de Notre Seigneur Jésus-Christ, mais elle ne les avait pas encore trouvées, pour être franche, et la simple présence d'Édith la rendait toujours nerveuse. Peut-être certaines blessures ne se refermaient-elles jamais, pourquoi pas ?

À l'étage, la plus grande des chambres offrait une vue splendide sur le fleuve – au point que Josianne avait enfoncé ses ongles dans l'avant-bras de David – et Marc avait convoqué toute la petite troupe devant la baie. Le fleuve était d'une beauté hypnotique. Ce fleuve aurait pu guérir toutes les plaies, à la longue. Par-delà une frange de roseaux et de joncs d'un blond cendré, on distinguait un appontement qui s'avançait sous les saules et tous les regards étaient braqués sur Victor dont la silhouette se découpait à contre-jour.

C'était une image empreinte de calme et de sérénité que celle du vieil homme seul, méditant dans la lumière. Les fils regardaient leur père, la femme regardait son mari, d'autres leur futur beau-père, et même Roberto et Catherine Da Silva pour lesquels Victor n'était rien avaient le regard braqué sur lui, sur un Victor Sollens qui semblait changé en statue.

Pour commencer, son téléphone vola dans les airs. Il possédait l'un de ces portables hors de prix qui recevait la télévision et sans doute mieux encore, mais ça n'y changea rien, strictement rien, l'appareil fut bientôt balancé d'un geste furieux dans l'onde éclatante. Entraînant illico dans la chambre un concert de questions qui moururent sur les lèvres, tellement ça estomaquait.

Bien entendu, chacun avait déjà senti que Victor allait se flanquer à l'eau avant même qu'il ne fît un geste en ce sens. Une telle dinguerie, un tel égarement cadrait si bien dans le décor. Comment aurait-il pu en aller autrement ? Là où une famille normale aurait ruminé sa rancœur en silence et avalé son pique-nique sans faire d'histoires, les Sollens proposaient beaucoup mieux.

Plaff ! Une gerbe scintilla puis se referma sur Victor.

Irène en tomba raide assise sur le lit, une main devant sa bouche ouverte.

Le courant était assez fort. Tout en sprintant vers le fond du jardin, Marc lança qu'il fallait récupérer Victor au-delà des saules. Ils sautèrent donc par-dessus la haie des voisins et poursuivirent leur course ventre à terre jusqu'au moment où deux énormes chiens à poil court, babines écumantes, dégringolant dans leur direction, aboyant comme des fauves enragés et arrachant des touffes d'herbes à chaque foulée, firent leur apparition.

Les trois hommes étaient pratiquement au coude à coude. Renonçant pour l'heure à sauter la haie, horrifiées, impuissantes, les femmes poussaient des cris, trépignaient, sautaient dans tous les sens.

Pendant ce temps, Victor passait au large, agitant mollement les bras.

Irène raconta comment ils s'étaient connus, comment Victor lui avait arraché un premier rendez-vous.

Les voisins étaient un couple charmant. Ils avaient rappelé leurs molosses et mis à la disposition de nos quatre malheureux compères, trempés comme des souches, serviettes et peignoirs de grande qualité.

« Écoute, ça n'intéresse personne », soupira Victor qui avait bu malgré tout quelques bonnes tasses durant l'exercice.

Ce n'était pas l'avis général. « Donc, la scène se déroule en hiver, reprit Irène, quelques jours avant Noël. Nous sommes sur le trottoir. J'ai à peine vingt ans. Il me tend les clés de sa voiture et me déclare :

"Tu as dix minutes pour rejoindre l'hôpital le plus proche", et il ajoute : "... si tu veux me revoir en vie."

Marga Damanti, la voisine, bronzée à souhait, n'en croyait pas ses oreilles. Elle trouvait ça renversant.

« Vous pouvez dire stupide, lui conseilla Irène. Vous pouvez dire totalement irresponsable. Tout ça pour un malheureux rendez-vous. On croit rêver, n'est-ce pas ? Il avait avalé tous ces comprimés par poignées et sans doute allait-il mourir si je ne lui accordais pas ce fichu rendez-vous que je lui refusais depuis des mois. Vous imaginez ? À quel genre d'homme nous avons affaire ? L'ignoble chantage auquel il se livrait ? »

Victor baissa la tête, mais il ne regrettait rien. Il appréciait le Martini blanc qu'on lui avait servi avec une olive. Il n'aimait pas beaucoup qu'Irène raconte cette histoire en public, mais quand même, il aimait bien l'entendre la raconter car elle seule était capable de lui faire revivre ces instants-là avec autant d'intensité. Il lui avait vraiment flanqué les chocottes en lui tendant les clés. Il l'avait payé d'un lavage d'estomac un peu brutal, mais il avait eu ce qu'il voulait. Ce fameux rendez-vous – plus le rodéo à travers la ville tandis qu'ils fonçaient vers les urgences et qu'il se sentait presque sombrer dans le coma, fantastique expérience. Et Victor pensait que rien ne devait empêcher un homme d'obtenir ce qu'il voulait, aucun dieu, aucune puissance, aucune religion.

« Tu ne m'avais pas laissé le choix, exposa-t-il en

se tortillant un index dans l'oreille. Cette histoire aurait traîné pendant des mois, tu le sais très bien. Tu étais la fille la plus coincée de la classe. Et en même temps, la plus jolie, il faut dire ce qui est. »

David raccompagna Josianne jusqu'à sa voiture car elle devait reprendre son service. Elle boudait un peu car elle avait l'impression que sa blouse d'infirmière l'avait ravalée au rang de personnel de maison et, d'ailleurs, on ne lui avait pratiquement pas adressé la parole.

« Attends, ne commence pas comme ça, lui fit David. Ne t'embarque pas dans cette voie, je t'en prie. *Ne t'embarque pas dans cette voie, okay ?* Parce que par là, dans cette direction, c'est le chaos qui nous attend. Cette voie ne conduit qu'au chaos. Est-ce que tu m'as bien compris ? Au chaos.

— Est-ce que je n'ai pas droit à un minimum de considération ?

— Tu as droit à toute la considération du monde, qu'est-ce que tu vas chercher ?

— Je n'ai pas honte de travailler pour mille cinq cents euros par mois. Je gagne chaque euro que je mets dans ma poche.

— Bon sang, Josianne. Mais tout le monde t'a trouvée sexy à mort. Cette putain de blouse te va à merveille, tu plaisantes. Tu étais splendide.

— Mais ce serait autre chose, n'est-ce pas ? si j'étais ta femme. Je m'épargnerais ce genre d'humiliation. Si j'étais ta femme, je ne me sentirais pas dans la peau d'une employée de maison. En fait, je ne me sentirais pas *aussi mal*, si tu veux savoir. Mais je crois que tu t'en fiches pas mal.

— Tu crois que je ne suis pas capable d'assumer mes responsabilités ? Est-ce que c'est de ça qu'il s'agit ? Parce que, si c'est le cas, laisse-moi te dire que je les assumerai sans réserves. C'est que tu me connais mal si tu crois que je prends ça à la légère. Tu sais, si je m'en fichais, ça serait vite réglé, crois-moi. Je pourrais t'épouser dans la semaine, *et basta !* Et l'encre ne serait pas encore sèche que l'on pourrait divorcer de la même manière, comme ça, dans la foulée, aussi facilement qu'on respire. C'est ce que tu souhaites ? Pour toi, c'est une preuve d'amour suffisante ? Tu as besoin de ton bout de papier ?

— Est-ce que c'est de ma faute ? Est-ce que c'est moi qui établis les règles ? Est-ce que tu trouves que je suis trop gourmande ? Non ? Alors pourquoi nous ne baisons plus ? Pourquoi j'ai l'impression d'être punie ?

— Tu n'es pas punie. Punie ? Jamais de la vie ! Comment ça, *punie* ? Josianne, je te l'ai dit, *je m'entraîne !* Je ne peux pas baiser toute la nuit et me lever à cinq heures du matin pour enfiler mes baskets. Tu dois pouvoir le comprendre. Tu dois penser à l'alimentation que je m'impose, à base de pâtes et de riz blanc, et n'importe qui te dira que ça joue sur la libido, je suis désolé, c'est inévitable. Tu n'as qu'à cliquer sur deux ou trois sites et tu verras si je mens. Tu verras si les types se vantent de leurs exploits sexuels quand ils s'astreignent à un véritable entraînement. Ça n'a rien à voir avec les sentiments. Rien du tout. Allez, Josy, ne fais pas cette tête. Josy, embrasse-moi. »

Elle faillit lui claquer la portière sur les doigts.

David avait longtemps cru que son goût pour les femmes mariées relevait d'une perversion quelconque, mais il n'en était rien.

4.

Quelques jours avant le départ de la course, alors que David ne songeait plus qu'à se préparer mentalement pour l'épreuve, Josianne plia bagage et réintégra son petit pavillon car elle estimait que leur relation était finie.

Apprenant la nouvelle de la bouche d'Irène qui semblait sous le choc, il ne tarda pas à s'enfermer dans les toilettes les plus proches pour vomir son riz après qu'il eut constaté que leur chambre était bel et bien vide.

Ensuite, il essaya dix fois, vingt fois de la joindre, mais elle ne répondit pas.

Il s'en prit à Irène.

« Et tu ne l'en as pas empêchée ? Tu l'as laissée filer ? Bravo ! On peut compter sur toi. Tu es vraiment *géniale* ! *Vraiment géniale,* tu sais. »

Il était en short, hirsute, trempé de sueur, désemparé.

« Je sais que ce n'est pas drôle, répondit-elle après une profonde respiration. Mais reconnais que tu l'as cherché. Je suis désolée, David, mais ce qui t'arrive te pendait au nez depuis un bon moment. »

La rage et le désarroi le clouaient sur place, ulcéré mais incapable de prononcer un seul mot pour sa défense.

Le soir tombait. Non loin de là, exilé près des transats, posté sur le balcon que baignait un doux crépuscule au parfum de mimosa, Victor, bras croisés, fixait l'horizon d'un œil sombre – car, primo, Josianne fichait le camp, ce qui était ennuyeux et risquait de casser l'ambiance, et, secundo, il n'avait pas impressionné Sonia en se jetant à l'eau, au contraire, il s'était tout bonnement ridiculisé, il n'y avait donc pas de quoi sourire. Avisant du coin de l'œil la grimace de son fils – lamentable –, il soupira bruyamment.

Josianne décrocha son téléphone vers onze heures du soir, heure à laquelle le moral de David était au plus bas. Irène et Victor n'avaient pas réussi à entamer la moindre conversation avec lui, pas même à table durant le repas qu'il avait rendu particulièrement sinistre avec son front baissé, ses épaules affaissées, son air meurtri, sa prostration – désolante.

Elle décrocha son téléphone et lui demanda ce qu'il voulait.

Elle ne rigolait pas. Elle se montra même tellement dure qu'il en eut le souffle coupé. Quelle dureté ! Quelle résolution ! C'était même effrayant, d'une certaine manière. Elle lui affirma que jamais plus il ne poserait la main sur elle et c'était comme si elle le poignardait mille fois et le regardait s'effondrer sans lever le petit doigt. En tout cas, elle le marquait au fer rouge. D'ailleurs Irène le vit pâlir. Irène l'observait tandis qu'il avait l'air de vouloir broyer le téléphone dans sa main et elle se dit que tout allait bien, elle se dit que Josianne allait lui livrer un combat à outrance, on pouvait compter sur elle. Et d'ailleurs cette fille, Irène était assez épatée par l'étendue et la profondeur de son engagement. « Êtes-vous du signe du Taureau ? » l'avait-elle interrogée au temps où Josianne était son infirmière et qu'elles allaient se promener au milieu des sapins – cela semblait déjà si loin, une éternité.

Un lourd silence avait succédé à cette hypernoire conversation entre David et son intransigeante infirmière. Irène et Victor échangeaient de brefs et entendus coups d'œil par-dessus la table qui ne proposait qu'un peu de viande froide et une vague salade verte – Victor l'avait lavée et Irène s'était occupée de la vinaigrette – que la tiédeur flétrissait. Il faisait très bon. Se faire plaquer par cette température se révélait être d'une infinie dérision. Après une journée de boulot – la boîte tournait à fond, les modèles haut de gamme partaient comme des petits pains – après une journée entière de boulot, donc, puis vingt kilomètres de footing – vingt kilomètres le matin, vingt kilomètres le soir, plus des problèmes de constipation récurrents – donc rentrer chez soi et s'entendre dire, après huit heures de boulot et trois heures de footing, qu'on est plaqué, que la personne avec laquelle on vivait vous a rayé de son carnet, qu'on n'est plus rien, qu'il n'y aura plus de rapports sexuels ni rien, ça fait très mal.

En fond sonore, Victor avait convoqué quelques

airs napolitains que lui-même appréciait beaucoup et
n'hésitait pas à utiliser lorsqu'il souhaitait se retirer
dans un univers plus calme, aux fonctions apai-
santes, mais, visiblement, cela ne semblait pas avoir
beaucoup d'effet sur David. Loin de sourire, on se
demandait s'il n'allait pas sortir une arme et la coller
contre sa tempe.

De son côté, l'appétit un peu coupé – tant la soirée
était réussie –, Victor prenait note que les occasions
de se trouver en tête à tête avec Irène allaient se raré-
fier et contrarier ses plans – il comptait sur la compli-
cité du soir, sur la tombée de la nuit pour dissiper les
malentendus et les griefs de la journée, car il n'était
pas question de l'approcher dans la journée, sans
qu'elle sortît aussitôt ses griffes.

On entendait les grillons, la rumeur lointaine de la
voie express qui filait hors de la ville en longeant le
fleuve, sous un ciel étoilé.

Autrefois, ils avaient constitué une vraie famille,
de vrais parents avec de vrais enfants, et ils avaient
vécu heureux dans cette maison, beaucoup de gens
pouvaient en témoigner. Cela paraissait aujourd'hui
inimaginable, mais c'était la vérité. Il y avait des
témoins.

L'absence de Marc accentuait la pesanteur de cette
veillée funèbre. Chacun le voyait en grand gagnant,
nageant au même instant en plein bonheur, riant aux
éclats, embrassant Édith à pleine bouche, ayant si
bien tiré son épingle du jeu en les abandonnant là, en
les laissant à leurs simagrées foutrement ennuyeuses.

Du bout des lèvres, Irène proposa à son fils de

consulter le père Joffrey qui certainement serait de bon conseil.

« Ça ne te coûterait rien de l'écouter, tu sais. Confie-toi à lui. Expose-lui simplement les faits. Tu risques d'être surpris. »

Dans l'histoire, David avait négligé sa séance d'étirements et ses muscles se contractaient douloureusement, recrachaient leur poison à mesure que le temps passait. Sur le coup, il avait failli bondir à sa recherche – hurler dans son jardinet, sous ses fenêtres, toute la nuit si nécessaire –, puis l'élan s'était atténué et, à présent, il se sentait trop lourd. Trop lourd pour tenter quoi que ce soit jusqu'au lendemain et même jusqu'à la semaine prochaine, abattu comme il était.

Quand Marc lui demanda ce qu'il se passait, il venait de conclure une vente aux forceps – sa propre Porsche, du moins celle qu'il conduisait, à un jeune Chinois, fils d'ambassadeur – et espérait souffler un peu en regardant un épisode des *Sopranos* sur son ordinateur, si bien qu'il n'avait pas trop le cœur de raviver la chose.

« Toi, épouse Édith et ne viens pas me les casser, tu seras bien aimable. Tel que tu me vois, je comptais m'accorder une pause. Ne fais pas celui qui n'est au courant de rien, je t'en prie. Épargne-moi ça. Merci. »

Marc ne savait pas trop quoi lui conseiller mais il répéta à plusieurs reprises qu'à son avis Josianne possédait de nombreux atouts, et non des moindres, et que cela demandait à ce qu'on y réfléchisse.

« Mon vieux, je crois qu'il est temps de nous ranger, regardons les choses en face, à présent. Cette vie ne pouvait plus rien nous apporter. Nous l'avons parcourue de long en large. Il est temps de passer à autre chose.

— Et je fais comment ? Je dois la ramener en la traînant par les cheveux ? Je dois l'obliger à boire un truc ? »

Marc était persuadé que tout allait s'arranger. Ce qu'il gardait pour lui : il était certain que Josianne n'était pas assez folle ni assez maso pour tirer un trait sur le confortable parti que constituait son frère, par comparaison avec la misère ambiante – le quartier qu'elle habitait, par exemple, ces pavillons sans âme, étriqués, dupliqués à mort, le lui rappelleraient tous les jours si nécessaire. Elle était comme une bête qui a goûté au sang.

« Elle a besoin d'un père pour son enfant. Ça devrait te rassurer. Elle porte un enfant de toi, ne l'oublie pas. Ça vous laisse de la marge. Je ne crois pas qu'il soit trop difficile de vous réconcilier. À condition de prendre les bonnes résolutions.

— Je ne suis pas fait pour le mariage. Est-ce que c'est difficile à comprendre ? Je n'y ai jamais pensé de toute ma vie. Tu le sais très bien. Ça n'a jamais été dans mes perspectives.

— Qu'est-ce que ça veut dire *je suis contre le mariage* ? D'abord, qu'est-ce que tu y connais ? Comment peut-on avoir peur de ce qu'on ne connaît pas ? »

David déclara qu'il avait entendu suffisamment de conneries pour la matinée, et il quitta son bureau d'un bond, forçant Béa dont le chemisier était ouvert jusqu'au nombril à se plaquer contre la cloison du couloir, sous le portrait des deux frères – la photo publiée pleine page dans *City* – qui vacilla sous le choc.

En fait, Josianne le rendait fou. La douloureuse expérience partagée à la mort de son petit garçon avait marqué un cap dans leur liaison. Ils avaient ainsi accédé à un niveau de sérieux, dans une relation, que pour sa part David n'avait jamais atteint et qu'il considérait comme l'engagement ultime eu égard à ses capacités – en tant que survivant d'une tragique rencontre au cours de son adolescence. Elle le rendait fou de colère, de désir, d'incapacité – le réduisait à de tristes et infernales branlettes qui ne le soulageaient qu'un bref instant et mettaient en péril ses maigres chances d'améliorer son temps sur les quarante-deux kilomètres du marathon dont le jour du départ approchait.

Sa vie était un immense échec. Il avait erré dans cette vie comme il errait aujourd'hui à travers la ville, et rien ne semblait vouloir s'arranger. Il s'enferma dans une salle de cinéma pour profiter de l'air climatisé et de l'obscurité durant quelques heures. À cause du riz, son ventre était à la fois dur et mou, la peau en était tendue. Dégoûtant.

À sa sortie, il était à peu près l'heure où Géraldine quittait l'école. C'était souvent lui qui allait la chercher. Les femmes qui venaient récupérer leur progéniture connaissaient son visage. Certaines se demandaient si cet homme-là léchait bien, s'il était du genre à pouvoir se libérer en plein après-midi, s'il pouvait les tirer de cette insupportable léthargie que le quotidien abattait sur leurs menues épaules. David plaisait aux femmes, il n'y avait pas à y revenir. Il réveillait leur instinct maternel. Ou bien il le révélait. Son sourire était irrésistible.

N'empêche que Josianne l'avait largué. Le résultat était là. Il se posta de l'autre côté de la rue, dans l'ombre de jeunes acacias, tandis que des 4 × 4 coréens s'agglutinaient devant l'entrée et que de jeunes mères s'éventaient nerveusement au-dessus des poussettes. Son ancien territoire de chasse. Ces femmes constituaient le monde dans lequel il avait vécu jusque-là, et il n'avait pas eu à s'en plaindre. Quelques baiseuses assez prodigieuses, quelques femmes vraiment extra, des femmes intelligentes et sensibles que leurs maris abandonnaient jusqu'au soir quand chacun sait qu'elles adorent le faire dans l'après-midi, durant les heures les plus chaudes, à peu près comme dans les films. Il les examinait à nouveau, réunies à la sortie de l'école, ne sachant pas très bien ce qu'il faisait là – ce qui n'empêchait pas de reluquer leurs jambes, leurs épaules nues, leurs chignons express, leurs lunettes noires total incognito.

Josianne était la dernière en date. Ils avaient déjà partagé beaucoup de choses. Outre la douleur du deuil, ils avaient combattu ensemble, ils avaient flanqué à Robert, le mari paralytique, la correction qu'il méritait. De puissants liens s'étaient forgés entre eux. Sexuellement parlant, elle débordait d'une impressionnante énergie lorsqu'elle voulait s'en donner la peine. Avant qu'elle ne commence à parler mariage, à ramener le sujet sur le tapis cinquante fois par jour, à en faire un truc obsessionnel, leurs

étreintes étaient remarquables – Josianne n'avait que
trente ans mais possédait définitivement l'expérience
d'une prostituée chinoise d'âge mûr spécialisée dans
les *cuv* (contractions utérines volontaires). Il ne voulait pas la perdre. Il n'entendait pas rétrograder au
niveau inférieur. Il devait bien y avoir une autre
issue, se disait-il tandis que les premiers piaillements
d'une armée de gosses rendus fous par une journée
entière d'emprisonnement au milieu de crétins, de
sadiques et de pédophiles, résonnaient dans la cour.

Il tendit le cou afin de repérer Géraldine. Ça ne
s'était pas fait tout seul. Il avait lu des livres, raconté
des histoires, préparé des crêpes au milieu de la nuit,
donné la main pour traverser la rue, payé un abonnement au câble pour Disney Channel, couru derrière
le vélo, garni la pharmacie de pansements imitant la
peau de zèbre et acheté du dentifrice fluo parfumé
au chewing-gum. Un lent processus. Elle parvenait
depuis quelque temps à s'endormir dans ses bras. Ça
n'avait pas été facile. C'était quelque chose dont il
était assez fier, qui avait mis au jour certaines qualités qu'il ne se connaissait pas et qui, selon lui, valait
bien qu'on lui épargnât de prêter ces serments à la
con.

Elle allait lui sauter au cou. Et toutes les mères du
voisinage allaient poser sur lui un regard tendre et
poli, empli de désir pour cet homme qui semblait si
parfait qu'il devait à coup sûr se doubler d'un amant
impeccable puisque le monde était tellement injuste.
Il flottait toujours dans l'air un parfum d'excitation
joyeuse à l'occasion de ces retrouvailles quotidiennes, et David se félicitait de ce que ses pas l'eussent

conduit jusqu'ici car il avait bien besoin d'un peu de baume pour son cœur depuis qu'il était redevenu célibataire.

N'ayant pas prévu cette rencontre, il ne lui avait rien apporté, alors que justement elle mourait de faim et allait se trouver mal sur le trottoir s'il ne l'emmenait pas tout droit manger une gaufre et boire un soda.

« Très bien. Ça doit pouvoir se faire, estima-t-il. À condition que ce soit un soda *light*. Tu connais ta mère. »

Tandis qu'ils traversaient le carrefour et se dirigeaient vers l'échoppe du marchand de gaufres, il déclara tout de go à la fillette qu'elle lui manquait beaucoup, que Josianne lui manquait beaucoup également, mais qu'il gardait espoir.

« Je veux revenir dans ta maison, lui annonça Géraldine en prenant un air absent. Je n'aime vraiment pas la mienne.

— Je sais. Ça ne me surprend pas. Juste au moment où nous allions récupérer la chambre de Marc. Nous aurions eu toute la place qu'il nous fallait. Elle ne t'en a pas parlé ? Tu aurais pu avoir ta propre chambre. Ton propre balcon. Ta propre armoire pour ranger tes affaires. Tu crois que c'est malin, la manière dont elle agit ? »

Ils enfourchèrent de hauts tabourets d'aluminium vissés dans le sol, capitonnés de couleurs vives – l'endroit était de style grotesque, typiquement années cinquante.

« Il me fait peur », lâcha-t-elle en étudiant la carte des sorbets.

David n'était pas devenu sourd, mais certaines informations remontaient lentement vers son cerveau. Il aimait la pâleur du visage de Géraldine, sa peau diaphane où palpitait une veine, ses boucles, sa bouche un peu trop grande, un peu trop mince, son expression de désenchantement. Il lui demanda de répéter ce qu'elle venait de lui dire.

Ainsi donc, il avait bien entendu. Il se figea. La gaufre apparut sur le comptoir.

« Mange, lui dit-il. Tout va bien se passer. »

Et juste à ce moment, Josianne surgit derrière lui. Complètement hors d'elle. Totalement hystérique.

Irène terminait son troisième vermouth lorsque l'on sonna à la porte. Elle était en pleine discussion avec le docteur Bradge qui s'étonnait qu'elle ait attendu si longtemps pour s'interroger sur sa sexualité.

« Bien sûr que nous n'avons jamais parlé de ces choses, lui rétorquait-il. Mais à qui la faute ? Était-ce à moi de te demander si tu étais sexuellement satisfaite ? Franchement, Irène, tu en as de bonnes ! »

Bien entendu, il avait raison. À l'époque, elle n'aurait jamais osé aborder un tel sujet. Mais les mœurs avaient évolué et elle avait eu d'édifiantes conversations avec Josianne. Aujourd'hui, certaines questions lui semblaient légitimes. La présence de Victor les rendait incontournables.

« N'est-il pas un peu tard pour y penser ? » poursuivit Bradge.

Elle le considéra avec dédain.

Décidé à se rendre utile, Victor quitta le balcon où

il était assigné – Irène l'avait pris au mot et ne lui proposait jamais d'entrer, le laissant ronger son frein au-dessus du jardin jusqu'au moment où elle allait se coucher –, s'excusa pour le dérangement et traversa le salon pour aller ouvrir. Mais il tenait bon. Sa réapparition dans cette maison n'était sans doute pas glorieuse mais elle était patente. Certes, elle était libre de le garder au frigo aussi longtemps qu'elle le désirait, néanmoins il était persuadé que son heure finirait par venir. Il resterait tapi dans l'ombre jusqu'au moment où elle passerait à sa portée.

Il tomba nez à nez avec Sonia. Autour d'elle, dans le halo – l'éclairage du porche l'enveloppant comme un cocon de soie irisé – tournoyaient des lucioles.

Il sortit aussitôt son spray de sa poche et se détourna sans un mot pour s'administrer quelques microgrammes de trinitrine.

« Mais quelle surprise ! Mais entre donc ! s'exclama-t-il presque aussitôt, sentant ses veines se dilater.

— Non merci. Peut-être une autre fois, répondit Sonia.

— Voyons, c'est stupide, tu es ici chez toi... »

Elle leva les yeux au ciel. Elle soupira.

« Écoutez. Je tenais à vous le dire. Ce n'est pas la bonne méthode avec moi. Je suis désolée. Est-ce que c'est clair ? »

Intérieurement, il jubilait. Il la trouvait épatante. Une forte personnalité. « Victor ? Qui est-ce ? » lança Irène des profondeurs du salon. « C'est pour moi », éluda-t-il à mi-voix en mettant un pied dehors et tirant la porte dans son dos. L'air sentait bon.

Il ne résista pas au plaisir de lui tenir le coude tandis qu'ils s'éloignaient de quelques pas.

« Eh bien raconte-moi. Qu'est-ce qui ne va pas ? En tout cas, sache que tu peux compter sur mon aide en toutes circonstances. Tiens-moi au courant du moindre problème. Je suis ton grand-père. Je suis là pour ça. »

Ils s'arrêtèrent. Croisant les bras, il lui sourit, une fesse calée sur l'aile tiède de son Aston Martin. La lune n'était pas encore levée mais un fil d'argent bleuté découpait la cime des sapins de l'autre côté de la route.

« Vous ne voyez pas ? Je dois vous faire un dessin ? J'ai horreur du chantage. Ça ne marche pas, avec moi.

— Ça y est. J'y suis. Je vois très bien de quoi tu veux parler. C'était une erreur. Mais tu m'aurais pris pour un menteur si je ne l'avais pas fait.

— Mais c'est délirant. C'est complètement délirant.

— Ma foi, tu n'avais qu'à venir. Nous étions tous réunis et je pense que tu aurais pu faire un effort. Tu ne peux pas m'envoyer promener et venir me reprocher d'avoir cédé à un accès de désespoir. Chacun doit prendre ses responsabilités, tu ne crois pas ?

— De *désespoir* ? Vous n'y allez pas un peu fort ? On ne se connaît même pas !

— Plus que tu ne penses. Beaucoup plus que tu ne penses, justement. Je me suis laissé dire que le même sang coulait dans nos veines. C'est bien ça ? Eh bien, ce n'est pas rien. Que nous le voulions ou non. Ma pauvre chérie, il va falloir t'y faire, j'en ai peur.

— Écoutez... Je ne suis pas votre pauvre chérie. Soyez gentil de ne pas m'appeler comme ça, d'accord ? À quoi ça rime ? Vous croyez que ça va se faire en claquant les doigts ? Je ne suis pas votre chérie, okay ? Si vous voulez vous flanquer à l'eau, n'hésitez pas. Ne comptez pas sur moi pour vous lancer une bouée. C'est tout ce que j'avais à vous dire. »

Il allait répliquer quand l'esplanade fut balayée par les phares de la Mini Cooper S d'Élisabeth Dorflinger, la voisine, qui rentrait à la nuit tombée.

Trente secondes plus tard, elle apparaissait de l'autre côté de la haie et Victor lui présenta Sonia avec fierté, avec émotion, cependant que la pauvre fille, abasourdie, incrédule, voyait comme tout s'engloutissait autour d'elle, sentait comme elle était happée vers un insupportable ennui avec ces deux-là, et souriait comme une gourde alors qu'elle était prise dans leurs filets.

« D'accord, déclara Élisabeth Dorflinger après avoir examiné Sonia des pieds à la tête. C'est ce qu'on appelle un joli brin de fille. Ainsi c'est donc toi. Toi dont il m'a tant rebattu les oreilles. »

« Mince, pourquoi suis-je venue ? se demandait Sonia au même instant, se mordillant la lèvre. Pourquoi ai-je été si bête ? Maintenant ils vont me tenir la jambe, ils vont jouer les vampires, c'est sûr, et ça sera bien fait pour moi. Voilà tout ce que j'ai gagné. »

Heureusement, Joël arriva à la rescousse. Tout n'était pas mauvais chez Joël. Depuis qu'il avait cassé la gueule du dentiste, Patrick Vinter, de ce type qui avait perturbé Sonia, qui l'avait rendue folle, qui l'avait envoûtée sexuellement d'une manière ou d'une autre, notre jeune ami, désormais, s'écrasait plus ou moins avec elle. En dehors de quelques caresses incontournables – il ne lui demandait même pas d'avaler –, il la laissait tranquille et même, il exerçait sur elle son instinct protecteur – okay, un truc lui échappait mais il accordait à Sonia cette part d'ombre, il ne voulait pas jouer au psy, pas l'emmerder avec *ça* – même si ça dépassait l'entendement qu'on puisse craquer pour un connard pareil, un type qui aurait pu vendre des aspirateurs ou nettoyer des chiottes, avec sa bedaine de femme enceinte et ses taches de rousseur.

Il descendit de la Volvo qui était garée non loin de là. Il espérait qu'elle lui serait reconnaissante de l'avoir tirée de ce mauvais pas. Qu'à force d'accumuler les petits gestes, les petites attentions – tant que ça ne portait pas préjudice à sa fierté –, il finirait par toucher sa récompense.

« Enchanté ! déclara-t-il en tendant la main à Victor Sollens. Vous êtes le grand-père de Sonia, exact ?

— Tout à fait. En plein dans le mille. »

Il salua également Élisabeth Dorflinger, bronzée à mort, qui commençait à être ridée comme un singe. Le prototype de la femme fortunée qui vit seule dans sa villa, au milieu de ses objets de valeur.

« Regardez dans quel état sont mes rosiers, lui dit-elle. Vous y connaissez quelque chose ? Vous ne voulez pas un job ? »

Il se tourna vers Sonia et lui rappela qu'ils

n'avaient pas toute la nuit. Elle se donna une claque sur le front.

Pourtant, contre toute attente, contre tous pronostics, et en guise de remerciement, elle explosa de colère dans la voiture.

« Pourquoi on n'organise pas une rencontre ? Entre ta famille et la mienne. Un brunch. Ça serait tellement grandiose ! Pourquoi on déclare pas nos fiançailles, allons-y !

— Quoi encore ? *Quoi encore ?*

— Quoi encore ?... gémit-elle. *Quoi encore ?* Tu ne comprends donc pas que je n'ai pas l'intention d'entrer dans leur petit jeu ? Que je n'ai aucune raison de leur présenter mon petit copain ? Tu comprends ce que je t'explique, de temps en temps ? Est-ce que tu te vois si une chose pareille t'arrivait ? Qu'on vienne t'imposer *une famille entière* ? On verrait quelle tête tu ferais !

— Ma parole, ricana-t-il, est-ce que tu es en train de me faire une scène parce que la vieille m'a cligné de l'œil ? »

Victor Sollens et la voisine observèrent comment elle lança le moteur, embraya brutalement la marche arrière, vira sur l'esplanade en mordant sur le gazon, frôlant les bornes lumineuses, puis fit bondir son véhicule en avant pour l'engager dans la descente qui zigzaguait vers le fleuve, à l'orée des sapins.

« À ce rythme, cette pauvre Volvo ne fera pas long feu, déclara Victor.

— Dirons-nous qu'elle a son caractère ? s'interrogea Élisabth Dorflinger.

— Je suis fasciné par cette gamine. Regarde-moi.

Ça ne se voit pas sur mon visage ? Je suis complètement fasciné par cette gamine. »

Josianne lui était tombée dessus à bras raccourcis.
Incroyable. Elle l'avait à moitié assommé d'un coup
de sac et l'avait fait dégringoler de son tabouret. En
fait, l'étonnement l'avait davantage assommé qu'un
pauvre sac qui avait tournoyé dans l'air.
Bref, elle était furieuse. Elle criait. S'il comprenait bien, elle avait été contrariée de ne pas trouver
sa fille à la sortie et elle s'interrogeait à présent sur
ses *réelles* intentions.
« Si tu avais fait cent mètres de plus avec elle, si
jamais tu avais tourné au coin de la rue avec ma
fil-le, je t'aurais étranglé de mes propres mains,
gronda-t-elle. Tu ne me crois pas ? »
Un petit attroupement s'était formé. Le marchand
de gaufres était penché par-dessus son comptoir de
laiton.
« Hein, reprit-elle, après ça, où comptais-tu aller ? »
Il se releva, s'épousseta, encaissa les regards hos-
tiles. Il était bien en peine de lui répondre. Comment
aurait-il pu seulement expliquer sa présence à la sortie de l'école ? Plus jeune, il avait été l'objet de
vraies crises de somnambulisme et il se demandait
s'il ne rechutait pas, ces derniers temps. Des pans de
journées entiers lui échappaient, s'effaçaient de son
esprit. Entre le moment où il était sorti de son bureau
et celui où il avait atterri devant l'école, bien des
heures plus tard, il y avait un blanc.
« *Ne t'approche plus de nous !* avait-elle pratiquement hurlé en serrant Géraldine dans ses bras. *Ne*

tourne plus autour de nous, d'accord ? Ne rends pas cette situation encore plus difficile. Tu m'entends ? Va-t'en. Que je ne te revoie plus. Ne recommence plus jamais ça ! »

L'injonction paraissait sans appel, définitive. Autour, des gens qui se mêlaient de ce qui ne les regardait pas semblaient hocher la tête – certains parlaient d'appeler les flics sans plus attendre. C'était dur à encaisser. Il avait eu envie de le lui dire. Il avait eu envie de lui dire qu'il n'avait jamais vu ça, de faire des histoires pareilles, d'adopter des attitudes aussi tranchées, totalement inacceptables, et tellement violentes, tellement brutales qu'il avait l'impression qu'elle lui avait arraché un morceau de chair, mais il avait horreur de raconter sa vie en public, et donc, il se contenta de soutenir son regard – qu'elle avait luisant, sombre, frémissant et furieux.

Quoi qu'il en soit, il y avait plus grave. Il renonça à en parler avec elle dans l'état où elle se trouvait, mais il était préoccupé par les derniers mots que Géraldine avait prononcés à propos de son père : « Il me fait peur. » Tout un programme. David n'avait pas eu le loisir de pousser plus loin son investigation car Josianne l'avait au même instant dégommé d'un coup de sac, mais il voyait assez bien de quoi il s'agissait. Au fond, ça n'avait rien de surprenant. Il fallait bien s'attendre à ce que Robert, d'une manière ou d'une autre, refît surface. Et il n'y avait aucune raison qu'il se soit arrangé.

Le soir tombait quand il commença à rôder dans le quartier, à resserrer le cercle de ses déambulations autour du pavillon de Josianne dont le rez-de-chaussée était éclairé. David tâchait de se tenir dans l'ombre, utilisait les bosquets et les troncs qui sortaient des trottoirs, avançait tête baissée entre les voitures garées quand, plié en quatre, il changeait d'affût. Il inspectait les lieux sous toutes les coutures. Au-dessus de sa tête, une colombe roucoulait – l'oiseau devait être un peu dérangé. David était à présent posté dans le jardinet, derrière un arbre à papillons qui lui permettait d'observer l'intérieur de la cuisine.

Il se demandait ce qu'elles se préparaient. Josianne coupait un légume que la distance ne permettait pas d'identifier avec certitude – concombre ou courgette ? Par cette chaleur, elle portait un short. David lui avait rappelé un nombre incalculable de fois de baisser les stores pour ne pas se donner en spectacle, mais elle avait ce côté un peu déraisonnable, indéniablement, et elle continuait à ne pas tenir compte de ses avertissements. Bref, la nuit était claire. La lune brillait comme un projecteur. Sur la cuisinière, une casserole fumait. Géraldine dévissait le couvercle du bocal contenant des spaghettis quand un corps mou – plus tard, ils apprendraient qu'il s'agissait d'une grenouille d'une espèce indéfinissable – vint s'écraser sur le carreau. Josianne et sa fille sursautèrent, exécutant un bond de cinquante centimètres de haut, puis elles échangèrent une grimace.

L'écœurant projectile provenait de la rue. Un second – plus tard, Robert déclara en ricanant qu'il s'agissait de décongelé – s'envola, traversa le jardinet en ligne droite avant de venir s'aplatir sous le précédent.

Ils avaient affaire à un vrai malade mental.
Géraldine avait de bonnes raisons de trembler. Quoi
que ce type ait pu être autrefois – disons un père et
un mari acceptables –, il flanquait réellement les
jetons aujourd'hui, car, bien sûr, cette histoire de
congelés était bidon comme ils le savaient et comme
le reconnaîtrait ultérieurement et sportivement l'inspecteur Blotte malgré sa tendresse pour les types
malheureux en ménage et rejetés par leur femme.
Robert Clinnechet – ou *Clannechet*, ou *Camechet*,
David ne parvenait jamais à s'en souvenir avec exac-
titude –, bien qu'étant paralytique, attrapait néanmoins et tuait de ses propres mains tous ces petits
animaux avec lesquels il s'était remis à bombarder
sa femme au rythme d'un entêtement maniaque. La
plupart du temps, il leur arrachait la tête et Dieu seul
sait ce que cela signifiait.

En basculant par-dessus la haie, David avait toutes
ces choses en tête.

Comment Josianne avait-elle pu se montrer assez
folle pour se réinstaller dans cette maison, seule avec
sa fille ? Était-il responsable de cette situation ? Les
avait-il toutes les deux mises en danger en butant sur
cette affaire de mariage ? Quel prix était-il prêt à
payer ? Autant de questions qu'il se posait tandis
qu'il atterrissait de l'autre côté, sur le trottoir désert.

Jusqu'au moment où une douleur terrible traversa
son bras droit. Brusquement privé de son usage, il
n'en pivota pas moins sur ses talons, juste à temps
pour éviter le deuxième coup que Robert lui desti-
nait avec un plaisir non feint, du fond de son nouveau fauteuil.

Il était armé d'une batte de base-ball fabriquée en Chine qui siffla en passant à un centimètre de l'abdomen de David. Lequel répliqua en lui envoyant son poing gauche en pleine figure, lui rentrant le nez à l'intérieur du visage.

Marc comprenait très bien que le poing de David fût parti tout seul, mais il ne pouvait pas donner raison à son frère. Vincent Delborde, leur avocat, ne disait rien. Il aurait fallu être idiot pour penser que ce genre de publicité arrangeait leurs affaires.

Certes, David avait le bras droit gonflé et d'un noir-jaune assez inquiétant, si bien que l'on devait admettre que la dispute avait été chaude et avait pu échapper à tout contrôle. Mais, franchement, frapper un handicapé, lui rectifier le portrait comme il l'avait fait, que l'on ait raison ou non, que l'on invoque ou non la légitime défense, restait très mal vu par l'ensemble des communautés, et Vincent Delborde savait que la mairie n'allait pas se gêner pour exploiter l'incident et le transformer en geste monstrueux.

« Y a-t-il un moyen de la faire revenir sur son témoignage ? s'interrogea-t-il à voix haute. Ne peut-on obtenir d'elle une déposition plus clémente ? En déclarant que vous ne valez pas mieux ni l'un ni l'autre, David, elle charge votre barque. Ce Robert Climchet peut bien être la dernière des brutes, n'oubliez pas qu'il est dans un fauteuil roulant et qu'il a le rôle du mari évincé, autant dire de sacrées bonnes cartes... »

David avait tout à fait conscience de traverser une mauvaise passe. Dont le déclenchement correspondait, peu ou prou, au retour d'Édith – même si cela n'avait, objectivement, rien à voir.

« Je me demande si je vais pouvoir participer à la course, déclara-t-il en grimaçant. Avec le bras dans cet état.

— David. Ce qui importe. Quand le procès s'ouvrira. Ce qui importe, et rien d'autre. C'est que nous soyons irréprochables. Que l'on ne vienne pas nous assimiler à de vulgaires voyous. À des types qui cognent sur des handicapés. Cette image-là. Alors pour commencer, paye-lui sa rhinoplastie et qu'on n'en parle plus. Ensuite, occupe-toi de Josianne. Nous allons gagner ce procès, tu m'entends ? Dégageons tout ce qui se trouvera sur notre chemin. C'est la seule et unique directive.

— Parfois, je me demande si ce procès ne t'est pas monté à la tête. Je te le dis sincèrement. Si ça ne tourne pas à l'idée fixe.

— C'est pourtant la bonne méthode, s'interposa l'avocat. Il faut se concentrer sur ce seul but, ne rien permettre qui détournerait l'esprit de cette pensée.

— En attendant, j'aimerais voir les bénéfices que nous en avons tirés. Nous perdons des clients, nous avons dû changer de banque, on nous souffle un terrain sur l'acquisition duquel nous avions beaucoup misé, énormément misé, et tout cela additionné, ça donne quoi ?

— Je sais. Nous sommes entrés dans la phase où l'on accumule ce qui est négatif. J'aurais dû vous en parler. La période qui précède l'ouverture du procès peut prendre quelques mois, vous vous en doutez. Durant lesquels la partie adverse n'aura de cesse de vous harceler pour provoquer votre épuisement psychologique, vous faire plier. J'ai vu ça tellement de fois, vous savez. C'est tellement gros. Ils testent votre capacité de résistance. En employant des armes assez brutales, David, je le reconnais. D'accord. Cela dit, quand ils apprendront que vous avez brutalisé un homme cloué dans son fauteuil roulant, vous voyez le truc ?, soyez tranquille, David, ils ne vous louperont pas. Personne ne se souviendra qu'il brandissait une batte de base-ball. Je vous en fiche mon billet. Absolument personne. »

Maintenant qu'il avait vendu – à un excellent prix – la Porsche à ce maudit Chinois, fils de diplomate, qui promettait de rouler à deux cents à l'heure dans les rues de nos décadentes cités, David devait la remplacer. Il n'avait pas de modèle particulier en tête, mais, se souvenant du plaisir que prenait Josianne à monter dans une si belle voiture, il passa quelques coups de téléphone et racheta la même en gris clair.

« Ça prouve une chose, déclara Marc. Ça prouve que tu penses à elle. »

Il ne le niait pas. À deux jours du marathon, la moitié de ses pensées étaient consacrées à la course et l'autre moitié à Josianne. Prenant place au volant de sa nouvelle 911 Carrera pour la première fois, il inspecta le siège du passager et il s'imagina qu'elle était là, dans une petite robe d'été, le bras à la portière, et une lame se retourna de nouveau dans son ventre.

Marc l'observait, perplexe. Il savait qu'en les abandonnant vingt ans plus tôt, en disparaissant soudain de la circulation, Édith avait cassé chez son frère quelque chose dont la rupture, certainement profonde, se manifestait encore aujourd'hui –, pas de doute, elle avait fait fort.

Se fixer le pétrifiait. David avait une telle trouille de réellement s'impliquer avec une femme que la plus décidée finissait par lâcher prise et reprenait ses billes en maudissant ce lâche, ce faux-jeton, ce salaud qui n'avait pas craché sur toutes les preuves d'amour qu'on lui avait prodiguées. Deux ou trois fois, Marc était intervenu pour permettre à David de s'enfuir par la fenêtre des toilettes ou les cuisines d'un restaurant japonais qu'il avait choisi pour rompre – David prétendait que rien n'était plus définitif qu'une rupture devant un plat de sushis.

Marc pensait qu'il n'y avait pas grand-chose à faire, sinon prier pour que Josianne se révélât la plus coriace et la plus déterminée d'entre toutes.

Quitter la voie express à la sortie de la ville pour se rapprocher du fleuve et s'engager dans les quartiers résidentiels dont la tranquillité faisait l'effet d'un plongeon dans une autre dimension – une super-dimension – constituait une agréable expérience, particulièrement en fin d'après-midi quand fusaient de l'horizon les derniers rayons de soleil – et qu'en cinq minutes on pouvait faire ses courses dans une supérette pratiquement déserte et parfaitement climatisée qui se trouvait sur la route avec vente de cigarettes et kiosque à journaux.

Il se gara sur le parking. C'était un vrai plaisir d'échapper à la foule, par cette chaleur, d'atterrir dans un endroit calme où l'on ne risquait pas de se faire égorger en prenant de l'essence, dans un quartier où les enfants pouvaient grandir sans se faire dépouiller par leurs semblables, où les cabines téléphoniques étaient encore debout. Il avait l'impression d'avoir tapé dans le mille en s'installant ici. Il se sentait satisfait. Sa vie se mettait parfaitement en place. Il ne considérait même pas comme un problème l'attitude de Sonia. Il n'avait absolument rien contre elle et ne doutait pas qu'elle finirait par se fatiguer et baisser la garde. Il allait lui laisser du temps, tout le temps nécessaire. Il n'était pas pressé. Il traversa le parking en sifflant *Caroline says* – une de ses préférées – tandis qu'un souffle d'air tiède ondulait dans l'éclatant feuillage des jeunes arbres.

Il avait laissé David entre les mains de Béa – elle avait acheté des bandes et du filet élastique, et ils tâchaient de mettre au point le meilleur moyen pour fixer un bras vert olive que le moindre écart torturait, en vue de la course, contre son flanc. Celui-là. Son frère aîné. Très bien. C'était également un vrai bonheur de ne plus l'entendre gémir à propos de son dilemme. Sans parler de ses démêlés avec l'infirme qui harcelait Josianne. Hallucinant. Ces choses-là ne pouvaient arriver qu'à David, bien sûr. Il franchit les portes en fouillant ses poches sans pouvoir mettre la main sur la liste qu'Édith lui avait donnée au téléphone.

Il ne la retrouva qu'au moment où il atteignit le fond du magasin. Dans une poche qu'il avait visitée maintes fois. De la pure et sombre magie. Il en était stupéfait. Il tenait cette fameuse liste à bout de bras et la fixait d'un air incrédule.

Au même instant, Marga Damanti, leur nouvelle voisine, surgit à ses côtés, au rayon des céréales. Elle portait des talons hauts. À une heure de la journée où elles se promenaient pour la plupart en sandales – chose que Marga désapprouvait à cent pour cent.

Elle prétendait que la ville n'était pas la plage et qu'il faudrait la payer cher pour chausser des baskets. Ce n'était pas la première fois qu'il la rencontrait ici. Tout y était plus cher qu'ailleurs, mais Marga Damanti arguait du fait que les livraisons étaient gratuites et le gain de temps, en raison d'une affluence aux caisses proche du zéro, infiniment précieux.

Marc évitait de la regarder dans les yeux. Non pas qu'elle fût affublée d'un visage ingrat ou de strabisme. Marga Damanti était le genre de femme avec laquelle on échangeait très volontiers quelques mots sur le chemin de la maison, après une journée de travail bien remplie, au moment où l'on décompressait. Cependant, elle représentait un réel danger. Marga Damanti était le genre de femme que Marc reconnaissait au premier coup d'œil pour en avoir pratiqué un grand nombre ces vingt dernières années et qu'il devait fuir absolument, fuir comme la peste – du moins garder à distance s'il voulait éviter les ennuis.

Au cours de la vie, certaines décisions devaient être prises, certains choix devaient être faits, certaines voies empruntées avec la plus grande résolution, sous peine de patiner sur place et s'éterniser dans une existence au goût de réchauffé, sans espoir de progression, d'amplitude, de renouvellement. Tandis qu'il retournait à sa voiture, satisfait de n'avoir pas traîné en terrain miné, Marc savait, chaque jour davantage, qu'il était temps de passer à autre chose et qu'Édith allait remplacer ce à quoi il renonçait. Édith était douée. À elle seule, et quoi qu'en prétendît Catherine Da Silva, Édith allait remplacer toutes les autres. Toutes les autres femmes. Il en avait la certitude. Peut-être pas du jour au lendemain – il en convenait, rien ne pouvait être aussi simple – mais si elle s'appliquait, si les sentiments qu'elle éprouvait pour lui se révélaient puissants, si elle se donnait sans compter, sans retenue, alors tout était possible.

Dix minutes plus tard, il tournait dans l'allée qui conduisait à sa nouvelle maison, aussi détendu qu'on pouvait l'être, sifflotant. La Saab d'Édith était garée sur le côté, et tout cela prêtait à sourire. Tout cela était drôle. Tout cela était parfait.

L'achat de la maison l'avait saigné aux quatre veines, mais il ne regrettait rien. Édith avait été soufflée de voir qu'il possédait une telle somme sur son compte et qu'il était capable de la dépenser en moins d'une minute. Or il ne souhaitait rien de plus. Lui couper le souffle. Lui montrer qu'en dépit d'un cœur brisé, proprement piétiné, il n'était pas resté dans son lit à s'arracher les cheveux, à pleurer sur son sort, mais qu'il avait fait preuve de combativité, d'endurance, même s'il l'avait maudite chaque jour, chaque matin, durant une bonne dizaine d'années sans faiblir.

Heureusement, ce temps-là était loin. Il ne maudissait plus personne. Édith vaquait quelque part dans la maison, sans doute au-dessus de sa tête. Il ne servait à rien d'évoquer le chemin parcouru tant la distance était démesurée. Il rangea les produits frais dans le réfrigérateur à double porte qui fabriquait des glaçons et offrait un écran d'accès à Internet ainsi qu'un tuner qui captait à peu près toutes les radios du globe. L'ensemble revêtu d'acier brossé. Un cadeau de Catherine Da Silva qui avait le même et tombait raide émerveillée devant l'immensité du génie humain, devant l'infini technologique. L'horloge intégrée indiquait dix-neuf heures douze et le baromètre un temps chaud et sec pour les prochains jours – le marathon allait cracher du feu, les coureurs allaient souffrir, songea-t-il en examinant le plafond d'où provenaient des coups de marteau.

Au loin, de l'autre côté du fleuve, le soleil se couchait entre les tours du centre-ville où là encore le génie de l'homme se révélait, dans toute sa grandeur et sa finesse, dans sa profonde capacité à s'adapter aux beautés de la nature, à jouer avec la lumière, toutes les lumières, à créer des formes qui ne pouvaient que provoquer admiration et respect, pour une fois – même si fusées et navettes se déglinguaient encore dans la stratosphère, même si l'humanité s'employait tranquillement et obstinément à se détruire, bien sûr. L'auditorium luisait comme une énorme perle au-delà du pont Lafayette dont les haubans d'acier scintillaient violemment et rappelaient à Marc que rien ne tenait en l'air par l'opération du Saint-Esprit, que tout obéissait à l'addition de torsions et de contraintes qui dépassaient l'entendement.

Édith pensait qu'il n'y avait pas là matière à s'inquiéter. D'autant qu'elle y trouvait son compte – du moins l'avait-elle trouvé et le trouvait-elle encore lorsqu'elle était bien disposée.

Pas de quoi fouetter un chat, donc.

Elle plantait un clou en vue d'y suspendre une œuvre de Barbara Kruger – *You Are the Perfect Crime* – quand Marc, à peine entré dans la pièce, l'avait soulevée de l'escabeau et couchée sur la table qu'il avait débarrassée à la hâte, faisant valser plusieurs piles de livres qu'elle s'apprêtait à ranger sur les étagères, ainsi que ses sous-vêtements.

Voilà qui s'appelait faire preuve d'empressement, d'un fort tempérament de la part de son compagnon. Mais devait-elle s'en plaindre ? Ne fallait-il pas y voir, au contraire, le signe d'une relation particulièrement intense ? Ne devait-elle pas se féliciter d'éveiller un tel désir chez l'homme dont elle envisageait de partager la vie ?

Sans doute y allait-il un peu fort s'il était admis qu'une séance par jour constituait un seuil au-delà duquel s'aventurait rarement un honnête homme. « Sacré nom d'un chien ! » lâchait-elle parfois entre ses dents quand il roulait sur le côté pour la troisième ou quatrième fois de la journée – il faisait souvent un saut vers midi, abandonnait son royaume contre toute attente, quittait son bureau sans jeter le moindre coup d'œil en arrière. « Sacré nom d'un chien ! » se disait-elle en se soulevant sur un coude, se sentant comme brisée en mille morceaux après le passage d'une tornade.

Quoi qu'il en soit, Édith savait que la perfection n'était pas de ce monde et elle n'avait pas l'intention d'accorder à cette affaire plus d'importance qu'elle n'en méritait.

Le sexe n'était pas une chose aussi simple que la plupart des gens le prétendait. Le sexe était d'une extraordinaire complexité et il ne servait à rien de se tenir la tête entre les mains dans l'espoir que jaillisse une clarté quelconque, une révélation susceptible d'aider à prendre les dispositions nécessaires.

Si le prix à payer était de se livrer à de solides ébats quatre ou cinq fois par jour, alors il fallait payer ce prix. Il ne fallait pas en faire une montagne. Surtout quand, la plupart du temps, elle jouissait. Elle devait être honnête. Elle devait tenir compte de certains états dans lesquels elle se mettait, lui en faisant voir de toutes les couleurs. La vue, de son bureau, était magnifique. Souvent, Marc la baisait sur le meuble du même nom et elle jetait un regard sur le paysage, la tête à l'envers, se disant qu'elle aimait bien cette pièce, qu'elle prendrait du plaisir à y travailler et elle piaffait d'impatience, priait pour qu'il en finisse au plus vite afin de pouvoir se remettre à vider ses cartons, sortir ses livres, dans la lumière qui resplendissait par la fenêtre entrouverte, accrocher des choses au mur, vérifier que tous les branchements fonctionnaient, le téléphone.

La salle de bains possédait un bidet. Il lui semblait qu'elle passait la moitié de sa vie là-dessus – elle disait ça pour plaisanter. Assez souvent, comme en cette fin d'après-midi tranquille, pantelante, elle constatait que ses culottes et autres se retrouvaient dans un triste état lorsqu'il la lâchait, mais elle ne pouvait lui reprocher de se désintéresser du problème quand elle voyait comme il regarnissait les tiroirs de sa commode – visiblement sans se soucier des prix, sans chercher à minimiser son implication dans ces actes de vandalisme, décidé à réparer sans discuter. Elle se sentait raisonnablement perplexe. Telle une dépouille humide, son slip pendait mollement au bout de ses doigts, tous les élastiques étaient morts et un morceau de dentelle littéralement arraché. Elle fit claquer sa langue dans sa bouche. Quant à ses parties intimes, elles étaient en feu. On aurait pu y faire cuire un œuf, pour dire simplement les choses.

La salle de bains donnait sur les saules qui poussaient au fond du jardin de Marga Damanti. De sombres et vieux arbres, à l'air solennel, derrière lesquels les eaux du fleuve miroitaient, clapotissaient en silence malgré la gigantesque masse d'eau qui était en marche. Si bien qu'Édith s'éternisait régulièrement sur le paysage, hypnotisée, perdant conscience qu'elle avait les fesses immergées dans l'eau tiède et que rien n'était plus désigné pour la rendre méditative, n'éprouvant plus ni le mal ni le bien, ni l'intelligent ni le stupide. Dans cette nouvelle maison. Dans cette *remarquable* nouvelle maison, totalement irréprochable. Pas si lointaine de ce qu'elle avait plus ou moins imaginé...

Puis soudain, elle aperçut Marga Damanti, sous les saules. À ses côtés, les deux énormes chiens se roulaient dans l'herbe, aussi grands et costauds que des poneys adultes. Elle se tenait sensiblement à l'endroit où l'on avait repêché Victor Sollens quelques jours plus tôt – et ramené notre homme sur la rive après qu'il eut donné démonstration de ses épatantes dispositions pour le tragique. Elle titubait. Elle semblait tanguer de droite à gauche, donnait de la gîte. Jusqu'au moment où elle s'effondra dans l'herbe.

Édith se dressa d'un bond. Que se passait-il ? Marga Damanti ne se relevait pas. Les deux monstres s'étaient figés, interdits, la langue pendante.

Édith s'épongea en vitesse, enfila un short en sautant à cloche-pied. Elle descendit.

« Tout va bien. Ils nous connaissent, déclarat-elle.

— Vraiment ? Je n'en suis pas aussi sûr que toi. »

Marc buvait une bière dans le salon. Il était confortablement installé. Il semblait avoir pris l'habitude de boire une bière après l'exercice depuis qu'ils occupaient cette maison. Ce qui d'ailleurs ne la gênait pas du tout en temps normal. À chacun ses petites habitudes. Mais là, il fallait agir.

« Et si elle était en train de mourir ?

— D'accord, mais ces chiens sont parfaitement tarés. Peut-être qu'elle dort, après tout...

— Écoute, lève-toi. Nous devons y aller. On perd un temps précieux. »

Ces mots firent naître un vague sourire aux lèvres de Marc. Le même qu'elle déclenchait lorsqu'elle disait qu'ils se *rattrapaient*, que s'envoyer en l'air plusieurs fois par jour allait *rattraper* vingt années, les effacer comme par magie. Perdre un temps précieux. Ils n'avaient fait que ça. Ils étaient des spécialistes de la question. De vrais gâcheurs professionnels, non ?

Il regrettait de ne pas pouvoir leur jeter une bou-
lette de poison. Qui aurait pu le lui reprocher ?

Marc pensait qu'on ne s'évanouissait pas sans raison. Marga Damenti pouvait bien raconter ce qu'elle
voulait. Mais, d'un autre côté, il se fichait totalement
des explications qu'elle leur donnait. L'important
était qu'elle soit sauve et que les deux crétins ne lui
aient pas sauté à la gorge tandis qu'il se penchait sur
leur maîtresse. Marc estimait qu'ils devaient peser
environ soixante kilos chacun. Mais qui étaient ces
gens pour s'entourer d'animaux pareils ? Qu'est-ce
qui n'allait pas, chez eux ?

Il l'avait ramassée et l'avait transportée à l'intérieur tout en exprimant ses excuses à Édith car effectivement, manifestement, incroyablement, ces fichus
clébards les avaient reconnus d'une manière ou
d'une autre et leur avaient sagement emboîté le pas
durant le trajet qui les conduisait vers la maison de la
malheureuse dont le blanc de l'œil apparaissait par
instants.

« Mais peut-être qu'ils sont tellement bêtes qu'ils
ne courent que si l'on se met à courir... »

Édith déclara qu'il avait certainement un problème avec les chiens. Avait-il eu certaine expérience malheureuse avec un chien ?

« Tu veux dire, *pendant tout ce temps où tu étais
absente* ? »

Il aimait bien la taquiner à ce sujet. Il ne pouvait
pas s'en empêcher. Bien sûr, il n'y avait pas là de
quoi être fier, pas question de se vanter, mais les mots
sortaient de sa bouche avant qu'il n'ait conscience de

les prononcer. Incontrôlables. Pas tout à fait exempts de mélancolie rancunière. Il avait néanmoins l'impression qu'elle lui pardonnait. Qu'elle comprenait. Qu'elle acceptait son singulier sens de l'humour. Ses vannes désolantes à propos du temps passé.

Quant au chien, elle avait vu juste. Une aventure effroyable, qui aurait pu connaître une fin tragique s'il n'était parvenu à assommer un énorme caniche royal que la jalousie rendait fou, en particulier quand on prenait sa maîtresse par-derrière, dans cette position-là, et alors gare à celui qui oubliait de fermer la chambre à double tour car l'animal était capable d'ouvrir une porte en actionnant la poignée, comme n'importe qui.

Cette histoire ne datait pas d'hier mais elle avait conservé toute sa fraîcheur dans son esprit.

« Quoi qu'il en soit..., lui déclara Édith une fois rentrés chez eux, ... quoi qu'il en soit, tu m'as impressionnée. En y réfléchissant, tu avais raison. C'était risqué. Tu m'as vraiment impressionnée. »

Sans le vouloir, elle venait de déclencher une lueur dans l'œil de Marc.

« Très bien, murmura-t-il. Je suis là pour ça. Je savais que ce serait payant. »

Comme ils venaient de franchir le seuil, il la plaqua sous les portemanteaux et entreprit de la dévorer vivante. « Sacré nom d'un chien ! » se dit-elle tout en répondant à ses baisers. Marc plongea bientôt une main dans sa culotte. Incroyable, mais vrai. Montre en main, il n'y avait pas une heure qu'elle l'avait accueilli entre ses jambes, et voilà qu'il remettait ça sans sourciller. Une véritable obsession.

Mieux valait en rire. Marga Damanti lui avait confié que Gilbert, son mari, prenait des gélules qui maintenaient son érection pendant plusieurs jours.

Quelques minutes plus tard, à bout de souffle, ils se laissèrent glisser le long du mur. Complètement cuits. Édith se demanda si elle allait pouvoir *ramper* jusqu'à la salle de bains. Et si ce n'était pas une perte de temps étant donné que la soirée n'était pas finie.

La lumière brillait dans la maison voisine. L'ombre de Marga Damanti passait derrière les baies. Ils s'étaient confectionné une salade et avaient partagé un morceau de fromage qu'ils grignotaient au bar de leur cuisine américaine, juchés sur de hauts tabourets que Marc avait récupérés après un salon, sur le stand Mercedes, en même temps que des cendriers en cristal que les types de Stuttgart offraient à leurs concessionnaires une fois tous les deux ans.

« Au fond, qu'est-ce que tu en dis ? » l'interrogeat-il soudain.

Surprise, décontenancée, elle lui décocha son plus charmant sourire – se demandant ce qu'elle avait bien pu faire pour trahir le vague embarras, si bénin soit-il, qu'elle ressentait à propos de leurs étreintes à répétition.

« Marc, je t'assure qu'il n'y a aucun problème, déclara-t-elle. Ne te méprends pas.

— Je ne vois pas ça comme un problème. Je cherche à comprendre. »

Elle lui caressa tendrement la main. Il secoua la tête.

« Elle nous prend pour des idiots, non ? »

Édith ne savait pas si Marga les prenait pour des idiots ou non. Elle s'en moquait, de toute façon. Que leur voisine jouât la comédie, ou qu'elle fût malade, ou droguée, ou possédée, ou légèrement cinglée, Édith s'en contrefichait. Les gens parfaitement sains d'esprit ne couraient pas les rues.

Sonia était passée en coup de vent pour emprunter, cette fois, un batteur électrique. Prétendant que le sien était cassé alors qu'Édith l'avait utilisé quelques jours plus tôt, avant de s'installer ici. Et un batteur pour quelle raison étant donné qu'elle ne cuisinait pratiquement rien ?

Son père l'intriguait. Son père l'intriguait au plus haut point. Bien sûr, il n'aurait pas été très malin de le lui faire remarquer car elle aurait juré le contraire, mais cette histoire de batteur péchait par son extrême improbabilité. N'était qu'une pâle excuse, bien sûr. Pourquoi pas un moule à kouglof ?

Malheureusement, Marc était couché.

« Qu'est-ce qu'il a ? Il est malade ? »

Il était environ onze heures. La nuit était tombée. Les tours du centre brillaient au loin, par-dessus les joncs, sur un fond de ciel anthracite, tandis qu'une embarcation de la police fluviale virait de bord dans une gerbe d'écume, balayant la berge de son méga-projecteur dont l'œil, convulsif, pénétrait jusque dans la cuisine où Édith se trouvait encore.

Sonia et son père finiraient bien par se rencontrer, se disait-elle. D'une manière ou d'une autre. Elle se voulait optimiste. Elle alluma une cigarette. Fumer tue. Plongée dans la pénombre, la maison était douce et silencieuse, et Édith s'y sentait aussi bien qu'on pouvait l'être compte tenu du climat général – qui n'était pas un ciel absolument limpide mais faisait un score tout à fait honorable, tout à fait acceptable, vu le contexte.

Marc allait l'épouser. Sonia allait s'y faire. Sonia allait finir par accepter. Que demander de plus ? Elle souffla la fumée de sa cigarette en direction du jardin qui luisait derrière les baies, dans l'obscurité limpide. Objectivement, elle s'en tirait plutôt bien.

Tout aurait pu foirer lamentablement. Le nombre des écueils possibles avait été sans limites, littéralement renversant. Catherine le lui accordait. Catherine Da Silva en personne reconnaissait que la traversée avait été périlleuse. « Tu peux te vanter d'avoir eu chaud aux fesses », lui avait-elle répété dans l'après-midi, au-dessus d'une table lumineuse envahie de hideuses diapos de Carla Bruni – le photographe était viré et Catherine allait devoir prendre son téléphone pour s'excuser auprès de la star qui allait pousser les hurlements attendus et accabler *City* de tous les noms d'oiseaux imaginables.

« Quelqu'un doit veiller sur ta bonne étoile... », avait-elle soupiré, ajoutant qu'elle n'avait pour sa part que ce pauvre Roberto, ce connard pathétique, pour lui tenir la jambe.

De ce côté-là aussi, du côté de *City*, Édith ne pouvait que se féliciter de la tournure des événements. Désormais, Catherine l'employait à temps plein. Souvent, elles déjeunaient ensemble. Elles s'entendaient bien. Catherine lui faisait confiance. En quelques années, Édith avait rédigé environ cent cinquante portraits de femmes et elle en avait assez, elle s'essayait maintenant à un cadre moins rigide – dernièrement, elle avait traité de questions telles que le recours à la chirurgie esthétique, les vibros en vente chez Sonia Rykiel, la nouvelle chance (imméritée) que Kate Moss donnait à Pete Doherty ou le prochain effondrement des ressources d'eau potable à travers le monde (deux fois et demie plus terrible que les plus sombres projections de Greenpeace, que les plus effrayants cauchemars des Nations unies), ou encore la haine insensée que l'on pouvait inspirer à ses enfants sans se douter de rien, enfin toutes sortes de sujets, un peu selon son humeur (bien que le dernier sujet se révélât limite et ne fût pas celui, de loin, que Catherine préférait, le genre qui rendait les lectrices moroses et molles comme du jambon cru).

Elle décida, quand elle aurait fini sa cigarette, de consacrer une heure ou deux au rangement de son bureau, à son aménagement, au déballage de ses livres, à la lecture de son courrier électronique – elle adorait cette fenêtre bleutée flottant dans l'obscurité alentour, le léger ronronnement du moteur, cette impression tellement réelle, tellement juste, de basculer dans un autre monde, d'y plonger la tête la première comme du haut du rocher de son enfance. Elle s'en réjouissait à l'avance. Elle aimait comme les choses se passaient avec cette maison. Ça aussi. C'était presque trop beau. L'apprivoisement se déroulait parfaitement bien – en dehors du fait que la proximité du fleuve l'oppressait un peu.

L'eau l'avait toujours oppressée. Tout le temps de son séjour en clinique, autrefois – quand elle soignait sa dépression au milieu de *vrais* dingues, de vrais *bousillés* –, ses pires moments s'accompagnaient de visions de lacs, de sombres océans, de rivières monstrueuses qui passaient leur temps à l'engloutir, à l'entraîner vers le fond. Il en restait encore quelque chose, le sentiment d'oppression était toujours là, largement incompréhensible mais étonnamment supportable. C'était bon signe. Elle était persuadée que le pire était derrière elle.

Parfois, elle se sentait presque vieille. Si elle n'y prêtait pas attention, ses épaules se voûtaient lorsqu'elle était assise et penchée sur les touches de son ordinateur. Elle sentait qu'elle n'aurait pas eu la force d'aller plus loin.

Elle monta à l'étage pour arranger ses livres. De là-haut, l'angle était différent et le défilement argenté du fleuve occupait une bonne part du tableau crépusculaire que constituait la fenêtre. Il y avait eu un temps où un tel spectacle, une telle symphonie liquide, aurait commencé par lui piquer les yeux avant que sa peau ne se couvre d'allergies et que sa respiration ne se bloque. Il y avait eu un temps où elle ne pouvait donner un bain à Sonia sans avoir les lèvres qui tremblaient – et Paul devait rappliquer au triple galop pour terminer le bain d'une enfant qui n'était pas la sienne, l'amuser avec la pomme de la douche, couiner avec le canard tandis qu'elle-même s'élançait au milieu du jardin et commençait à prendre aussitôt de profondes inspirations, pliée en deux, les mains sur les hanches, telle une forge.

Elle ne savait pas encore si elle allait les classer par ordre alphabétique ou par formats ou les ranger

comme ils venaient. Ça n'avait pas grande importance. Pour commencer, elle ramassa ceux que Marc
avait brutalement flanqués par terre avant de la coucher sur le bureau pour la niquer. Il faudrait qu'il
perde cette habitude de tout envoyer valser dans
cette pièce. Ça n'épatait personne.

5.

La veille, le père Joffrey avait promis de prier pour lui. « Ta mère a bien fait de t'envoyer à moi. Juste au moment où tu étais en train de t'égarer. Elle a mille fois bien fait. Je suis là pour ça, tu le sais. Il n'y a pas que la communion solennelle... »

Mettre une femme enceinte et ne pas l'épouser était un péché – en fait, *plusieurs* péchés imbriqués les uns dans les autres. Un péché très grave, selon le père Joffrey. Il emmena David sur le chantier de l'aile supplémentaire qu'ils comptait adjoindre à la sacristie et il lui expliqua pourquoi les travaux n'étaient pas terminés, pourquoi la laine de verre pendait encore au plafond, pourquoi le plancher n'était pas posé, et donc pourquoi il serait bon que David en touchât un mot à sa mère.

« Mais qu'est-ce que j'y connais aux cycles féminins ? s'étrangla David que tant d'injustice conduisait presque au bord des larmes – de rage. Est-ce que je suis censé compter les jours sur mes doigts ? *Est-ce que c'est à moi de m'occuper de ça ?* »

Le père Joffrey fit asseoir David à l'ombre d'une

glycine et l'encouragea à lutter contre une vie fon-
dée sur l'égoïsme et l'esquive.

« Qu'est-ce qui ne va pas, chez elle ? Qu'est-ce
qui n'est pas assez bon pour toi ? »

Quand il entendait ces mots, David grimaçait. Il se
les disait lui-même. Qu'est-ce qui n'était pas assez
bon pour lui ? Cette question, il se la posait vingt ou
même trente fois par jour et il était strictement incapable d'y répondre. Qu'eût-il désiré qu'elle n'avait
pas ?

« Mais, mon père, le mariage est un acte d'une
telle importance...

— Bien sûr. Pauvre idiot. Ce n'est pas moi qui te
dirais le contraire. Il s'agit en effet d'un événement
crucial. Mais tu as eu le temps d'y réfléchir. Tu ne
vas pas encore y passer six mois, j'espère. N'y a-t-il
pas un temps pour oublier la raison et laisser parler
son cœur ? David, prends garde. Prends garde à ne
pas t'éterniser. Ne remplace pas un péché par un
autre. S'il te plaît. »

Il fixa David un instant puis se pencha en avant
pour l'interroger sur sa condition physique. De sportif à sportif. À soixante-deux ans, le père Joffrey
semblait en pleine forme. De taille moyenne mais
doté de larges épaules et d'un cou de taureau, il
avait, jusqu'à sa chute de vélo en 2001 – renversé en
plein centre-ville par une veuve de sa paroisse –,
couru vingt-sept marathons, dont ceux de Paris, de
New York et de Sydney – malgré les vingt heures de
vol en classe économique.

« Je vais prier pour toi, sois tranquille. Mais
comment vas-tu t'y prendre avec ce bras ? L'atta-

cher, tu dis ? Je ne te cache pas que ça m'inquiète. Ce bras m'inquiète beaucoup. »

David commençait à se demander si ce marathon n'allait pas servir de cadre à son effondrement. Mal préparé, mal entraîné, blessé, mal conditionné, harcelé de toutes parts, il allait connaître son Golgotha, il le sentait venir. En un certain sens, la présence d'un prêtre était la mieux adaptée à la situation.

« Je peux sans doute te procurer ce qu'il te faut contre la douleur. Et aussi de quoi renforcer ta résistance. Peut-être. C'est possible. Le problème n'est pas là. Mais ça ne t'aidera pas beaucoup. Tu seras déséquilibré en permanence. Bon sang, David, ce ne serait pas pire si tu étais manchot, voilà ce que je pense. »

Le père Joffrey était contrarié. Il n'avait pas l'habitude de se vanter mais il n'hésitait pas à rappeler, dès que l'occasion se présentait, qu'il était celui qui avait transmis à David ce goût pour la course à pied. Et il en était fier. S'il n'avait pu alors empêcher les deux frères de s'étriper pour les beaux yeux d'Édith – il n'avait pas eu le pouvoir d'accomplir un miracle, pas plus qu'il ne l'avait aujourd'hui –, au moins en avait-il converti un aux joies du sport amateur – à défaut d'en faire un bon catholique, comme sa mère.

La course à pied était un bon moyen pour se libérer l'esprit. Pour ne plus penser aux femmes. Le père Joffrey n'était pas un charlatan qui vendait n'importe quoi. Courir libérait pour de bon. Quand la prière ne suffisait plus, quand le feu semblait éclater de tous côtés, quand les glaçons n'avaient plus d'effet, ni la morsure des lanières de cuir sur l'échine, ni même la

masturbation, rien de tel que d'échanger son habit
noir contre un short et une paire de baskets puis de
s'élancer les coudes au corps, les mâchoires serrées,
les poings serrés, les yeux mi-clos, le long des che-
mins qui sillonnaient les berges ou montaient dans
les bois, parfois jusqu'à la nuit tombée. « Je ne suis
pas décidé à assister, tu m'entends, mais alors pas du
tout, à être le témoin d'une nouvelle pitrerie de ta
part ou de celle de ton frère.

— Mince ! Je me demande comment un homme
de Dieu, un homme d'Église, peut s'abaisser à ça. Je
suis sidéré. Je suis sidéré de voir le peu de cas que
vous faites de moi, dans l'histoire. Je dois épouser
Josianne pour que tout le monde soit tranquille, pour
que ce monde soit protégé du chaos, mais moi, là-
dedans ? *Moi.* Tant pis pour ce que je deviens ? C'est
tout ce que vous me proposez ? Laissez-moi rire ! »

Le père Joffrey se souvenait du temps où il se
levait pour tirer l'oreille du garçon quand celui-ci
faisait le singe durant un cours de catéchisme. Il ne
se sentait pas outragé par les paroles de David.
Enceinte ou pas enceinte, David avait moralement
obligation de fonder un foyer avec la jeune femme.
Que ça le chagrine ou non. Le père Joffrey avait
confessé tant d'âmes qui renâclaient au moment de
prendre leurs responsabilités que c'en était affli-
geant.

« En tout cas, je croyais que tu finirais un jour par
me faire honneur. Un jour pas si lointain. Je le
croyais. Eh bien, ça n'en prend pas le chemin, dirait-
on. Je suppose que c'est plutôt la honte qui m'attend,
non, au spectacle que tu vas donner ? Tu penses y

arriver pour midi ? Dans l'état où tu es ? Est-ce que tu ne ferais pas mieux de déclarer forfait ? Nous épargner le ridicule ? Non, mais enfin regarde-toi. Enfin, mais c'est quoi, ce travail ? »

Ils achetèrent un hot-gog chez le Grec installé au carrefour avant de reprendre leur chemin sous les eucalyptus – des lambeaux d'écorce sombre pendouillaient autour des troncs olivâtres et jaune clair alignés comme des spectres dans le crépuscule.

« N'oublie pas que tu as envoyé son mari à l'hôpital...

— Son mari ? Quel mari ? Ils sont divorcés !

— Ne joue pas sur les mots, avec moi. Tu as dérouillé ce malheureux, oui ou non ? Dans quel but ? Si ce n'est pas pour avoir cette femme, dans quel but ? J'imagine que tu as de bonnes raisons pour frapper un paralytique. » Il leva les yeux eu ciel. « Que tu n'obéis pas à un simple besoin sexuel vis-à-vis d'elle. J'espère que non, David. J'espère non, malheureux. »

David se demandait pourquoi il avait suivi les conseils de sa mère. Non seulement cette discussion avec le père Joffrey ne lui apportait rien du tout, mais il allait en sortir en plus mauvais état encore. Pas plus avancé et encore plus désespéré, plus déprimé, encore plus seul, et pratiquement bon pour l'asile.

Il sentait planer l'ombre de sa mère. Il sentait qu'Irène tenait le père Joffrey par ses grosses couilles pleurnichardes et zélées d'ecclésiastique, d'une façon ou d'une autre.

Il passa une nuit épouvantable, une douleur lancinante au bras et quelque peu oppressé par ce qui l'attendait au lever du jour, et aussi dans le futur. Entre ces pénibles périodes d'éveil, il retombait dans d'effroyables cauchemars au cours desquels il ne se contentait plus de démolir le portrait d'un handicapé mais transformait le type en chair à pâté, à coups de pied, à coups de poing, à coups de talon.

Il se réveillait en sueur. Environ toutes les heures. Parfois, il ne supportait plus cette impression de solitude qui pesait sur la chambre, le silence écrasant qui la baignait, et il sortait dans le couloir, juste vêtu d'un caleçon et de pantoufles en tissu-éponge, les cheveux en bataille, à demi agonisant.

Plutôt que de dormir dans le salon, Victor avait préféré dresser un lit de camp dans la chambre de Marc bien qu'elle fût envahie de cartons et simplement peuplée d'étagères vides et de tapis roulés.

Comme la plupart des hypocondriaques, il avait le sommeil léger et David remarquait le terrible rai de lumière sous la porte du vieil insomniaque – qui semblait bel et bien de retour au bercail.

La chambre d'Irène se trouvait à l'autre bout. La plupart du temps, elle était assommée par un Halcion, mais elle ne dormait pas, elle non plus, elle fixait le plafond de sa chambre cette nuit-là, consciente de ce qu'elle avait tramé. Prête à recommencer, si nécessaire. Assumant jusqu'au bout. Œuvrant au moindre mal. Innocente Aux yeux du Tout-Puissant.

À l'aube, ils se trouvèrent tous les trois réunis à l'occasion d'un petit déjeuner qui avait du mal à passer compte tenu du climat de tension qu'engendrait

l'événement sportif le plus attendu et le plus important de la ville – auquel participait un membre de la
famille –, *et compte tenu du reste, de tout le reste –*
auquel participait la famille tout entière.

L'aube se levait à peine, se glissait juste par-dessus l'horizon, mais la pureté duveteuse du ciel ne
laissait planer aucun doute sur la ravissante matinée
qui s'annonçait. Un frais parfum de rosée montait du
jardin. Des choucas chantaient. Un chien aboyait au
loin, dans les bois dont la crête s'illuminait déjà.

Ils étaient silencieux, immobiles. Les tasses
fumaient. David avait avalé d'un coup les divers
dopants que le père Joffrey lui avait fournis, mais il
en aurait fallu une caisse entière pour produire l'effet
escompté. Il gardait la tête baissée. Irène l'observait.
Victor envisageait le pire car leur fils avait une mine
plus épouvantable encore que les autres jours. En
fait, nul n'aurait pu imaginer que ce pâle fantôme, ce
corps débile avachi sur son siège, allait prendre le
départ d'un marathon.

Un peu plus tôt, Victor, qui l'avait aidé à emmail-
loter son bras puis à le fixer contre son flanc, avait
envisagé de lui administrer en douce un bon vieux pur-
gatif pour lui épargner la souffrance et l'humiliation
qu'il allait s'infliger – et infliger à ses proches, par
contrecoup – dans de telles conditions. Ayant confié
ses inquiétudes à Irène, il s'était entendu répondre que
David n'éveillait plus aucune pitié en elle. « Tu oublies
que cette pauvre fille est enceinte ? Moi, je ne l'oublie
pas. Je suis totalement en froid avec lui, au cas où tu
ne l'aurais pas remarqué. Nos échanges sont réduits au
strict minimum. Qu'il se casse une jambe. Qu'il morde

la poussière. Ce qu'il adviendra de lui m'est complètement égal. Peut-être est-il encore ton fils, mais il ne
sera plus le mien très longtemps. Je ne peux pas accepter ça, tu comprends. »

Malgré l'imminence de l'épreuve, elle n'était pas
décidée à faire un effort, à transmettre le moindre
encouragement à son fils aîné – eût-il suffisamment
démontré qu'il était torturé et condamné à rôder sans
répit sous les fenêtres closes de son intraitable infirmière.

Il régnait ainsi une ambiance peu stimulante, une
atmosphère de type sinistre autour de la table où
David grimaçait à présent comme un beau diable. Il
était en tenue. Le front moite. Apparemment, il n'en
menait pas large, ce qui navrait son père et suspen-
dait presque aux lèvres d'Irène une ombre de dégoût.

« Allons, détends-toi, lui conseilla Victor. Ce n'est
qu'une course, après tout, un mauvais moment à passer... »

Irène le fusilla du regard. Un instant, elle prit brutalement conscience qu'elle pourrait fort bien finir
ses jours en tête à tête avec cet homme – une ultime
épreuve ? – et l'accablement la fit vaciller sur sa
chaise.

David, quant à lui, pressait désormais son bras
valide contre son ventre et se balançait d'avant en
arrière.

Il ne manquait plus que ça. Victor détourna les
yeux d'un air gêné mais Irène admira le spectacle, ce
cinéma grotesque. Étonnant. Allait-il basculer de son
siège et se tordre sur les étranges motifs du tapis
mexicain qui trônait au centre de la pièce ? Allait-il

gémir, pleurer, renoncer lâchement à ce maudit marathon, cinquante-huitième du nom ?

Elle vit les joues de son fils gonfler de façon spasmodique, ses yeux rouler sombrement dans leurs orbites, ses cheveux se dresser sur sa tête tandis qu'il cherchait à déglutir. De sa main libre, il empoigna son cœur. Il semblait effrayé au-delà de toute imagination. Angoissé à mort. « Décidément, se dit-elle, ces gosses m'auront tout fait ! – ai-je donc tant démérité, Seigneur ? Est-ce là Ta Volonté ? »

Par curiosité, elle considéra son enfant – ce garçon, sa créature, qu'elle avait mis au monde certainement dans le seul but de la faire souffrir – sans intervenir d'une façon quelconque tandis qu'il se décomposait sous ses yeux, se retenait à la table. David avait toujours été le plus comédien des deux. Elle voulait voir de quoi un homme de quarante ans était capable. S'il allait se mettre à ronger ses ongles pour calmer sa panique ou s'il comptait aller encore plus loin dans la grimace douloureuse et le cri muet. Lamentable.

Dehors l'aube frissonnait, dorait tendrement les vaporeux alentours. Il suffisait d'attendre. Quand David aurait, comme on dit, craché le morceau, expulsé ce qui obstruait si méchamment sa gorge, chacun pourrait de nouveau vaquer à ses occupations. Alors il suffisait d'attendre, de patienter. De son côté, il avait l'air de lutter, de reculer devant un gouffre. En fait, il avait l'air d'être sur le point d'avouer une éventuelle homosexualité ou pédophilie ou quelque horrible monstruosité du genre. Pas moins.

« Mais qu'y a-t-il ? Enfin, mais parle ! » s'emporta Victor – celui-là même qui n'avait pas supporté un millième de ce qu'elle avait supporté pour élever leurs deux fils, qui n'aurait jamais eu les nerfs assez solides, quoi qu'il en dît. Elle en ricana discrètement dans son coin. Les mères avaient le droit de ricaner doucement, selon elle.

Irène enfila ses gants et marcha vers l'Aston Martin dans un état second, éblouie par le disque solaire qui jaillissait à travers les bois, de l'autre côté de la route. Elle avait l'impression de ne plus rien peser ou d'être passablement saoule alors qu'elle n'avait bu que du café depuis son réveil.

Un sentiment puissant, qu'elle n'avait pas encore identifié comme pure euphorie, la parcourait agréablement.

En comparaison, David semblait sortir de la tombe. Il avait le dos courbé, il traînait les pieds en se dirigeant vers la voiture et son visage exprimait à peine une étincelle de vie bien que son père le félicitât et l'assurât qu'ainsi délivré d'un sacré poids il allait pouvoir s'engager à fond dans la course.

À l'exemple de la plupart des hommes, Victor avait une excellente, une absolument *sûre* notion des priorités de l'existence. Elle le savait. Elle avait vécu des dizaines d'années avec lui. Elle ne fit cependant aucun commentaire tandis qu'ils descendaient en ville. Elle n'avait pas encore retrouvé l'usage de la parole. Elle ferma les yeux et mit un bras à la portière.

La place Alexandre et ses abords immédiats, ainsi

que l'avenue Stanley Kubrick où flottait la banderole du départ, étaient aussi encombrés qu'on pouvait le craindre. Plusieurs milliers de personnes agglutinées comme dans une ruche, de bon matin, mais Irène avait la tête ailleurs et donc supportait très bien cette promiscuité. Au moins pour cette fois.

Elle aida même David à fixer son dossard – un vert, un réservé à ceux qui s'étaient inscrits dans la tranche des moins de trois heures –, tâche qu'elle n'aurait pu envisager peu de temps auparavant, quand David n'était encore qu'une source de contrariété et ne méritait pas la moindre attention maternelle.

« Tu as ce que tu veux ? Tu es contente ? »

Elle pouvait également supporter ça, l'acrimonie, le ressentiment, la mauvaise humeur de son fils. La bataille était gagnée. La victoire avait sonné au moment où on ne l'attendait plus. Et rien d'autre ne comptait. Autour d'elle, au travers du feuillage, la lumière du soleil dansait sur les visages et, se redressant, contemplant la scène, elle prit conscience qu'elle n'avait pas éprouvé un tel sentiment de paix depuis une bonne vingtaine d'années.

Au lieu de lui répondre, au lieu de relever les propos injurieux qu'il avait tenus – le petit salaud ! –, et en moins de temps qu'il n'en fallût pour le dire, elle se pressa contre lui et l'embrassa sur la joue.

David se mit alors à danser d'un pied sur l'autre.

« Ne prends pas cet air-là, lui dit-elle. Ne joue pas à te faire peur. Tu vois bien. Tu n'as pas reçu le ciel sur la tête. Tu es parfaitement vivant, tu sais.

Parfaitement vivant. Écoute-moi, veux-tu que je l'appelle ?

— *Hein ?* Non. Surtout pas. Ne fais rien. Tiens-toi tranquille. Je t'ai demandé quelque chose ? Alors ne fais rien, compris ?

— En tout cas, je veux que tu saches que j'ai confiance en toi. »

David fronça littéralement les sourcils.

« De quoi tu parles ? Hein, de quoi est-ce que tu parles ? Bon Dieu.

— De cette course. Je te parle de cette course, bien sûr. Mes vœux t'accompagnent. Je suis heureuse d'être là. Je suis heureuse d'être là pour t'encourager, c'est tout ce que j'ai voulu dire. »

David était un rude client. Sans doute Marc aurait-il été pire si les rôles avaient été inversés, mais voilà bien une pensée qui ne la réconforta guère. Elle recula d'un pas. Il était clair dans son esprit qu'elle avait peu de chances de trouver un bar ouvert dans un proche périmètre. Elle regarda son fils et lui sourit nerveusement. Elle entendait une voix en provenance des haut-parleurs suspendus dans les arbres – qui parlait en quelle langue ?

À huit heures, enfin, portée par une clameur langoureuse, la première vague s'élança, s'ébroua comme un troupeau fébrile, et David tourna les talons et s'éloigna avec elle en direction du fleuve. Des douzaines de moineaux s'envolèrent dans l'air tiédissant. Irène soupira. Elle avait cru que ce maudit départ ne serait jamais donné.

Son cœur battait fort. D'excitation. Elle avait l'impression de tout juste retrouver son souffle après le choc. Contrairement à Victor, son cœur était solide, mais elle accusait le coup néanmoins. Elle chercha son mari des yeux. Elle se sentait presque étourdie. Est-ce que c'était un rêve ?

Elle se retrouva chez lui. Il n'y avait rien de plus proche. Elle détestait foncièrement cet appartement et tout ce qu'il représentait, mais elle avait décidé qu'il s'agissait d'une urgence, elle ne tenait plus. Seule chose agréable : la piscine. La piscine en haut, sur la terrasse, la vue imprenable sur de lointaines campagnes verdoyantes, et le silencieux ballet de ces jeunes hommes en short qui servaient des cocktails.

De jeunes actrices et quelques vieux banquiers venaient s'y requinquer au prix d'un abonnement salé et l'eau était à vingt-huit degrés, été comme hiver.

L'endroit était presque désert, ce matin-là. Elle commanda un double vermouth.

« Buvons à quelque chose ! » lança-t-elle à Victor.

Il la trouvait belle dans son peignoir blanc, en tout cas hautement désirable. Il haussa les épaules.

« Peut-être que tu avais raison, après tout... Est-ce que ce serait comme un puzzle ? Chaque chose finit-elle par retrouver sa place ? »

Elle se demandait si c'était un nouveau genre qu'il se donnait, puis elle se souvint qu'elle souhaitait fêter quelque chose et elle leva son verre.

« Ne sois pas stupide », lui dit-elle.

Il plongea dans la piscine. De nouveau, elle en commanda un double. Qu'elle avala d'un trait. C'était indispensable. Ce qui arrivait était suffisamment sidérant. L'alcool permettait de prendre une *indis-pensable* distance.

Elle passa l'information à Josianne pendant que Victor exécutait des allers et retours à la vitesse d'une vieille torpille traversant un océan d'algues. « Bon, le moment est mal choisi pour te jeter à son cou, mais je pense qu'il peut avoir besoin de tes encourage-ments. Il n'était pas très fringant, tout à l'heure. Son bras constitue un handicap. Enfin, voilà. Il nous en a fait voir, n'est-ce pas ? Chère Josianne. Vraiment. Je me sens tellement soulagée. Tu sais, nous ne pou-vions pas faire autrement. Nous étions obligées. Écoute, fais-moi plaisir : ne pense plus à ça. Vole plutôt à son secours, crois-moi. Lui-même ne sem-blait pas certain de pouvoir finir la course, je ne te mens pas. »

Quand elle raccrocha, un serveur se penchait sur la table basse, reprenait son verre vide et le rempla-çait par un plein, à son grand étonnement, non qu'elle ne fût pas ravie, au contraire, mais elle n'avait pas le moindre souvenir d'avoir passé cette commande. Elle observa le clapotis de l'eau bleue, miroitante, consciente qu'elle buvait trop. Mais ne pouvait-on pas, se disait-elle, à soixante-trois ans, ne pouvait-on pas s'accorder un court instant de laisser-aller ?

Elle leva son verre en direction de Victor qui agi-tait une main en émergeant à l'autre bout du bassin, et lorsqu'elle rouvrit les yeux, lorsqu'elle sortit des limbes, Victor était entre ses jambes, ils se trouvaient dans l'appartement, ils étaient nus sur le lit et Victor la pénétrait tranquillement et lui suçait les seins en fermant les yeux. Comment était-ce arrivé ? Comment était-ce possible ? Elle était sidérée, le souffle coupé. Elle n'avait pas l'impression qu'il était en train de la violer, alors quoi ?

Une journée riche en événements. Et il n'était que neuf heures du matin, le soleil avait à peine entamé sa course. Victor gémissait de plaisir, de façon un peu ridicule. Quelle guigne ! songea-t-elle, alors qu'elle s'était juré de ne plus se donner à lui jusqu'à la fin des temps, *quelle poisse inimaginable !* Elle se mordilla la lèvre en silence.

Le train était rapide. Courir avec un bras ficelé au corps – un bras enflé, sombre et luisant comme une vessie de chameau – n'avait rien d'idéal, mais, grâce au père Joffrey, David avait de l'énergie à revendre et prendre ses jambes à son cou semblait tout à fait dans ses cordes.

Sauf qu'il n'avait nulle part où aller.

À présent, il n'avait plus nulle part où aller. Autant être franc avec soi-même. Autant reconnaître qu'on l'avait abattu en plein vol.

Pendant que son esprit vagabondait de la sorte, baignant sous des torrents d'espoir, ses pieds touchaient le sol avec la régularité d'une machine. Il ne s'en tirait pas trop mal, en dehors du fait qu'il avait failli se ramasser, ce qui s'appelle se ramasser, à deux ou trois reprises, en particulier dans la descente vers le pont Lafayette qui brillait dans l'éclat du soleil levant, un faux pas, une tentative pour retrouver l'équilibre et c'était un miracle s'il n'était pas allé s'emplafonner dans le 618, un dossard porté par une Chinoise athlétique à qui il avait coupé la route comme un chauffard sous Tranxène.

Au kilomètre cinq, il se versa trois bouteilles d'Évian sur la tête. En épousant Josianne, il allait mettre fin à certaines de ses souffrances, se disait-il en parlant pour lui. « Essaie de voir le bon côté des choses », se disait-il, et le voilà reparti, mais la mine défaite, comme s'il se livrait à un sport de contact ou sortait d'un étranglement.

De l'autre côté du fleuve, il se cala dans la foulée d'un jeune blond tatoué au mollet, équipé d'un ipod et de Oakley en titane. Ça semblait bien. Les trois prochains kilomètres, le long de la rive, de Lafayette jusqu'à l'auditorium, avaient la réputation de scier les pattes.

C'est alors que, levant les yeux, il remarqua que le ciel s'était couvert. Rien de sérieux. Mais l'an passé, dans des conditions identiques, le marathon avait pris fin sous la pluie, au milieu des flaques, et personne n'avait envie que ça recommence. Bien qu'il eût, à cette occasion, réalisé son meilleur temps, deux heures et quarante-sept minutes, il se souvenait du froid et de la boue qui avaient surgi d'une belle journée d'été comme les légions du diable, transformant l'arrivée en auge à cochons.

Aujourd'hui, chaque saison apportait son lot d'emmerdements, de phénomènes nouveaux, d'anomalies, d'aberrations climatiques. Il n'y avait plus de raison de s'étonner de quoi que ce soit. Qui prétendait que la tendance avait des chances de s'inverser ? Signer Kyoto ou ne pas signer Kyoto, ça changeait quoi ? Ça engageait qui ?

De toute façon, il commençait à en baver sérieusement. Le voyant passer, certains ricanaient avec férocité. Et non pas de sa course chaotique, disgracieuse à l'extrême, affligeante, mais de sa défaite morale, de l'incroyable capitulation dont il s'était rendu coupable, voilà de quoi ils se moquaient, de sa décision d'épouser Josianne et de rien d'autre.

Un horrible médecin, un demeuré, s'avança vers lui au kilomètre vingt et un et tenta de lui saisir le pouls d'autorité. Or, au même instant, un éclair déchira le ciel qui avait pris une teinte vert bronze et l'homme resta la main en l'air, interloqué, tandis que le tonnerre, furieux, assourdissant, roulait.

Un courant d'air frais arriva des alentours, balaya la piste et s'engouffra sous la tente de la Croix-Rouge qui vacilla en se gonflant comme un parachute.

« Mais c'est quoi cette merde ? » grogna un homme de l'antenne médicale qui pointait un œil méfiant vers le ciel.

Une soudaine hésitation venait d'envahir le stand, niché entre deux chênes, tandis que les bouteilles d'eau tanguaient encore sous la bourrasque et que valsaient les morceaux de sucre. Les organisateurs, les sauveteurs, le public et les coureurs qui se trouvaient là échangèrent de sombres coups d'œil. Tout le monde. Tout un peuple de silencieux. Tout un peuple impuissant, incapable d'empêcher qu'en une minute l'hiver succède à l'été. Qui se réveillait trop tard.

Un peu plus loin, il reçut les premières gouttes. Puis le ciel se liquéfia. Sonia et son copain se

tenaient au sommet de la butte qui s'élevait à mi-par-
cours, mais il n'était plus en mesure de soutenir une
conversation. C'était bien dommage, mais c'était
ainsi. Un feu glacé ronflait dans sa poitrine. Ses mollets devenaient durs comme du bois. Entre les larmes
et la pluie, il n'y voyait plus grand-chose.

« Bravo ! Super ! » lui lança la jeune fille – dont il
était l'oncle encore choqué par cet autre coup de tonnerre qu'avait constitué la révélation de leur parenté.

Au moins, elle semblait mignonne. Elle était venue
l'encourager comme elle le lui avait promis, accom-
pagnée du ténébreux blondinet. Ils se protégeaient de
la pluie, qui maintenant tombait dru, au moyen de
pancartes *American Express – Partenaire officiel* sur
lesquelles crépitaient de grosses méchantes gouttes.

« Hello ! Comment va ? Mais rentrez ! leur cria-
t-il sans s'arrêter. Merci à vous deux ! Mais ne restez
pas là ! Et encore merci ! Sonia, gardons le contact !
Je vais t'appeler. Ciao, les amis, ciao... »

Ces quelques mots lui demandèrent un tel effort
qu'il zigzagua au milieu des hêtres, fit une embardée
sur le chemin fumant qui s'enfonçait vers le cœur
noir de l'orage. C'était cette lutte incessante pour
garder l'équilibre qui l'épuisait.

À présent la nuit tombait. Enfin, David aurait juré
qu'elle tombait car la lumière devenait très faible,
très glauque, et il pleuvait des cordes, d'un ciel toujours plus bas. Un gag, c'était un vrai gag. Ce monde
devenait grotesque, odieux, chaque jour davantage,
autant le savoir. Autant y être préparé. Voilà ce qu'il
pensait. Soudain, la masse blanche de l'auditorium
se dressa sous ses yeux, île égarée dans la brume par

un matin d'hiver, absolument ruisselante. Des personnes s'étaient abritées sous l'arche de l'entrée principale. En raison de la pluie, il n'entendait pas ce qu'elles disaient sur son passage, demeurant des formes vagues, blotties l'une contre l'autre, juste dégoulinantes. Le tout dans trois centimètres d'eau en moins d'une quinzaine de minutes. Renversant. « Un temps idéal pour les champignons », ricanat-il en son for intérieur.

Le ciel grondait, crépitait sur sa tête. La plus puissante des douches de la ville était un jouet poussif en comparaison. Cette pluie pénétrait jusqu'à l'intérieur du corps, faisait suffoquer. On tenait la réplique d'un terrible orage de mousson à en juger les impressionnantes quantités d'eau qui se déversaient – comme des soutes d'un bombardier géant luttant contre un incendie – multiplié, disons, par deux ou trois.

Le décor avait basculé. David continua sur quelques mètres, vers le centre de l'esplanade – où un orchestre s'était produit la veille encore, en toute quiétude, le philharmonique de Berlin en tournée à travers l'Europe –, puis il s'arrêta et se plia en deux pour reprendre son souffle. Devant lui, d'autres également s'étaient arrêtés et enchaînaient les gestes dégoûtés et les grognements furieux et les grimaces découragées. Le marathon était fichu. Terminé. À moins de vouloir finir la course à la nage, il fallait s'y résoudre. Disparaissant sous le déluge, le cinquante-huitième marathon organisé par la ville rendait ainsi son dernier souffle.

Hébétude, incompréhension, dépit. Voilà ce qu'on lisait sur les visages tandis que des trombes d'eau les arrosaient sans relâche, bombardaient sans faiblir l'auditorium vers lequel certains allaient se réfugier en traînant les pieds quand d'autres se laissaient choir à genoux sur la piste gorgée, écœurés, effondrés, ou comme cette fille, de type indien, une assez jolie fille, dossard 176, qui piquait une vraie crise de nerfs et voulait s'arracher les tifs.

David essaya de la gifler mais il n'avait qu'un bras, ce qui compliqua l'exercice. Un sifflement sourd, comparable à de la tôle froissée, à un bruit de poêle à frire, envahissait l'espace et persistait à leurs oreilles, si bien qu'ils devaient parler fort.

Il se sentit obligé de reconnaître qu'il était parti pour réaliser le plus mauvais temps de sa carrière. « Mais je peux comprendre votre frustration », concéda-t-il amicalement. Il plaça ses mains en éventail devant sa bouche : « *Je dis que je peux comprendre votre frustration,* reprit-il haut et fort car la pauvre avait l'air de capter le message avec difficulté, *mais que diriez-vous de vous mettre un peu à l'abri, hein, qu'en dites-vous ?* »

La jeune femme portait des Adidas qui disparaissaient presque entièrement sous l'eau. David avait l'impression qu'ils se tenaient sous une chute. « Espérons qu'elle ne soit pas radioactive... », plaisanta-t-il en voyant que le 176 prenait l'affaire au sérieux.

De lourdes tentures de pluie blanchâtres, laiteuses, se balançaient dans les airs. Pour finir, il accueillit un instant sa compagne d'infortune contre sa poitrine, voyant qu'elle craquait. Il passa son bras par-dessus son épaule. Il la réconforta d'une pression.

Lui-même se sentait plein de mélancolie, plein de découragement, d'une façon ou d'une autre.

Quoi qu'il en soit, la prenant sous son aile, il gagna l'entrée du bâtiment où d'autres se pressaient déjà – coureurs lessivés, spectateurs piégés avec femmes et enfants, chiens trempés, pêcheurs du dimanche –, protégés par un auvent recouvert d'aluminium qui, un instant plus tôt, miroitait sous le ciel bleu.

Si les portes avaient été ouvertes, le hall aurait pu aisément recevoir cette petite troupe et la maintenir au sec, sans parler de la cafétéria et accessoirement des toilettes. David aurait alors abandonné le 176 auprès d'une âme charitable et aurait filé vers le bar où il aurait eu l'heureuse surprise de découvrir Josianne, la divine surprise de tomber sur elle comme par enchantement car il avait justement quelque chose d'important à lui dire et peut-être aurait-elle, à cet instant, battu des cils, et lui aurait-elle souri au lieu de bousculer tout le monde pour détaler au pas de course.

Imaginait-on pire moment pour une scène de jalousie ? Pire endroit ?

Une courte seconde, voyant dans quel déprimant cloaque Josianne s'élançait et ce qu'elle recevait sur la tête, il fut tenté de renoncer à lui courir après. Il fut tenté de laisser tomber, dût-il endurer un remords éternel.

« Hé, *man*, ricana un gars en dreadlocks avec un serre-tête, tu vas laisser filer un *luc* pareil ? » Puis un éclair illumina le terrain transformé en piscine que Josianne traversait d'une foulée hésitante.

Immobile, Victor Sollens compta les battements de son cœur après avoir éjaculé, puis il ouvrit un œil. À son âge, il ne s'attendait pas à découvrir des lampions autour de lui, des lapins blancs, des arcs-en-ciel, des licornes, des pierres scintillantes, car il savait qu'aucune séance de baise au monde, la meilleure soit-elle, n'avait ce pouvoir de transmutation – mais de là à s'éveiller en plein déluge, il y avait un pas.

Il se dressa sur un coude. L'horizon tirait sur un violet sombre que de longs éclairs sabraient en tous sens. De véritables rivières dégringolaient du ciel. Extravagant spectacle. Les jardinières du balcon, vidées de leurs fleurs en quelques minutes, coulaient comme de gros robinets infatigables.

Irène se leva sans faire de commentaires et s'enferma dans la salle de bains. Une attitude équivoque, difficile à interpréter selon lui. Avait-elle joui, au moins ? Encore une question à laquelle il était difficile de répondre. Perplexe, il enfila son peignoir et s'approcha des baies à l'abri desquelles il avait longuement médité, ces derniers temps, réfléchi aux différentes étapes de sa vie, à l'âpre parfum de mort – la sienne – qui rôdait tandis qu'il considérait la vaine effervescence de la ville, l'embarras des trottoirs, le va-et-vient des secrétaires derrière les fenêtres des bureaux voisins, situés de l'autre côté de l'avenue.

Il contempla le désastre. L'incroyable revirement de la météo. On se serait cru au plus profond de l'automne, au cœur de novembre, dans une ambiance livide. Les gens couraient. Il n'y avait pas un seul parapluie, seulement des gens qui couraient avec un journal sur la tête, traversant la chaussée comme des fusées. Mieux valait se trouver à l'abri. Rien ne valait le double vitrage.

Il décida de s'asseoir sur une chaise pour appeler Marc. Depuis qu'il savait que ce fils lui avait donné une petite fille, Victor se sentait bien mieux disposé à son égard.

« À mon avis, ton frère doit être en train de brûler un cierge. Je ne te dérange pas, au moins ? Parce que j'étais en train de me dire : "Est-ce que Marc est au bureau ? Est-ce qu'il voit ce que je vois dehors ?" »

Marc expliqua qu'ils étaient à la hauteur de Virgin, prisonniers d'un superbe embouteillage dont son père pouvait sans doute entendre les furieux coups d'avertisseurs.

« Non, le roulement de tambour, c'est la pluie. C'est la pluie que tu entends. »

Victor soupira :

« Enfin, je me sentirais plus rassuré si tu allais sur place. Au moins pour jeter un coup d'œil, qu'en penses-tu ? Ce ne serait pas un terrible détour... »

Marc considéra le chaos qui l'entourait, la nuit tombée en plein jour, au milieu des trombes d'eau, le marchand de glaces, en chemise hawaïenne, en short, pétrifié.

« Écoute, je vais m'occuper de ça, si tu le permets. Je suis assez grand.

— Allons bon. Je ne voulais pas te blesser. Loin de moi ce...

— Je ne suis pas blessé, l'interrompit Marc. Pas le moins du monde.

— Très bien. Dans ce cas, peut-être irai-je voir

moi-même. Je ne te force à rien. Mais rappelle-toi ce qui nous est arrivé l'autre hiver.

— Ce n'est pas moi qui me suis installé sur une zone inondable. Ce n'est sûrement pas moi.

— Comme les trois quarts de cette ville. Comme la *majeure* partie de cette ville, oui, malheureusement, mais à quoi croyais-tu que nous pensions, à l'époque ? Cette ville était un véritable champignon. Et qui se souciait de la météo, à l'époque ? Qui pensait que ça pouvait mal tourner ? »

Les caniveaux bouillonnaient, l'eau remontait par les bouches d'égout. Peu nombreux étaient ceux qui se souvenaient qu'il s'agissait d'un dimanche matin d'été, parfaitement ensoleillé, parfaitement sec, parfaitement calme. Entrouvrant une seconde la portière de la Mercedes, Marc informa Édith que le niveau était d'au moins dix centimètres.

« Figure-toi que nous allons peut-être rentrer à la nage, déclara-t-il à son père. Dans le cas contraire, je pense que Lafayette sera bloqué. Reste où tu es. Ne te lance pas encore dans une de tes équipées à la noix, okay ? Maman est avec toi ?

— Je ne l'ai pas lâchée, tu penses bien. Tu sais, je dois te dire que les nouvelles sont plutôt bonnes. Ne m'en demande pas plus. Et que disent-ils, aux informations ? Que la Terre tourne toujours sur son axe ? »

Édith avait renoncé à trouver une station. Elle avait mis la main sur l'album où Conor Oberst enchaîne les duos avec Emmylou Harris, et ils venaient de connaître leur première dispute, Marc et elle, à cette occasion. Rien de grave. Mais l'album en question appartenait à Édith et elle ne comprenait pas comment il pouvait se trouver là. Elle s'était agitée sur son siège parce que ce disque était génial. Elle travaillait en l'écoutant. L'adorait. Elle pensait que Marc ne pouvait pas embarquer ses CD sans la prévenir, surtout ceux qu'elle gardait sur son bureau, à portée de main, surtout *ceux-là*, ceux qui étaient *indispensables*.

Marc avait déclaré qu'il la trouvait bien nerveuse. Quoi qu'il en soit, il s'excusait. L'orage avait éclaté tandis qu'ils étaient en chemin pour assister à l'arrivée de la course et il était devenu très vite évident que la circulation allait se révéler terrible, thrombotique, et qu'il était trop tard pour faire demi-tour.

Elle ne lui demandait pas de s'excuser mais de respecter certaines règles relatives à la vie en couple. Déjà, le puissant essuie-glace de la Mercedes n'était plus d'une quelconque utilité. Elle s'était mordu un ongle.

Après un regard, il s'était retranché dans un silence amer.

Qui n'avait rien arrangé. Elle était revenue à la charge en clignant des yeux.

« Chacun a besoin de ses petites habitudes. En tout cas, moi j'en ai besoin. »

Le coup de fil de Victor avait mis fin au bref échange qui avait suivi, au cours duquel Marc se demandait si elle ne ferait pas mieux de coller des étiquettes sur toutes ses affaires et de les enfermer dans un coffre sur lequel elle pourrait rester assise vingt-quatre heures sur vingt-quatre.

Ayant raccroché, il se tourna vers elle.

« Où en étions-nous ? lui fit-il de la voix la plus rassurante du monde. Rappelle-moi à quoi nous étions en train de jouer, tous les deux. Rafraîchis-moi un peu la mémoire. »

Il était totalement impossible de résister au regard avec lequel il l'enveloppait. Le salaud. Elle soupira. Les yeux lui piquaient.

À cause de toute cette eau. Élément auquel elle était allergique – son pire cauchemar était une noyade atrocement interminable. Marc venait de lui dire qu'il y en avait dix centimètres, et déjà là, il y en avait bien assez. Nerveuse ? Quoi ? Si elle se sentait nerveuse ? Oh ! merde ! Elle devait se retenir pour ne pas claquer des dents.

Toute cette eau. Comment aurait-elle pu se montrer agréable envers lui ou envers un autre quand elle imaginait de l'eau à perte de vue, toute la ville transformée en pataugeoire, et les parties les plus basses en piscine.

« J'ai du mal à respirer, lui dit-elle. Non, mais regarde-moi *ça* ! » ajouta-t-elle en désignant le pare-brise où palpitait un ciel noir, légèrement jaune, ravagé par la pluie.

Il inclina davantage la tête.

« Oh... Toujours cette phobie ? Vraiment ? Alors ça ne va pas mieux ?

— Je vais devoir ouvrir mon carreau. C'est tout ce que je te demande. »

Il se figea un centième de seconde.

« Bien sûr ! Pas de problème ! »

Elle actionna sa vitre électrique. De l'air entra, mais Marc, ayant pâli, pianota sur le volant.

« Nous venons d'acheter une maison au bord du fleuve, n'est-ce pas ? Je n'ai pas rêvé ? Nous sommes en train d'emménager. Et tu attends aujourd'hui pour me dire que tu souffres encore et toujours de ce maudit truc ? C'est quoi, Édith, pardonne-moi mais c'est quoi, c'est censé être drôle ? C'est ça ? J'ai affaire à ton nouveau sens de l'humour ?

— Il n'y a pas de problème avec la maison, s'empressa-t-elle de lui affirmer. Tout va bien avec la maison. Je ne suis pas complètement folle. Je t'aurais prévenu s'il y avait eu le moindre problème. Qu'est-ce que tu crois ? Que je suis capable d'être à ce point *idiote* ? »

Il la fixa, clignant des yeux comme si elle se trouvait tout à coup éloignée de lui. Dans le même temps, mais sans doute préférait-il ne rien dire, il ne semblait pas ravi de voir la pluie tomber à seaux à l'intérieur de la Mercedes.

« Oh ! s'il te plaît, soupira-t-elle. N'aie pas le mauvais goût de me faire une scène, par pitié. Oh, pas maintenant. Pas dans *ces conditions,* s'il te plaît !... »

Il détourna le regard et étudia la requête qu'on lui soumettait en observant les feux du véhicule qui les précédait lentement s'engloutir.

« Okay. Remettons ça à plus tard. Tu sais, je ne t'en voudrais pas si tu fermais ton carreau. »

David ceintura Josianne de l'autre côté des bambous, au moment où elle parvenait en haut du talus surplombant la voie express. Il s'aplatit sur elle et ils roulèrent dans la boue comme deux sauvages réglant une ténébreuse affaire.

Ivre de rage, telle une tigresse, Josianne se tourna promptement sur le dos afin d'accueillir son ignoble poursuivant d'une ruade qui allait sûrement lui donner à réfléchir, mais, au même instant, David ouvrit la bouche et commença à pousser un cri si déchirant, si abominable qu'elle se figea, les talons en l'air. Un véritable rugissement.

David et son bras, bien entendu. Son maudit bras. À genoux, pour sa part, talons aux fesses, grimaçant comme un singe, David cramponnait son bras blessé en hurlant vers le ciel désespérément assombri, traversé de herses brumeuses.

À ce spectacle, Josianne sentit son cœur fondre. Au spectacle de la douleur qui envahissait les traits de son futur époux.

La pluie crépitait autour d'eux, certaines gouttes avaient la taille de mirabelles et ils découvraient à présent, stupéfaits, les voitures bloquées en contre-bas, ce triste convoi qui avait l'air de nager, de prendre un bain dans une large rivière à faible courant, à l'onde grumeleuse et clapotante. Une fois dehors, n'en pouvant plus, leurs occupants avaient de l'eau jusqu'à mi-cuisses, et jusqu'au ras des fesses pour les plus jeunes qu'on tenait par la main ou que l'on juchait sur les toits tandis qu'on allait de ce pas aux nouvelles en braillant dans les portables. Quelle drôle de vision !

Ainsi David et Josianne prirent-ils à cette occasion la mesure, échangeant un morne coup d'œil, de l'ampleur du problème qui empirait visiblement de minute en minute. La jeune infirmière, couverte de merde noire des pieds à la tête, haussa les épaules –

voulant déclarer par là que ces pénibles phénomènes devenaient d'une consternante banalité, se répétaient saison après saison, chaos après chaos –, le Portugal tout entier brûlait en ce moment même, et Dieu sait ce qui se passait aux quatre coins du globe, c'est-à-dire à nos portes, au beau milieu de nos salons. « Fais-moi voir ce bras », lui ordonnat-elle. Pendant qu'elle soulevait, avec prudence, le maillot de son quasi-fiancé, un hélicoptère de la sécurité civile tourna en rond au-dessus de l'auditorium, puis il passa en vrombissant au-dessus d'eux et s'éloigna après avoir effectué une large boucle en direction du nord, fouillant des environs la sombreur crépusculaire au moyen de son pauvre petit projecteur de rien du tout.

David avait le bras qui rougeoyait comme un lampion chinois. Quoi qu'il en soit, son bras avait doublé de volume et tout ça sentait l'infection carabinée, l'irrésistible invasion microbienne, pas besoin d'être une infirmière diplômée pour s'en apercevoir.

« Trouvons une pharmacie, okay ? » décida-t-elle.

Ils s'examinèrent, s'étudièrent un instant avant de se mettre en route.

Des litres d'eau se déversaient sur eux.

« Il ne s'est rien passé avec cette fille ! fit-il en balayant du revers de la main l'espace copieusement arrosé qui les séparait. Tu t'es emballée pour rien. Je n'ai pas le moindre truc à me reprocher. Dieu m'est témoin. Et puisque tu es là, Josie, puisque tu es là, je veux en profiter pour te dire... »

Il s'arrêta, bouche ouverte, au moment où ça devenait intéressant. La pluie chuintait autour d'eux comme une avalanche de gravier sur une tôle inclinée tandis que Josianne restait suspendue à ses lèvres.

« Et puisque tu es là, Josie, reprit-il, je veux donc en profiter pour te dire... »

Elle lui décocha un sourire pour l'encourager. Elle voyait qu'il arrivait au terme du chemin, qu'il n'avait plus que quelques mètres à parcourir pour parvenir jusqu'à elle et ça en avait pris du temps, se disait-elle, ça en avait pris du temps et de l'énergie pour mener un tel bateau à bon port.

« Et puisque tu es là, hum, Josie, je veux en profiter pour, hum, Josie, te dire... »

Il avait certainement un peu de fièvre. Elle prit le parti de ne pas le bousculer. Il n'aurait plus manqué qu'il s'étrangle.

Soudain, un homme cogna frénétiquement au carreau, du côté de Marc – alors occupé à loucher sur les cuisses d'Édith, laquelle utilisait un éventail trouvé dans la boîte à gants, artistiquement décoré du sigle Mercedes, pour se donner un peu d'air.

Il sursauta. Dehors, le type n'était qu'une silhouette dégoulinante qui s'agitait et tentait à présent d'actionner l'ouverture de la portière – sur ce modèle, afin de se protéger des agresseurs et des mendiants, le verrouillage intérieur des portes était automatique.

Marc hésita à ouvrir son carreau. Ayant obtenu d'Édith qu'elle fermât le sien, il répugnait à donner le mauvais exemple, mais l'inconnu insistait avec véhémence et rien ne laissait espérer, dans sa conduite, un changement d'attitude et encore moins un abandon pur et simple, ou même partiel, de ses desiderata.

Fatigué, Marc enfonça un bouton et sa vitre s'abaissa d'un ou deux centimètres. « Désolé, vieux, mais je n'ai pas d'argent sur moi », annonça-t-il. Néanmoins, le type recommença à brailler. De plus belle.

Trente secondes plus tard, Marc était dehors. Par chance, à cet endroit, le niveau des eaux demeurait acceptable et ça ne lui monta guère au-dessus de la cheville lorsqu'il posa un pied sur la chaussée. Heureusement. Miracle. Il n'aurait éprouvé aucun plaisir à inonder l'intérieur de la Mercedes, à y faire entrer un flot de quelques centaines de litres qui auraient absolument *tout niqué* à la seconde où il aurait entrebâillé sa porte, *tout niqué* – il lui revenait en mémoire des visions d'horreur, des limousines pleines de boue, bonnes pour la poubelle, des coupés transformés en aquariums, déglingués, irrécupérables, des cabriolets hors de prix soudain plus dignes de la casse que d'autre chose ou changés en infâmes, en immondes poulaillers, il revoyait toute cette désolation évoquée par son père un peu plus tôt, au cours de cette conversation téléphonique qu'ils avaient eue en plein milieu de sa première scène de ménage avec Édith.

Peut-être son père avait-il raison et valait-il mieux faire un tour du côté du garage, avait songé Marc remontant ses épaules sous la pluie et suivant le gars qui longeait les glissières au petit trot.

Édith avait proposé son aide mais ne s'était pas fait prier longtemps pour demeurer au sec avec sa

hantise tandis qu'on apprenait que les pompiers
étaient en route. « Ma femme est hydrophobe »
avait-il déclaré.

Ils étaient déjà une bonne demi-douzaine sur les
lieux, des chauffeurs, des pères de famille, des hommes qui avaient un boulot, des Blancs à la retraite, et
il allait en arriver d'autres au fur et à mesure, pour la
plupart de simples badauds inutiles. Ils se tenaient
par la main et tâchaient de former une chaîne pour
prêter main-forte à une gamine réfugiée dans un
arbre.

La scène se déroulait en contrebas, dans ce qui
ressemblait à un bras du fleuve – même si l'on n'expliquait pas comment il avait pu arriver jusque-là.
L'arbre était un arbre déraciné qui s'était mis en travers et la fillette était assise dans les branches, totalement silencieuse, blême, à moitié morte de peur.
Les hommes se donnaient la main. Il manquait deux
ou trois mètres pour atteindre l'arbre. L'homme en
bout de chaîne tendait le bras, tirait la langue, en
pure perte. L'eau lui arrivait à la poitrine.

Marc ôta ses mocassins et les glissa dans ses
poches. S'ils n'étaient pas fichus, ils risquaient de
passer à jamais pour des Birkenstock. « Tenez bon,
les gars ! Tiens bon, petite ! » lança-t-il en roulant
ses manches de chemise.

Une véritable pluie tropicale. Il n'y avait plus ni
éclairs ni tonnerre mais il tombait d'énormes gouttes
et il ne subsistait plus un seul centimètre carré de
terre alentour capable d'absorber une larme d'eau
supplémentaire.

Elle était bonne. Sans doute vingt-sept ou vingt-huit degrés. Il ne savait plus où, mais il avait vu des visages bleus, des lèvres violacées, des gens réfugiés sur le toit de leur maison en plein blizzard, secoués de terribles frissons, morts de froid. Il fallait arrêter de se plaindre. Une femme sur la berge poussa un petit cri hystérique et se blottit dans les bras d'un homme au crâne rasé tandis que Marc progressait sans effort en direction de la gamine. Au loin, les sirènes retentissaient, enflaient sous le ciel sombre qui s'éternisait sur cette pauvre ville plongée dans le plus monstrueux des embouteillages qu'on puisse imaginer.

Parvenu au bout de la chaîne humaine qui serrait les dents ou éternuait ou priait pour que ça finisse, Marc tendit la main et attrapa une branche. Des applaudissements, des sifflets élogieux, des cris de joie fusèrent de la terre ferme, des silhouettes, même, dansèrent sur place dans la lumière des phares. Les gens adoraient ça. Voilà au moins quelque chose qu'ils aimaient. Ils adoraient vraiment ça. Le sauvetage d'enfant en direct était un spectacle particulièrement apprécié chez le Blanc moyen, à l'heure de la sortie des églises et autres lieux de rassemblement des élus. On en oubliait presque le décor lugubre, le ruissellement général, le rôti qui cuisait au four et qui pouvait foutre le feu à la baraque si l'on traînait en route.

Bref, il s'agissait d'un vénérable platane transportant une fillette à son bord – *et franchement, une fillette, avec ou sans chaton dans les bras, voilà qui flanquait la trique !* pensait un photographe amateur arrivé sur les lieux et qui déjà se félicitait de se trou-

ver là, se frottait les mains par avance avant d'em-
poigner son numérique –, d'un arbre ayant fini par
s'échouer, venant on ne savait d'où, non loin de la
route, dans plus d'un mètre d'eau cireuse, en position instable. Et il allait y en avoir d'autres, parti
comme c'était, des tas d'autres allaient être emportés
une fois de plus. Car enfin rien n'avait été fait pour
réparer les erreurs du passé. Rien n'avait été pris au
sérieux. Les travaux qui devaient être entrepris
n'avaient pas été entrepris. Où était passé le fric ?
Rien n'avait été fait. Toute une bande s'était sucrée
au passage, voilà ce dont on était sûr. Combien de
fois encore faudrait-il impuissant assister à la stupide
inondation de cette ville – et Dieu sait que l'inondation est pire que le tremblement de terre – avant que
les choses ne changent ? Il n'y avait pas de fatalité.
En fait de fatalité, c'était l'incurie des dirigeants qui
était en cause. Marc commençait à en savoir assez
sur leur compte depuis qu'il assistait aux éloquentes
réunions d'information que tenaient les opposants de
ceux qui étaient en place. En tout cas, le résultat était
là.

« Salut, ma jolie. Comment vas-tu ? » lança-t-il à
la gamine qui semblait tétanisée, cependant qu'il se
hissait à ses côtés. Elle était trempée, bien entendu,
ses cheveux pendaient par mèches devant son visage
noirci et sur les épaules de son tee-shirt maculé. Il
lui montra tous ces gens qui les attendaient sur le
talus, qui se faisaient du mouron pour elle. « Mais
nous ne sommes pas pressés. Prends ton temps, la
rassura-t-il. Chaque chose vient à point. »

Pour être franc, ça ne donnait pas beaucoup envie.

Il comprenait très bien la fillette. Avoir envie d'appartenir à ce monde n'avait rien d'évident, il comprenait très bien. De la main, il adressa un message de patience à ceux qui piétinaient sur l'autre rive, à ceux qui étaient dans l'eau et à tous ceux dont l'ombre noire se découpait au-dessus des glissières.

Avant qu'elle n'accepte de grimper sur ses épaules, il s'écoula de longues minutes – certains songeaient à regagner leur voiture pour fumer une cigarette. Le ciel était toujours noir, mais le courant avait faibli et les gouttes s'espaçaient. Des types essayaient de lancer une corde – des maladroits comme on en voyait peu. Au moins, elle acceptait de le regarder, ce qui présentait un progrès.

Il se tint de nouveau sous elle, aux trois quarts immergé, les bras tendus. Il ne fallait pas non plus que ce petit jeu s'éternise. « Je vais te laisser là, si tu ne te décides pas, finit-il par lui glisser sans cesser de lui sourire. Tu sais, ma cocotte, je n'ai pas que ça à faire... »

Le premier flash se déclencha au moment où Marc se tournait avec la fillette sur ses épaules. Et cette première photo fut la bonne. C'est cette photo qui fit le tour du pays. Cette photo qui le rendit célèbre durant un jour ou deux. L'homme et l'enfant en proie aux éléments. L'homme qui avait risqué sa vie. « Ça m'a aussitôt foutu la trique ! a rapporté le photographe à quiconque souhaitait l'entendre. J'ai tout de suite flairé le potentiel de la situation. »

Dénicher une pharmacie ouverte un dimanche ne s'annonçait jamais une entreprise très facile, surtout

si l'on était à pied, et davantage encore si les rues
étaient inondées, si tout le monde fuyait sous un ciel
d'apocalypse et s'il n'y avait plus personne pour ren-
seigner qui que ce soit.

David et Josianne savaient à peine où ils se trouvaient. Où ils se trouvaient n'était pas important.
Chacun d'eux était assailli de pensées contradic-
toires, chacun balançait entre la joie et l'angoisse –
pour des raisons différentes – tandis qu'ils longeaient
des trottoirs déserts avec de l'eau à mi-mollets.

« Et tu verrais ça pour quand ?

— Bientôt, répondit-il. Bientôt. »

Josianne était à deux doigts de manquer d'air.
L'apprendre par Irène était une chose – et certes, elle
avait bondi dans son triste fauteuil de skaï, poussé un
faible gémissement de libération. Mais l'entendre de
la bouche de David lui enfonçait l'estomac.

Pour dire la vérité, elle pleurait, tout simplement.
Ses yeux ruisselaient. Ses yeux ruisselaient sous la
pluie. « Pourquoi se gêner ? Profitons-en ! » se disait-
elle en avançant à ses côtés. C'était trop extraordinaire. Elle marchait sur un nuage.

Elle se sentait prise d'ivresse, rien que d'y penser.
Toute sa vie basculait. Ses efforts et ses sacrifices
n'avaient pas été vains. Elle se retenait de ne pas
sauter à son cou. Elle se retenait de ne pas se jeter
dans ses bras. Elle ne voulait surtout pas avoir l'air
d'exulter. Elle savait qu'elle était coupable, et même
si elle ne regrettait rien, même si elle assumait, elle
n'en était pas fière pour autant. Elle espérait qu'il la
comprendrait. Elle ferait en sorte qu'il la comprenne,
elle se promettait d'y veiller attentivement.

L'eau envahissait les magasins qui bordaient la rue. Ils traversaient – Josianne pleurant et David en pleine incubation – un quartier neuf qui ressemblait à une ville abandonnée sous un ciel de cendres. Dès leur retour, elle lui ferait couler un bain. Elle soignerait son bras. Elle était de la vieille école. En attendant, impossible de savoir où ils étaient. Pas de taxis. Pas de bus. Rien. Nulle part.

À un croisement, ils s'arrêtèrent une minute.

« Comment se fait-il que tu sois si sûr de toi ? » Elle devait parler assez fort à cause du crépitement de la pluie alentour. « Comment se fait-il que tu te sois décidé, tout à coup ? »

Il haussa les épaules. « Sexuellement. Je ne tenais plus, sexuellement. J'ai surtout pensé à la nuit de noces. »

Malgré l'enterrement magistral de la course qui se terminait à la rame, les stimulantes substances que le père Joffrey lui avait procurées poursuivaient leur œuvre à l'intérieur de son corps et l'électrisaient comme l'auraient fait deux douzaines d'espressos, ou autres. Et sans être un obsédé sexuel tel que son frère, sans aller jusque-là, il venait de donner à Josianne, sous couvert de la plaisanterie, une excellente, une bien suffisante raison de la demander en mariage. Les seins de la jeune femme pointaient froidement sous son tee-shirt *The Dandy Warhols*. De beaux modèles. Il se souvenait quand il jouait avec. Le croisement était désert, l'éclairage public vacillait. Sans être un de ces malades, il se sentait parfaitement capable d'entraîner Josianne dans une ruelle, ou sous un porche, pour lui montrer qu'il ne mentait pas et qu'après tous ces jours d'abstinence, de torture, de privation, il y avait urgence.

Il ne niait pas ces instants du pur abandon que l'on pouvait connaître entre les bras d'une femme, et en particulier entre ses jambes. Tout n'était pas négatif, loin de là. Tandis qu'ils tournaient dans une rue où quelques devantures disséminées brillotaient et miroitaient vaguement au-dessus des trottoirs noyés, David était stupéfait de voir à quel point l'urgence incontrôlable de l'acte sexuel pouvait tout fausser. Il avait tellement envie d'elle, tout à coup, il était tellement assoiffé d'elle d'un seul coup, que plus rien d'autre ne comptait. L'énorme problème que lui causait le mariage ne se posait même plus, l'angoisse de la paternité devenait très vague. « Par quel tour de magie ? se demandait-il. Par quel tour de magie ? »

Bref, c'est ainsi qu'ils arrivèrent devant l'entrée d'un centre commercial qu'une miraculeuse volée de marches en faux marbre avait gardé au sec. Ils échangèrent un sourire connivent. L'enseigne d'une pharmacie, qu'encadraient un pressing et un espace Bang & Olufsen, fermés l'un et l'autre, indiquait onze heures quinze au moyen de diodes luminescentes qui donnaient aussi la température, puis le nom d'un dentifrice qui était en ce moment même soupçonné d'empoisonner les gens à petit feu. Il était difficile de croire que le soleil était au zénith, que bientôt midi sonnerait malgré un ciel aussi sombre. Il faisait presque nuit en plein jour, une pénombre propice au maintien de l'inévitable érection dont David avait écopé en traversant la rue, en prenant la main de sa future épouse.

Telle une ablette humide, elle se laissa serrer contre lui. Il la poussa avec ardeur dans un recoin en bas des marches pour l'embrasser à pleine bouche, et en même temps, fourrer la main dans son jogging avec un doigt en avant. Sur quoi, en retour, elle leva une cuisse qu'elle bloqua dans sa hanche et, tandis qu'elle fléchissait un peu l'autre, se pendit à son cou. De tendres hors-d'œuvre. De vibrantes retrouvailles. Voilà ce qu'on pouvait en dire. Il n'y avait pas de témoins. D'un bout à l'autre, la rue était déserte, la rue n'était plus qu'une interminable baignoire sans vie de quelque côté que l'on se tournât. Ils étaient tranquilles. Exactement ce qu'ils souhaitaient. Parfois, ces inondations avaient du bon. Au même titre que les pannes d'ascenseurs, les pannes électriques généralisées. Elles offraient des occasions exceptionnelles. Des occasions que certains savaient mettre à profit.

David était en train de se demander s'il n'allait pas tout simplement sortir sa queue, dans ces conditions. Non seulement le mariage ne lui faisait plus aucun mal, mais son bras pas davantage qui aidait l'autre à explorer le corps de sa compagne malgré un hématome de la taille d'une tomate transgénique. Toute douleur avait disparu. Tout allait parfaitement bien. Il pouvait parfaitement concevoir de tirer un coup maintenant et remettre ça dans le quart d'heure qui suivrait, au moins pour cette fois, monter directement à la chambre dès qu'ils arriveraient chez elle. Tout à fait possible. Il n'était pas encore un vieillard.

Ainsi en était-il à se trémousser contre elle pour la

mettre en condition – ce qui ne risquait pas de trop
gaspiller ses forces – lorsqu'il perçut un mouvement
du côté du magasin B&O, bien qu'aucune lumière
ne filtrât de l'intérieur. Néanmoins, Josianne lui tri-
turait si bien le manche qu'il enregistra les premières
images sans bien les comprendre.

Puis il se figea. Ses yeux s'arrondirent. Il y en eut
d'abord un. Puis deux. Puis trois. Des types qui trans-
portaient des téléviseurs, des engins hors de prix sur
leur dos, des ombres qui filaient sans demander leur
reste, et il sentit au même instant ses couilles se rata-
tiner dans la main de sa compagne. Des pillards ! Il
avait fallu qu'ils tombent sur des pillards ! Merde !
Ça c'était la meilleure !

Il ne s'agissait cependant pas d'un rêve, d'autres
gars sortaient encore du magasin, courbés, en file
indienne, avec des télés flambant neuves, à écrans
ultraplats, de belles enceintes, du matériel haut de
gamme audio et vidéo, sur les épaules. David rem-
balla son engin avec précaution et se rencogna avec
Josianne derrière la haie de fusains qui bordait les
perrons. Inutile de se faire remarquer. Inutile de se
mettre sur leur chemin. Ils se tapirent. Il ne restait
plus qu'à prier pour qu'une fusillade n'éclatât point,
pour qu'on n'entendît pas les balles voler dans tous
les sens et pour qu'il n'y eût pas d'embrouille avec
un pauvre couple sans défense, planté là par hasard,
de sympathiques futurs époux par-dessus le marché,
justement occupés à échanger des promesses.

Ils retinrent leur souffle. Il y avait également des
femmes dans le coup, des femmes qui couraient vite
et dont le visage était fermé à double tour. D'autres

avaient un air ravi. Des types juraient. Quel époustouflant spectacle que celui-ci, en vérité. David n'en revenait pas de la rapidité avec laquelle toutes ces personnes décidaient d'aller dévaliser le magasin d'en face, sans même avoir besoin de se concerter. À partir de quel moment décidait-on que la ville devenait un gigantesque self-service ?

Josianne estimait que les gens ne pouvaient plus lutter contre le désir de ces choses que l'on exposait sous leurs yeux du matin au soir. L'indignation lui allait si bien que David se pencha et lui glissa le bout de sa langue dans l'oreille, ce qui valait bien des discours d'après lui. Elle se tortilla. Elle pensait déjà à toutes les faveurs qu'elle allait lui accorder dès qu'elle l'aurait douché, soigné, séché et jeté en travers de son lit. Pendant ce temps-là, les derniers amateurs de la marque danoise disparaissaient au loin avec les dernières gouttes, si bien que le matériel n'allait sans doute pas trop souffrir de l'humidité.

Voyant que la voie était libre, nos deux amis remontèrent à la surface et se dirigèrent vers la pharmacie. « Non, mais tu as vu ce que j'ai vu ? siffla David. Comment ont-ils pu vider ce magasin en trois minutes ? Ahurissant, non ? » Il frissonna en montant les marches, comme s'il se mettait à attraper un rhume.

« Que Dieu bénisse les pharmacies de garde », couina-t-il en franchissant les portes de celle-ci.

Ils s'avancèrent jusqu'à la caisse. Il n'y avait personne. Une petite mare se formait à leurs pieds.

Josianne toucha la joue de David pour s'assurer qu'elle ne rêvait pas.

« Je veux que nous fassions une fête. Une grande fête. »

Au point où il en était, il ne pouvait qu'acquiescer, même si un coin de sa bouche retombait. « Une grande fête ? Pourquoi pas ? » Il toussa dans son poing.

Au même instant, tel un démon de sa boîte, un parfait désaxé fit son entrée en scène, une arme à la main, jaillissant de l'arrière-boutique comme au devant d'un feu. Difficile à croire, mais c'était ainsi. La fameuse loi des séries. Foudroyant exemple.

C'était donc le tour de la pharmacie. Ils levèrent aussitôt les bras car l'homme avait un comportement totalement hystérique et agitait son arme dans tous les sens. Il s'agissait de serrer les fesses et de croiser les doigts. David se demandait s'il n'avait pas attiré sur lui une sorte de malédiction, si l'avalanche qui lui tombait sur la tête n'avait pas à voir avec la décision qu'il avait prise de bon matin et qui avait scellé son sort. Mais il n'eut pas le temps d'y réfléchir car il s'aplatit subitement par terre à la seconde où l'espèce de dingue le lui ordonnait.

Une fois couché sur le sol, David aperçut le pharmacien qui gisait inanimé – l'homme portait une moumoute qui ne tenait plus que d'un côté, comme le couvercle d'une boîte de conserve. Histoire, sans doute, de se calmer les nerfs, le cinglé balaya le comptoir d'un geste brutal qui fit valser un présentoir de bonbons suisses pour la gorge, des boîtes de Slim Fast, des sprays antironflement et un lot de pastilles contre la mauvaise haleine qui s'éparpillèrent dans tous les sens. Josianne poussa un cri bref, effrayé.

En fait, il s'agissait d'un couple. Ils étaient deux. Dans le même état de fureur et de folie avancé. La fille apparut en traînant la pharmacienne par ses longs cheveux châtain clair. Celle-ci avait l'arcade sourcilière ouverte et la bouche fermée par du sparadrap. Maintenant, il fallait qu'elle ouvre des placards, et en vitesse. La fille la menaçait d'un couteau dont la lame mesurait au moins trente centimètres, un genre de couteau de chasse à lame crantée.

David retenait son souffle. « Pourquoi la vie étaitelle tellement absurde ? » se demandait-il, les mains croisées sur la tête, la figure collée au linoléum, les mâchoires crispées dans l'attente qu'une probable détonation éclate. De son côté, la pharmacienne tremblait tellement qu'elle aurait été incapable de passer un fil dans le chas d'une aiguille géante.

Cette pauvre femme, le type lui flanqua le canon de son revolver dans l'oreille. À quoi l'on pouvait voir, si l'on en doutait, qu'on avait affaire à un vrai malade. David sentait qu'ils étaient à deux doigts de sombrer dans l'horreur mais il prit le risque de tourner la tête vers Josianne. Quelle tristesse. Dire qu'ils auraient dû être en train de niquer tranquillement dans sa chambre au lieu d'être là. Dire qu'ils auraient dû être en train de hurler de plaisir plutôt que d'être tenus en joue par une superbe paire de junkies bourrés de crack ou assimilés. Cette ville, malgré le niveau sidérant de technologie qu'elle atteignait, il suffisait d'un rien pour qu'elle retourne à l'état sauvage. Ça ne prenait que quelques minutes.

6.

La photo de Marc Sollens au milieu des eaux avec la fillette sur les épaules fit la une des journaux du lendemain. Catherine Da Silva la reprit en double page dans *City*. La moitié des femmes de la ville le trouvèrent singulièrement sexy, surtout après son passage, un soir, dans une émission où l'on s'interrogeait sur les leçons qu'il convenait de tirer de l'inondation et au cours de laquelle il avait pu placer son fameux sourire avant de pointer du doigt l'équipe de la mairie, *cette clique d'incapables, cette clique de parfaits truands.*

De ce point de vue, il en avait profité. Il n'avait pas mâché ses mots. Victor avait débarqué le lendemain matin, très agité, sous prétexte que son téléphone avait sonné toute la nuit et que des types avec lesquels il jouait au golf se montraient très énervés.

Le fleuve avait envahi la partie du jardin la plus basse. Les saules avaient les pieds dans l'eau. Le ponton que Victor avait utilisé comme plongeoir quelques jours plus tôt, au cours de son ignoble crise, était submergé. Au loin, la ville ressemblait à une arche au milieu d'un lac.

« Ton avocat ! Ton connard d'avocat ! tonnait Victor. Il sait très bien où il t'emmène ! Cet enfoiré de pédéraste ! »

S'arrachant au tableau mélancolique de cette matinée brumeuse – mais dont la dentelle ne manquerait pas de se dissiper dans la journée –, Marc leva un œil sur son père.

« Ils vont tout simplement vous couper les couilles, continua Victor sur le même ton. À quoi est-ce que tu joues ? Pauvre crétin ! » Il ferma les yeux une seconde en bloquant sa respiration, puis il toucha le bras de son fils : « Excuse-moi. Bon, je t'en prie, excuse-moi. Pardon. Mais ils m'ont convoqué, figure-toi. Ils m'ont fait venir pour me sonner les cloches. *J'ai soixante-dix ans et ils me font venir pour me sonner les cloches, tu imagines !... »*

Visiblement, Victor avait été impressionné. Pour en parler encore ainsi, à déjà bonne distance, il n'avait certainement pas eu le sentiment qu'il s'agissait d'une plaisanterie. Aux mots que son père venait d'employer – mots dont celui-ci ne faisait pas un usage quotidien –, Marc estima que l'affaire devenait vraiment sérieuse.

« Assieds-toi. Calme-toi. Bois quelque chose. »

De l'autre côté de la haie, les deux molosses de Marga et Gilbert Damanti s'ébrouaient, se carambolaient, s'écroulaient brutalement sur le gazon gorgé d'eau étincelante.

En fait, Victor ne parvenait même pas à s'asseoir. Il allait et venait sur le deck, comme un tracteur dans un champ. Derrière lui, le fleuve et les terres inondées fumaient. Édith l'observait de l'intérieur tandis que sa casserole était sur le feu. Son quasi-beau-père. N'étant pas tout à fait réveillée, elle ne pensait pas grand-chose de cette scène. Elle n'avait pas tout à fait dormi non plus, à cause de toute cette eau qui s'éternisait, et aussi à cause de Marc – en pleine forme –, mais enfin, comprendre ce qui se passait n'était pas trop difficile. Ce matin-là, le soleil brillait et elle dut bien avouer que, sous une certaine lumière, à la faveur d'un certain éclairage, Marc était irrésistible.

« Ne crois pas qu'ils vont hésiter à cause de moi. Ne compte pas là-dessus. Ton connard d'avocat ne te l'a pas dit ? Pourquoi le paye-t-on, celui-là ? Mais nom d'un chien, on dirait que vous *cherchez* les histoires ! Mais de qui tiens-tu un tel orgueil, dis-moi. De qui tiens-tu une telle bêtise ? »

Marc n'en savait trop rien. Il se contenta de hausser les épaules.

« En tout cas, je ne vois décidément aucune raison pour laisser la ville entre leurs mains. Tu en vois une ? » Il indiqua l'inondation du menton. « Tu veux me dire ce qu'ils font de notre argent ? *Où est* l'argent ? Où sont les bassins de rétention qu'ils avaient promis ? Où en sont les travaux ? Ils n'ont même pas été fichus de s'occuper des digues. Regarde-moi ce travail. Les deux tiers de la ville sont sous l'eau. Ça va prendre des semaines. Tu crois que je vais laisser mon sort entre leurs mains. Les laisser faire sans rien dire ? Et l'électricité, ils vont la rétablir un jour ? »

Le transformateur général, ou Dieu sait quoi,

sautait sans interruption. Sans explications. Ce qui
devenait très agréable, lorsque le soir tombait, plon-
geant des quartiers entiers dans l'ombre, laissant des
familles entières attablées dans une cuisine obscure,
face à face, figées, silencieuses. Les feux de circulation s'éteignaient brusquement, provoquant de fameux
embouteillages, les ascenseurs stoppaient avec des
gens paniqués à l'intérieur, les machines s'arrêtaient,
les gens se cognaient dans le noir. Il fallait mettre en
route, à la hâte, de fort bruyants et puants groupes
électrogènes, pour les hôpitaux, les flics, les congé-
lateurs, ou encore les pompes, ces stupides pompes
dont on s'apercevait que l'entretien avait été négligé
et qui tombaient en panne l'une après l'autre quand
des millions de mètres cubes d'eau marronnasse
attendaient d'être aspirés d'un bout pour être rejetés
de l'autre.

Édith bâilla. Elle imaginait sans peine que la position de Victor Sollens s'avérait intenable. D'un côté,
sa famille politique. De l'autre, sa vraie famille. Ses
fils. Shakespearien. Elle s'étira. Marc l'avait moulue.
Elle avait eu recours à un Lexomil pour trouver le
sommeil, de sorte qu'elle émergeait avec peine. Au
moins, il faisait beau. Un ciel mitigé s'était attardé
après le déluge qui avait dégringolé sur la ville, prenant tout le monde au dépourvu, si bien que, moins
d'une semaine après, il flottait en ville une sorte
d'hébétude. Dans le centre, on se déplaçait encore en
canot pneumatique. Aux informations, les météoro-
logistes déclaraient que la région entière était sous
les eaux, à soixante-dix pour cent. Ils ne comptaient
pas beaucoup sur l'évaporation, pas plus que sur un

geste qui viendrait du ciel – même si une bonne partie de la population ne crachait pas sur la religion. Ils
voulaient tirer une sonnette d'alarme. Des types avec
des espèces de barbiches et des chemises Timberland
dont la voix s'étranglait. Ils voulaient avertir le
monde qu'une épouvantable catastrophe était immi-
nente. D'une manière ou d'une autre. Une fatale
catastrophe. Ils portaient des lunettes à double foyer,
pour la plupart. En tant que scientifiques, ils se sentaient dans leurs petits souliers. Puis le ciel était
redevenu complètement bleu.

C'était à se demander si le marathon de la ville
n'était pas maudit.

« Je n'aimerais pas être dans ta situation, évidem-
ment. Écoute, j'en suis désolé pour toi. Tu vas devoir
choisir ton camp, on dirait. »

Le bougre avait raison. Victor le savait. Au lieu de
se consacrer à la reconquête d'Irène – le rapport
sexuel qu'il lui avait pratiquement arraché l'autre
jour n'avait toujours pas donné suite – il allait devoir
se lancer dans la bataille. Cela semblait inévitable.
Le degré d'entêtement de ses fils y conduirait
immanquablement. Maintenant, il en avait la certitude.

Il décida de s'asseoir. Le travail qu'il lui restait à
accomplir était immense, se disait-il, et le temps bien
mince. Un bref coup d'œil sur les environs allait dans
ce sens. L'impression que les choses étaient disproportionnées.

Il croisa le regard d'Édith qui tardait à les rejoindre et bâillait au-dessus de sa plaque de cuisson
comme une simple étudiante.

« En tout cas, fit-il en baissant la voix, je veux que tu saches que, de mon côté, il n'y a aucun problème. Je pense que tu l'as deviné, que tu l'as senti, n'est-ce pas ? mais je tenais à le dire. Que ce soit bien clair. Je n'ai jamais rien compris à cette histoire. Ce n'est pas aujourd'hui, vingt ans après... Je ne te fais pas un dessin. J'estime que vous êtes assez grands. Toi et ton frère. Enfin, épargnez votre mère. C'est tout ce que je vous demande. »

Marc le considéra et dodelina vaguement de la tête.

Victor Sollens refusa de parler au journaliste. Il se renfrogna aussitôt et s'éloigna dans le jardin tandis que Marc faisait son numéro pour la télé, son numéro de citoyen en colère.

Rien de bon ne sortirait de tout ça, enrageait Victor tandis que son fils discourait devant une caméra, enfonçait le clou au nom de cette fichue croisade dont ils avaient pris la tête, son avocat et lui. Rien de bon ne sortirait d'un tel affrontement.

« Est-ce que tu as de l'influence sur lui ? Est-ce qu'il t'écoute ? »

Édith secoua la tête. Puis elle haussa les épaules et déclara qu'elle n'avait pas la moindre intention de jouer ce rôle.

« Ne faites pas comme si vous ne le connaissiez pas. Regardez-le. »

Il ricana amèrement. Il était sur le point de la sensibiliser au fait qu'elle vivait avec cet homme-là et subirait les désagréments liés à sa nature intrépide et bornée – qui n'avait pas varié au fil des ans –, quand Marga Damanti, la voisine, poussa un terrible cri.

Elle se tenait à sa fenêtre, à l'étage, blême, et tendait un bras en direction du fleuve.

« Hello, Marga, fit Victor en agitant la main. Belle journée, n'est-ce pas ? »

Gilbert, son mari, apparut dans son dos. Il leur envoya un signe avant de ramener sa femme à l'intérieur.

« Je parle dans *son* intérêt. Je parle dans *ton* intérêt. Je parle dans l'intérêt de *toute notre famille*, reprit Victor. Est-ce qu'il s'imagine qu'il va changer le monde ? Est-ce qu'il veut se lancer dans la *politique* ? » Il glissa un œil noir vers les baies derrière lesquelles son fils parlait à la caméra. « Ça ne l'a jamais intéressé. Qu'est-ce qui lui prend ? Est-ce que tu peux me le dire ? »

Édith soupira intérieurement. Comment le vieil homme pouvait-il en savoir si peu sur son fils ? Quelle sorte d'espoir avait-il nourri en accomplissant cette démarche matinale ?

Sonia était sans doute la vraie raison. L'espoir de tomber sur Sonia. Ne serait-ce que quelques minutes. De ce côté, Victor Sollens pédalait réellement dans la semoule. Il ne cherchait d'ailleurs pas à le cacher – pour autant qu'il en avait conscience. Il pouvait veiller très tard, le soir, s'il y avait la moindre chance qu'elle pointât le bout de son nez, ou traîner devant la fac malgré le risque de tomber de nouveau sur ces vigiles de malheur – en dépit du don qu'il faisait à la bibliothèque de l'établissement –, ou bien encore visiter son fils de bon matin, sous un prétexte quelconque et jeter des coups d'œil autour de lui en se demandant si elle allait apparaître. Sa chère petite-fille. Au moins s'arrangeait-il toujours pour prendre des nouvelles. Sautant du coq à l'âne, il demandait : « Et Sonia ? Comment va-t-elle ? Je ne l'ai pas vue depuis deux jours... », ou : « Elle n'est pas là ? Où est-elle ? Est-ce que vous savez si elle écoute ses messages ? » ou : « À propos. Comment va Sonia ? Bien, j'espère... »

Au fond, Édith ne voyait pas ça d'un si mauvais œil. Elle se moquait un peu de l'inévitable mièvrerie dont Victor enrobait l'histoire, mais elle dépassait ça et se sentait plutôt satisfaite de ces marques d'intérêt familial, de reconnaissance entre membres d'une même famille. Elle y accordait une certaine importance. Oui. Ce n'était pas rien. Même si elle estimait que Victor était quelqu'un dont il fallait se méfier.

Elle ne savait pas où était Sonia. Elle le lui dit. Non loin de là, Marc regardait la caméra droit dans les yeux.

« Elle a vingt ans, vous savez. Je ne suis pas toujours derrière elle. Écoutez, ne vous attendez pas à avoir une petite-fille très tendre. Ce n'est pas le genre de la maison. Écoutez, je vous parle en connaissance de cause. Il faut la prendre comme elle est. C'est la meilleure des choses à faire.

— Oui. Sois sans crainte. Je finirai bien par l'apprivoiser. »

Il en était persuadé. Rien ne lui permettait de se montrer optimiste, et pourtant il l'était. Il avait confiance. Quelque chose le pinçait au fond de sa chair, quelque chose l'irradiait. Il ne nourrissait pas le moindre doute quant à l'issue heureuse que connaîtrait leur relation.

Il jeta de nouveau un coup d'œil à son fils qui terminait son speech. Ce garçon lui apportait à la fois la joie et la colère, la paix et la douleur, le bonheur et l'envie – de le fouetter jusqu'au sang. À peine croyable.

« Je n'ai jamais rien eu contre toi. Tu le sais.

— Oh là, là. Par pitié. Vous n'allez pas me répéter ça à chaque fois. Oh là, là.

— Je ne veux pas que tu l'oublies. Je veux que nous soyons bien d'accord. Ne me tiens pas rancune de quoi que ce soit. Ne va pas lui raconter que j'étais ton ennemi ni autres sottises du genre. Promets-le-moi. Ne va pas démolir dans mon dos tous les efforts que je déploie pour me rendre acceptable à ses yeux.

— Bon. Détendez-vous. Ne soyez pas si parano. Elle refuse d'écouter un seul mot de cette histoire. Je vous l'ai déjà dit. Elle se forgera sa propre opinion, sur vous. Soyez sans crainte. C'est une grande fille, vous savez. Je ne démolis rien du tout, soyez tranquille. »

Victor leva le nez et huma l'air environnant. Une vague odeur de moisi commençait à s'installer doucement. Cette douce odeur lui rappelait Venise. Le Gritti. La splendeur passée.

« Je n'ai plus toute la vie devant moi. Voilà le problème. Tu ne peux pas comprendre. Personne ne peut se mettre à ma place. » Il suivit Marc des yeux, Marc accompagnant les types des infos vers leur monospace aux vitres teintées. « Tu es sûre qu'elle n'a aucun problème de ravitaillement ? Ce Joël, est-ce qu'on peut lui faire confiance ? Je trouve qu'il l'accapare énormément, pour te dire la vérité. »

Il était environ neuf heures et demie. D'ordinaire, à cette heure, les rues du centre débordaient de monde, les gens sortaient du métro, sautaient dans les bus, montaient dans les ascenseurs, allumaient leur écran ou allaient fumer dehors, les pieds bien au sec. Ce n'était pas le cas, bien sûr, ce matin-là. La voie express avait disparu. Les glissières qui la bordaient demeuraient invisibles. Les feux ne fonctionnaient plus. Les seuls moteurs que l'on entendait provenaient d'embarcations de secours, de canots manœuvrés par des pompiers plutôt spécialisés dans le transport de jeunes femmes qu'ils soulevaient à bout de bras, ou encore de compresseurs qui palliaient les incessantes coupures d'électricité – on se serait cru en Californie, s'éclairant à la bougie. Les magasins étaient fermés. Les restaurants servaient du poisson. Pratiquement personne ne bossait – en dehors de ceux qui louaient leurs services, transportant les VIP à la rame. En fait, les restaurants ne servaient rien du tout.

Sur quelques avenues, lorsque c'était possible, les types de la voirie installaient des planches. Totalement dérisoire. Marc n'avait pas besoin de forcer la dose pour se trouver sur la même longueur d'onde que bon nombre de ses concitoyens. Sur le coup, il n'avait pas bien mesuré le bénéfice qu'il pourrait tirer du sauvetage de la fillette. Les gens le voyaient et se disaient : « Mais qui est donc ce type ? Quelqu'un le connaît ? En tout cas, voilà un homme qui se jette à l'eau pour sauver une petite fille. Super. Ça me botte. Voilà un gars qui m'est subitement sympathique. Et qui passe bien à la télé. » Puis ils jetaient un coup d'œil par la fenêtre et hochaient sombrement la tête à la vue de toute cette désolation et ils se demandaient à leur tour où étaient les bassins qu'on leur avait promis, où étaient les renforts de béton censés contenir le fleuve, où étaient les responsables, où était passé le fric, etc.

À présent, le soleil s'élevait franchement au-dessus de l'horizon. Victor pesta à part lui tandis que son fils les rejoignait, irradiant d'assurance et de force – l'imbécile.

« Ce n'est pas un jeu, crois-moi, grinça Victor. Il va finir par y avoir de la casse, je te le prédis. Je veux dire, en dehors du fait que ta mère va déguster, bien entendu. De la casse, je veux dire par là que ton frère et toi seriez bien inspirés de ne pas trop sortir le soir. Je ne plaisante pas. Évitez les rues désertes. Numérotez vos abattis. Oui, tu peux rigoler. Rigole bien. Mais je t'aurai prévenu. En tout cas, merci. Merci pour la menace que tu fais planer sur toute la famille. Oh ! oui. Sacré nom d'un chien ! J'espère que tu sais ce que tu fais. »

Édith fila, retourna à l'intérieur avec l'air de celle qui ne veut pas en entendre davantage. Marc ne répondit rien mais son sourire était éloquent. Et il était sur son territoire. Victor l'aurait volontiers giflé mais il y avait le risque d'une certaine riposte de la part du saligaud. Ne se rebiffait-il pas déjà lorsqu'il avait vingt ans ? N'abritait-il pas dans son sein un chien enragé ? Victor avait plaidé l'impuissance auprès de ses amis courroucés. Il avait présenté ses deux fils comme des têtes brûlées sur lesquelles il n'avait aucune prise. On lui avait vivement conseillé d'en trouver. Il y avait un moment qu'il était chargé de ce message mais force était de constater que non seulement aucun résultat positif n'était enregistré mais qu'au contraire tout s'envenimait, tout le climat se détériorait depuis que l'un des deux intervenait – ahurissant ! – à la télé, de la pénible manière qu'on savait. Les prises, il avait intérêt à en trouver. Oui, il pouvait prendre ces paroles pour une menace, s'il le désirait.

Marc prétendit que lui-même n'était pas le seul à mettre la tranquillité d'Irène en péril. Victor tiqua. Le ton que son fils avait employé ne lui plaisait guère. Il le toisa.

« Pardon ? Excuse-moi ? Est-ce que tu suggères que ma présence auprès d'elle puisse ne pas être une si bonne chose que ça ? C'est ça ? C'est ce que tu penses ? Fichtre ! »

Il cligna des yeux dans le soleil. Marc finit par secouer la tête.

« Bon. Mais tu me permettras de m'étonner. D'être légèrement perplexe. Car tu lui en as fait suffisamment voir, si tu veux mon avis.

— Oui. Ton avis m'intéresse. Bien sûr. Tu es mon fils. Mais n'oublie pas qu'elle a été ma femme pendant plus de quarante ans. Je crois que ça compte. Je crois que j'ai appris à savoir ce qui était bon pour elle. Je le sais bien mieux que toi. Enfin, il me semble. Je ne me suis pas contenté de lui téter les seins, figure-toi. Ta mère et moi avons longtemps formé un couple. Oui, un couple. Cette chose-là. Je te souhaite de connaître une relation de cet ordre. Tu comprendras de quoi je veux parler. »

Marc trouvait son père écœurant. Ce que le discours de celui-ci sous-entendait sur le plan sexuel, l'aveu à peine dissimulé que Victor désirait ardemment et de nouveau coucher avec Irène, aujourd'hui, comme s'il avait mangé du cheval, toute cette affaire lui retournait le cœur. Ce côté réveil des sens, torpeur dans l'après-midi, sexualité chez les seniors, le consternait. Désolé. Il ne se faisait pas l'effet d'être plus timoré qu'un autre, mais il avait lorgné suffisamment de sites consacrés aux femmes matures pour s'en dégoûter jusqu'à la fin de ses jours.

« En tout cas, ne compte pas sur moi pour te soutenir. Je ne t'aiderai pas. Je ne serai pas complice de ce qui a tout l'air d'être un caprice de ta part. Désolé, mais ne compte pas là-dessus. Dans un mois, tu n'y penseras même plus. Tu auras oublié.

— *J'aurai oublié ?* Comment peux-tu dire une chose pareille ? Je l'ai quittée. *D'accord*, je l'ai quittée. Mais qu'est-ce que tu crois ? De quel droit oses-tu me juger ? Ça c'est un peu fort. Je ne vais rien oublier du tout. Au contraire. Dans un mois, prends-en note, tu pourras mesurer le chemin parcouru. Tu risques d'être étonné. Tu te souviendras des propos que tu m'as tenus aujourd'hui. J'espère que tu auras l'honnêteté de reconnaître à quel point tu te trompais. Je l'espère. Irène est la personne la plus importante de ma vie. Quoi que tu en penses. Quelque idée que tu en aies. Quoi que j'ai pu en penser moi-même. Je le reconnais. J'ai manqué de patience, avec elle. D'accord. Tu sais ce que c'est. Jette-moi la

pierre si tu y tiens. Quoi qu'il en soit, le résultat est
là. Ta mère et moi faisons partie de la même histoire.
Ni elle ni moi n'y pouvons rien. Donc, ça n'a rien
d'étonnant. Ma conduite n'a rien d'étonnant. Que je
désire me rapprocher d'elle ne doit pas t'empêcher
de dormir. Tu as suffisamment de problèmes comme
ça. Ne t'encombre pas. Ta mère te fera signe si elle a
besoin de toi. »

Le soleil jouait à présent entre les branches de
l'énorme tilleul à quelques pas duquel s'étendait, en
lieu et place du fleuve, un véritable lac, un lac étincelant, presque immobile, aux eaux complètement
troubles, couleur café au lait, à peine agité de quelques clapots dans les joncs noircis par l'humidité.
S'attardant un instant sur le spectacle à la triste
beauté qui s'offrait à lui, Marc estima que son père
avait raison au bout du compte, il estima qu'il
n'avait que deux bras et deux jambes et qu'en consé-
quence il fallait leur éviter un fardeau supplémentaire. Il n'y avait pas non plus une telle urgence. Et
Irène n'allait pas se laisser faire. Peut-être allaient-ils
traverser tout ça en douceur, finalement. Ce n'était
pas impossible. Hautement improbable, mais pas
impossible. Tous autant qu'ils étaient. Il croisa les
doigts.

« Je lui fais confiance. Je suis sûr qu'elle voit clair
dans ton jeu. Au fond, je ne m'inquiète pas pour elle.
Mais tu es gonflé, laisse-moi te le dire. Sacrément
gonflé. Tu as failli la tuer et voilà que tu remets ça.
Voilà que tu t'apprêtes à la démolir de nouveau,
d'une manière ou d'une autre. Sincèrement, je me
demande si je rêve !

— Erreur. Tu fais erreur. Tandis que moi, je n'y ai pas droit. Je n'ai plus le droit de me tromper. Plus le droit à l'erreur.

— Ça lui a pris un automne et une bonne partie de l'hiver. Nous t'avons tous raconté ça à un moment ou à un autre. Tu ne peux pas l'ignorer. Tu ne peux pas faire comme si ça n'avait jamais existé. Tu l'as assommée. J'ai beau chercher un autre mot, je n'en vois pas d'autre. Je veux dire, comme sur un ring, ni plus ni moins. Tu l'as mise KO. Pendant que tu tournais les talons, elle tombait à la renverse. Tu l'as littéralement *assommée.*

— Oui, sans doute. Je le regrette. *Mea culpa.* Pourquoi remuer le couteau dans la plaie ? Qui peut y gagner quelque chose ? Ça s'est passé il y a si longtemps... À peine quelques jours après le 11 septembre. Ça ne date pas d'hier.

— *C'était* hier. Qu'est-ce que tu racontes ? C'est *juste là.* Ça s'est passé *il y a quelques minutes.* Pas à des *années-lumière.* Ça gronde encore à nos oreilles. C'est tellement *récent*, tu veux dire.

— Oui, enfin bon. Si tu veux, nous pouvons continuer à jouer sur les mots jusqu'à la fin de la journée. Je ne sais pas. Tu n'as pas mieux à faire ? »

Marc devait se rendre au garage. L'homme de la compagnie d'assurances campait depuis deux jours dans le bureau de David.

Le rez-de-chaussée disparaissait sous un mètre d'eau. De nouveau, la nature avait parlé et les affaires allaient en souffrir – la boîte avait frôlé la faillite après l'inondation de 1956 qui avait paralysé la ville durant six semaines et transformé les environs en éponge pendant de longs mois.

Tandis qu'ils se déplaçaient sur une petite barque à fond plat – ils avaient dû se garer à cinq cents mètres de là et appeler Hermann qui se recroquevilla en présence de Victor et devint plus muet que jamais – un lourd silence les accompagnait – soucieux de se faire oublier, le chef d'atelier maniait la gaffe avec une lenteur ectoplasmique en se raclant la gorge.

Marc invita son père à s'asseoir mais Victor s'entêta à rester debout, les pieds solidement campés dans le fond de la barque, les mains crispées sur le pommeau de sa canne, le front moite, le regard sombre.

C'était Venise. Ils glissèrent lentement au-dessus de l'avenue – les branches se trouvaient à portée de main et des corneilles estomaquées s'envolaient sur leur passage –, puis ils pénétrèrent sur le parking. Silence de mort, dans les rangs. Hermann risqua un regard sur son ancien patron et admira son profil de statue marmoréen. Il savait que le vieux tyran avait sans doute l'œil humide. Le regard de Victor Sollens ne flanchait pas mais cet homme avait vendu des voitures toute sa vie et son garage ressemblait à un train qui aurait déraillé et basculé dans le fossé, dans un marais profond.

L'ampleur des dégâts lui faisait mal. Il ne disait rien mais son teint devenait plus gris à mesure qu'ils longeaient leurs bâtiments transformés en aquariums, et Hermann se mettait à sa place. Toute cette désolation, tout ce capharnaüm, toutes ces tôles enfoncées, toutes ces pauvres voitures dont on ne voyait plus que le toit, parfaitement astiqué, voilà qui constituait un terrible, un terrifiant tableau pour le vieil homme.

Le plus dramatique provenait des classe S, en particulier les cinq cents exposées en vitrine, un spectacle qui aurait arraché des larmes aux cœurs les plus durs. Hermann comprenait ça. Il savait qu'avant tout c'était la passion des voitures qui avait entraîné Victor Sollens à en faire le commerce – il avait également offert à ses fils la Stratos à bord de laquelle ils s'étaient envolés par-dessus un virage.

Victor était livide. « Un vrai champ de bataille », murmura-t-il en serrant les dents.

David, qui les avait vus arriver, se posta à la fenêtre de son bureau et tendit la main à Victor – Béa, dans son dos, avait sorti son poudrier – et il l'aida sans peine à se hisser et à mettre un pied à l'intérieur.

« Tu ne vas pas aimer ça », confia-t-il à son père tout en lui indiquant les tenues de caoutchouc, l'ensemble avec bottes qui montait à mi-poitrine et permettait de se promener dans le marigot en tenue de ville. On entendait de vagues glouglous, de vagues ruisselis. La moquette était sombre, déjà contaminée par l'humidité. Victor Sollens avait des gestes d'automate. Il s'approcha d'un mur et remit d'aplomb une photo qui le présentait en tenue de pilote, une quarantaine d'années plus tôt, au rallye de Monte-Carlo.

Accompagné de ses deux fils, il visita le rez-de-chaussée – l'eau leur arrivait à la taille et ils avançaient en levant les bras et en traînant la jambe comme s'ils avaient eu des boulets.

Marc lui donnait des chiffres. David estimait qu'ils pourraient revenir à la vie d'ici à une quinzaine de jours si les pompes ne tombaient pas en panne et si les types de Stuttgart se réveillaient un peu.

En fait d'inspecteur, il s'agissait d'une inspectrice, d'une femme assez jeune, assez forte, d'une rousse à la peau blanche comme du lait. Elle prenait des notes sur les dommages occasionnés et elle avait chaud dans son ensemble de caoutchouc vert bouteille.

Elle se tenait dans le miroitement glauque du hall principal, que l'on pouvait considérer comme le cimetière des plus beaux modèles et qui constituait sans doute la vision la plus déprimante qui se puisse concevoir, se disait Victor, si l'on était sensible à la mécanique et à la beauté des équipements intérieurs qu'un bain forcé avait détruits, se disait Victor.

La fille de l'assurance grimaça un sourire en direction du vieil homme qui se dirigeait vers elle en marchant au ralenti, comme s'il marchait dans la neige, mais Victor la dépassa sans lui accorder le moindre coup d'œil. Il s'arrêta devant le roadster SL 55 AMG presque entièrement immergé, soupira, puis finit par demander une cigarette.

On lui fit aimablement remarquer qu'il ne fumait plus. Sans se retourner, il hocha la tête. Il ricana. Il avait été assez stupide pour s'arrêter de fumer.

Vers midi, ce fut au tour de David de ramener son père – lequel se laissa choir à l'intérieur de la

Porsche et s'administra quelques pulvérisations de trinitrine en prévision.

Marc profita ainsi d'un certain laps de temps qu'il utilisa pour mener à bien une affaire peu glorieuse, contre laquelle il n'avait pu résister.

Avant d'ouvrir son pantalon, il avait eu l'impression que ses gestes étaient ceux d'un homme ivre.

En tout cas, le résultat était là.

La fille s'inquiéta, croyant qu'elle avait dit ou fait quelque chose qui avait rompu le charme, mais il ne lui répondit pas.

Il se sentit traversé par un frisson glacé.

Il se plia en deux, les bras croisés sur son abdomen comme s'il s'agissait d'un problème gastrique.

Il s'élança hors de la réserve où il s'était copieusement abandonné à ses vices, astiquant les parties intimes de la robuste rousse avec une sorte de fureur dont heureusement elle ne s'était pas plainte, mais qui l'effrayait, *lui* – qui semblait l'habiter, une entité féroce et incontrôlable. Un poil préoccupant. Il sortit de là sans demander son reste, sans s'inquiéter de sa ronde partenaire qui la trouva un peu raide d'être plantée comme ça.

Durant un bon moment, il se sentit écrasé par la culpabilité. Il se força à boire un verre dans un bar gay, pour ne pas être soumis à la tentation. Il était encore furieux contre lui. Il erra jusqu'au soir dans cette partie de la ville épargnée par l'inondation. Autour de lui, les gens en avaient ras-le-bol. À un certain moment, un type le regarda d'un peu plus près et déclara que c'était le type qu'on voyait à la télé, l'homme qui s'était flanqué à l'eau pour sauver une gamine réfugiée dans un arbre et une minute plus tard il était congratulé, félicité, remercié, et chacun voulait lui offrir un verre.

Preuve qu'il n'était peut-être pas aussi vil et misérable qu'il le prétendait. D'ailleurs, cette fille l'avait pratiquement dévoré des yeux. Elle ne lui avait laissé aucune chance, mais alors aucune. Combien auraient refusé de saisir l'occasion ? Quelles conclusions tirer de ce triste faux pas ? Aucune. Bien heureusement, aucune. La voie dans laquelle il s'était engagé restait toujours la même. Cet écart, cette défaillance ne changeait rien. Édith seule. Édith seule, désormais. Finies, les putes, finies, les honnêtes femmes, finies, les aventures, finies les parties à plusieurs. Édith, rien qu'Édith. Le commencement d'une vie nouvelle. Dût-il subir un traitement chimique. Dût-il se promener les mains liées dans le dos. L'accorte rousse n'était qu'une créature diabolique, à ne pas prendre en compte – qui aurait refusé de se laisser sucer par une jeune Nicole Kidman un peu dodue à moins d'avoir une case en moins ? Au début de l'après-midi, il avait dû lutter pour que des flots de larmes ne jaillissent pas de sa figure, tant il se jugeait repoussant et indigne, mais le soir le trouva presque apaisé, confiant, ayant longuement réfléchi et buvant en compagnie de quelques hommes qui avaient un peu de temps à tuer.

L'inaction, l'impossibilité pour la plupart des commerces d'exercer une activité normale, la paralysie des transports, les approvisionnements difficiles, le linge qui ne séchait pas, faisaient grincer les dents. Le maire sillonnait la ville en bras de chemise, sur un canot à moteur, accompagné de ses collaborateurs les plus proches, organisant une sorte de pont aérien dérisoire entre la mairie et les établissements réquisitionnés pour abriter les plus démunis. Il distribuait de l'eau, des couvertures, des biscuits. Il grimaçait sous l'effort, embrassait des enfants, serrait des mains, clignait de l'œil – Vincent Delborde, leur avocat, voyait dans cette agitation le signe d'une perte de sang-froid dont il fallait se féliciter.

Au croisement d'Élisabeth et de Kubrick, il n'y avait que des feux orange qui clignotaient et se balançaient au-dessus de l'eau. Non seulement les dents grinçaient, mais les gens se sentaient déprimés. Les incidents liés à l'isolement et aux coupures d'électricité se multipliaient. Marc pensait que cette ambiance délétère n'était pas non plus pour rien dans le regrettable accroc qu'il avait fait au riche tissu de sa nouvelle conduite.

Il s'arrêta cependant pour acheter des fleurs, du pain et des beefsteaks. Ainsi qu'un produit pour la toilette intime – durant une bonne minute, dans la pharmacie, il fixa, bouche bée, le distributeur de préservatifs qui lui coupait le souffle. Qui le laissait comme deux ronds de flan. Le distributeur de préservatifs. Qui se mettait à carillonner comme une voiture de pompiers.

Victor profita de son tête-à-tête avec David pour lui faire une proposition. Il avait longuement regardé défiler le paysage – les mornes étendues englouties qui les obligeaient à un sérieux détour – avant d'en arriver à la conclusion qu'il devait se débarrasser de son fils s'il voulait retrouver un peu d'intimité avec Irène. Plus il y réfléchissait et plus l'idée s'imposait avec force. La perspective de confier son appartement à David n'avait rien d'agréable, mais Victor ne voyait pas d'autre issue.

« Je ne te demande pas de me payer un loyer, lui dit-il. Considère qu'il s'agit de ma contribution. À l'édification de ton bonheur. Voyons les choses en face. Il s'agit de mettre le maximum de cartes de ton côté. Tu dois veiller sur votre intimité. Vous devez absolument démarrer d'un bon pied. Tu dois y veiller précieusement. » Il laissa son regard vaguer sur les bois qui défilaient tandis qu'ils longeaient le parc Amalia-Rodriguez et que des éclats et des aiguilles de lumière dansaient sous ses yeux et couraient sur son visage. « Ça vous permettra de chercher tranquillement, reprit-il. Je ne suis pas pressé. Puisque ta mère consent à m'héberger, tout va bien. Tâchons de nous faciliter la vie réciproquement. À présent, c'est ma politique. Cessons de nous tirer dans les jambes. Tu sais à quoi je fais allusion, n'est-ce pas ? Il suffirait d'enterrer cette brouille avec la mairie, je te le répète, je ne veux même plus en parler avec ton frère, il n'entend rien, il ne voit rien, mais toi ? Tu es l'aîné. J'ai davantage confiance en toi. Écoute, faisons la paix les uns avec les autres. Concentre-toi sur ta future femme. Partez sur de bonnes bases. Hein, alors qu'en dis-tu ? Vous seriez bien. Vous pourriez profiter de la piscine. Prendre un bon départ est essentiel dans la vie d'un couple. »

Tout cela allait un peu vite pour David qui ne s'était pas encore penché sur le problème – mais dont la mâchoire s'était crispée. « Eh bien... ma foi.. je ne sais pas... tu veux dire... » Il y avait quelques centimètres d'eau sur le boulevard et la Porsche envoyait de larges gerbes sur les côtés, arrosait les palmiers et les vitrines, tandis qu'il fixait la route droit devant lui, les deux mains sur le volant. La circulation était inexistante. En même temps, il faisait beau.

Quelques minutes plus tard, comme ils passaient à proximité de son immeuble et qu'il avait de la suite dans les idées, Victor insista pour qu'ils se garent. « Suis-moi. Tu vas voir qu'en dehors de quelques bibelots, et rouler deux ou trois tapis auxquels je tiens... » Ils pénétrèrent dans le hall étincelant. « J'adore cet appartement, confia-t-il à son fils tandis qu'un ascenseur superbement rapide et silencieux les transportait. Tu ne diras pas que je me moque de toi. Tu en connais de mieux placés ? Avec une plus jolie vue ? Et puis, pense à la petite. Est-ce qu'elle sait nager ? »

Il se mordit aussitôt la lèvre et s'excusa. Il s'excusa d'être aussi stupide.

David hocha lugubrement la tête. Il eut une pensée pour Josianne qui rêvait chaque jour à son mariage mais tombait d'épuisement à cause du manque de personnel à l'hôpital ainsi que de l'augmentation des soins qu'il fallait dispenser et auxquels des journées de vingt-quatre heures ne suffisaient pas. Elle rêvassait une seconde, s'imaginait en Versace avec un contrat de mariage signé entre les mains et, un instant plus tard, elle s'abattait en travers du lit et sombrait dans un sommeil profond.

Il devait ainsi la coucher. La pauvre. Son dévouement imposait le respect. David se demandait si un
tel emploi du temps était bien indiqué pour une
femme enceinte mais il n'était pas encore capable
d'aborder ce sujet de front. Le mariage suffisait.
L'idée du mariage encombrait la totalité de son
esprit, plongeait tout le reste dans l'ombre. S'il devait
envisager d'être père, d'être bientôt papa en plus de
se marier, rien ne permettait de penser que David
Sollens n'allait pas péter une durite ou griller un
fusible.

« Je ne me fais aucun souci, déclara Victor en
tirant des clés de sa poche. Je ne te le proposerais
pas si j'avais le moindre doute. Je te garantis que ça
va lui plaire. Elle n'est pas idiote. Je vois comment
elle se comporte. Je vois qu'elle sait apprécier les
choses. Attention, ceci n'est pas une critique. Ne me
fais pas dire ce que je n'ai pas dit. »

En entrant, ils faillirent buter sur Valérie
Ardentropp, l'impayable secrétaire de Victor, cette
blonde au profil chevalin qu'il employait depuis tant
d'années et qui se réveillait au moment où il voulait
rentrer chez lui, reprendre la vie avec Irène. Que
fabriquait-elle couchée par terre, dans l'entrée, bou-
geant à peine, cette fichue Valérie ? Se tortillant tel
un gros ver malade.

Elle semblait à bout de forces. Dans l'antichambre
de son dernier souffle. Ses cheveux étaient défaits,
ses bas étaient filés, son tailleur détendu et froissé, et
d'une pâleur, son visage était d'une pâleur fichtrement inquiétante, son regard était éteint. Elle ne sentait pas bon.

Elle tendit un bras faible en direction de Victor qui recula d'un pas. David se pencha et l'attrapa sous les bras. « *Valérie, mais c'est pas vrai !* » tonna Victor tandis que son fils traînait la pauvre femme en direction de la chambre. Le sol était jonché d'objets divers. David la hissa sur le lit. Victor soupira violemment et empoigna le téléphone. « Non, mais regarde-moi ça ! » grogna-t-il voyant comme elle avait cherché à arracher le papier des murs, comme elle avait déglingué les rideaux, éventré son matelas, rayé son parquet à l'aide du tisonnier.

Ils appelèrent Bradge à la rescousse, qui diagnostiqua un état d'extrême faiblesse et se chargea d'embarquer la fêlée vers une clinique afin de la remettre discrètement d'aplomb.

« Inutile d'ennuyer Irène avec cet incident », fit Victor en touchant le bras du docteur tandis que David installait Valérie dans le cabriolet de celui-ci. Le jour baissait, l'horizon rougeoyait. Vers le centre, au-dessus des toits, une publicité lumineuse tenait trois secondes, puis s'éteignait, puis les rampes se rallumaient une à une et le nom d'un fabricant de yaourts apparaissait dans le ciel, à côté de celui d'un marchand de lunettes.

« Le nombre de tes conquêtes m'effraie, soupira Bradge dont l'œil gauche était figé par un excès de Botox. Pauvre Irène. Si j'avais su, je ne te l'aurais jamais laissée. »

Victor ricana au souvenir de leur jeunesse. À l'époque, tout se passait au bord du fleuve, dans les taillis, ou sur le siège arrière de la Panhard que les Bradge mettaient à la disposition de leur fils, le week-end, pour qu'il ait une chance de retenir le regard d'une fille. Ainsi, lorsqu'il insinuait qu'il aurait pu souffler Irène à Victor, plaisantait-il – ce type n'avait pas pu baiser avant la terminale.

« Cette bonne vieille Panhard... », murmura Victor tandis que Bradge démarrait et s'éloignait dans le soir triomphant.

« Alors, si je comprends bien, Valérie est ta maî-tresse », fit David avec une grimace.

Victor leva les yeux vers le sommet de son immeuble au-dessus duquel s'étalait un ciel couleur framboise écrasée.

« J'ai eu effectivement, *il y a trente ans,* et seule-ment *quelques fois, par-ci par-là*, un embryon de relation – je n'appellerais même pas ça une relation – avec elle. Je dis bien il y a *trente ans. En pleine libé-ration sexuelle.* Et je ne l'ai plus touchée depuis. Tu parles d'une affaire d'État. Seigneur. En tout cas, ce ne serait sans doute pas arrivé si je ne m'étais pas senti aussi seul. Si Irène s'était montrée plus atten-tive envers moi.

— Assez. Je t'en prie. Tu vas m'arracher des larmes.

— Quoi qu'il en soit, une semaine de plus et nous la trouvions morte. J'en tremble encore. À l'idée qu'elle aurait très bien pu s'en prendre à mon disque dur, j'en suis malade, j'en ai la chair de poule rien que de l'évoquer. Je me demande ce qui l'a retenue. Quelle étincelle de moralité l'habitait encore. »

Ils s'observèrent un instant, sur le bord du trottoir. À l'heure du crépuscule, il flottait un air doux.

« Que dirais-tu de quelques longueurs de pisci-ne ? » proposa-t-il à son fils.

7.

Sonia assista au règlement de comptes qui se déroula sans surprise à la sortie d'une soirée qui avait fort mal commencé car Joël avait appris que le chèque envoyé par sa mère était sans provision – ce qui n'est jamais agréable et il avait terminé la conversation en cognant le combiné contre la table.

Il était donc d'une humeur de chien. Puis l'atmosphère s'envenima rapidement, plus tard, quand un garçon laid et trapu se vanta d'avoir goûté aux charmes de Sonia un certain soir et Joël demanda des détails sur le lieu et la date. Une substance un peu forte circulait. À présent, là où les eaux s'étaient retirées – ce qui était encore loin d'être le cas dans de nombreux quartiers –, les gens se débarrassaient de leur mobilier imbibé, gondolé, cuit, irrécupérable, l'entassaient rageusement sur le trottoir. De sorte que les deux garçons, rugissants, rouges de colère, s'écrasèrent contre une vague armoire en panneaux de particules mélaminés qui s'effondra sous la violence de leur assaut comme un piètre château de cartes.

Ce n'était pas la première fois que la mère de Joël mettait son fils dans l'embarras avec un problème de cet ordre. Elle se prétendait elle-même la victime de cet escroc qu'elle avait épousé – autrefois, absurde folle qu'elle était – et qui ne lui versait pas sa pension avec la régularité souhaitée, mais Joël était persuadé que le problème venait d'elle, de ses délirantes dépenses vestimentaires.

Quoi qu'il en soit, il se retrouvait parfois dans de sombres situations financières, subissait d'humiliants ultimatums de sa banque, s'endettait à droite et à gauche – ce qui n'était pas toujours très simple –, s'énervait et se livrait à divers petits trafics à l'intérieur de la fac, en grande partie, donc, du fait que sa mère courait les magasins du matin au soir sur le mode frénétique. Enfin, le résultat était là. Le résultat était qu'il croyait voir sa mère à peu près partout et se proposait de l'étrangler.

Mais, d'un autre côté, Sonia ne risquait pas de s'interposer dans la querelle qui opposait les deux garçons. Elle ne risquait pas d'intervenir en faveur d'un type qui semblait fort bien être son délicat partenaire de l'autre soir – et qui, pour ne rien arranger, était sacrément moche, redisons-le. Le souvenir de la séance, encore bien vif dans son esprit, ne l'inclinait pas à la compassion et il pouvait saigner du nez autant qu'il voulait, ou même davantage encore, elle n'allait pas verser une larme sur le bonhomme. Joël avait empoigné une chaise qui attendait sur un tas d'immondices et il s'employait à la briser sur le crâne de cet odieux salaud qui l'avait pratiquement violée, *tronchée à mort*, ainsi qu'il s'en était vanté un instant plus tôt, avant que Joël ne le jette du haut des marches et ne le traîne dans la rue pour lui apprendre la politesse.

Joël avait indéniablement de bons côtés. Elle le savait très bien. Un peu brutal, certes, et avec un avis sur Virginia Woolf qui ne faisait pas de lui une lumière, mais il y avait bien pire. Il y avait bien pire que lui. Dans l'ensemble, les types n'étaient pas très futés. Objectivement. Selon elle. Observant Joël qui corrigeait son adversaire, elle le trouvait cependant assez beau et certainement pas privé de charme, si bien qu'elle ne comprenait pas pourquoi ça se passait si mal avec lui, pourquoi il la laissait de glace, aussi excitée qu'une tranche de pain moisi. Elle devait être détraquée. Alors que si elle pensait à son dentiste – à son corps défendant car l'infâme Patrick Vinter s'était disqualifié une bonne fois pour toutes –, une bouffée de chaleur lui remontait l'échine et grimpait jusqu'à son cuir chevelu transpercé tout à coup de mille petites aiguilles, et ses lèvres devenaient molles et ses jambes flageolaient et elle frottait ses cuisses l'une contre l'autre. Authentique. Était-ce imaginable ? Était-ce seulement imaginable ? S'il y avait un mystère profond, un gouffre d'une noirceur absolue et absurde ici-bas, c'était celui-ci.

Inutile de chercher une explication. Elle devait se résigner à ne plus avoir d'orgasmes, à être privée de plaisir pour un moment, voilà tout. C'était sans doute moins grave que d'être couché dans un lit avec un cancer, mais ça mettait tout de même un poids sur les épaules, ça ne rendait pas l'avenir très attrayant.

Même avec un gel, à base de sclérotium gum.

« J'ai entendu dire que l'acupuncture donnait de bons résultats », lui avait-elle déclaré au terme d'une ultime tentative qui s'était conclue par un concert de grimaces.

En tout cas, les choses en étaient là. Un Chinois lui posait des aiguilles. Pour le reste, elle devait se débrouiller comme elle pouvait – subissant ainsi, tout récemment encore, la honte d'être surprise par une Catherine Da Silva aussitôt enthousiaste, bien entendu, surprise alors qu'elle examinait différentes choses dans un catalogue de vente en ligne, *hi hi, ma chérie, je te conseille le Jack Rabbit Pearl sans hésiter une seconde*, etc.

Il était à peine minuit. L'éclairage public manquait. La bagarre se déroulait au clair de lune, relativement silencieuse, relativement au sec, près de l'ancienne cathédrale qui était l'un des rares endroits que l'on pouvait atteindre en voiture. Les eaux ne baissaient pas vraiment. L'université était fermée. Bizarrement, il se dégageait une espèce de douceur de cette inondation. De langueur. Rien de comparable avec les tragiques images qui venaient d'Asie, d'Afrique, de coins reculés, et qui exprimaient régulièrement toutes les facettes de la détresse humaine. Rien de catastrophique, ici. Rien dans ce goût-là. On aurait dit une mer tranquille qui aurait visité la ville et tarderait à la quitter – sorte de vieille connaissance un peu encombrante, à l'étreinte nauséeuse. Et les gens semblaient se contenter d'avoir jeté leurs meubles par la fenêtre et, au pire, de s'ennuyer ferme. Ils savaient de quoi il retournait. Ce n'était pas la première fois. Rester stoïque n'était pas facile mais le soleil brillait toute la sainte journée et les étoiles brillaient au creux des nuits limpides.

Ils laissèrent ce type qui lui avait sauvagement trituré les seins ce fameux soir, après qu'elle avait laissé fondre une horreur sous sa langue – sublime réussite qu'elle paya deux jours durant. Mais à peine s'étaient-ils éloignés de quelques mètres, de quelques secondes, que Joël, entêté, revint sur ses pas et, sans prévenir, lança de nouveau son poing dans la figure déjà bien blette, déjà bien en bouillie, de l'autre misérable. Rageusement. De façon définitive. BANG ! Or, voilà qui était édifiant. Voilà qui éclairait.

Il fallait le faire exprès pour ne pas voir à quel point il avait été blessé par les révélations de ce type qu'il venait de mettre KO sur la chaussée. Pour ne pas voir comme le terrain était devenu sensible. Sonia prenait de plus en plus de place dans son esprit. À l'évidence. Et ce n'était pas pour ce qu'elle lui apportait sexuellement, loin de là, ce qu'elle lui apportait sexuellement n'aurait pas suffi à briser une brindille. En tout état de cause.

Un certain changement s'était opéré en lui. C'était ainsi. Il ne s'en défendait pas. Quoi qu'il en soit, il ne cherchait plus à l'entraîner vers un lit lorsqu'ils étaient seuls. Il ne voulait pas se rendre malade. Il ne voulait plus passer son temps à la supplier – surtout pour n'obtenir, de loin en loin, que de décevants contacts. Il s'était sans doute montré un peu rude avec elle depuis le début, et il le regrettait. Il avait eu le temps de réfléchir à la situation. À tâter vaguement de l'introspection. Et s'il existait un moyen pour se faire pardonner, il voulait certainement le connaître. Même s'il devait passer l'hiver sur *Mrs Dalloway.*

Tandis qu'ils marchaient vers la Volvo, elle le tenait par le bras et se serrait contre lui.

« Tu aurais dû m'en parler, marmonna-t-il. Ça m'aurait évité la surprise. »

Les différents gnons qu'il avait reçus faisaient luire ses pommettes. Il ajouta qu'il n'était pas mécontent de rentrer, après tout, avoua qu'une légère lassitude le saisissait, tandis que les fenêtres vibraient au-dessus de leurs têtes sur un pur joyau remasterisé de Siouxie & The Banshees.

Durant le retour, il ne dit pas un mot. Contourner le centre et les zones inondées rallongeait de plusieurs kilomètres mais le tableau en contrebas se révélait saisissant – au point qu'il soulevait parfois la main et qu'alors elle ralentissait pour observer avec lui les rues plongées dans leur torpeur aquatique, irréelle, parcourues de reflets qui dansaient dans le sillage laiteux d'embarcations éparses, de rafiots divers, sans parler de la verrière qui coiffait la gare centrale et luisait dans l'obscurité comme une soucoupe volante ni du soucieux ballet des hélicoptères de service.

Ils avaient de nouveau la maison pour eux seuls. Depuis qu'Édith avait plié bagage, pour sa nouvelle demeure au bord du fleuve, Joël campait dans sa chambre – quand il ne s'endormait pas dans le jardin, ou sur le canapé, devant la télé – et ça se passait bien. « Soyons juste, se disait-elle, ça se passe plutôt bien. Jusque-là, ça va. Disons la vérité. J'en suis la première étonnée, d'ailleurs. Le connaissant et me connaissant, je n'aurais pas cru que nous puissions jamais parvenir un jour à une entente de ce genre-là. Car il était tellement après moi, il maintenait une telle pression. Mais je ne l'aurais pas supporté très longtemps, aussi bien. S'il ne s'était pas calmé, je ne serais pas restée très longtemps avec lui, dussé-je m'en mordre les doigts... »

« ... rien ne valait d'avoir un bon copain », se disait-elle encore tandis qu'elle se garait dans sa rue, sous le grand mimosa. Certes, il était sans doute encore un peu tôt pour parler de relation de cet ordre, ils n'avaient pas encore atteint ce niveau-là, il faudrait patienter car toutes ces subtilités prennent du temps, mais c'était en bonne voie, selon elle, ça tendait assez vers ça.

En tout cas, elle se sentait reconnaissante envers lui. D'être là. D'avoir accepté ses conditions. À l'occasion, de se battre pour elle. Aussi se devait-elle de se montrer gentille avec lui autant qu'elle le pouvait, et par gentille elle n'entendait rien de sexuel, bien sûr, mais profiter qu'il présentait ses poings écorchés sous le robinet, ainsi que sa tête, pour lui servir une bière et mettre des pop-corn au micro-ondes.

Aurait-elle supporté la solitude en plus d'un père qui se dérobait ?

Aurait-elle supporté l'obscurité et le silence, avec un père qui n'avait même pas été fichu d'arranger un tête-à-tête avec elle, qui ne l'avait pas regardée plus d'une minute droit dans les yeux, *qui l'arrachait à un incendie et trouvait ça tellement normal que c'était à en hurler de frustration et de rage,* aurait-elle supporté autant d'indifférence de la part de cet homme-là ? Si Joël n'avait pas été là ?

Si Joël n'avait pas été là pour l'empêcher de perdre tout espoir, pour l'empêcher de s'enfoncer dans un monde hyperangoissant, quoi qu'on en dise ?

« C'est peut-être pas évident, pour lui, déclarait Joël. C'est peut-être pas évident, pour lui, tu es marrante.

— Eh, dis donc, lui répondait-elle, ce n'est quand même pas à moi d'aller frapper à sa porte, il me semble. Comme si c'était à moi de me présenter. C'est quand même pas à moi de me bouger alors que je poireaute comme une crêpe depuis qu'on a les papiers, attendant qu'il se décide à m'accorder le minimum d'attention qu'il me doit, attends mais quel salaud.

— D'accord, mais ne lui lance pas la pierre. Ne le condamne pas complètement avant de tout savoir. N'importe quel père rêverait d'avoir une fille comme toi, pour commencer. »

Eh bien, peu importait où il allait chercher tout ça, peu importait de savoir ce qu'il y avait de vrai dans ses assertions. Il était parfait. Irréprochable. Il était capable de se montrer *attentif* quand elle avait besoin qu'on soit attentif à elle, proche quand elle avait besoin qu'on soit proche, présent dans la limite du raisonnable, par exemple quand elle songeait à Marc Sollens, décidément son père, et qu'un froid intérieur l'étreignait comme dans les livres, et qu'elle se sentait l'œil humide – car elle était bien bête. Joël veillait, consciemment ou non. Il semblait fixer un seuil au-dessous duquel il refusait de la laisser aller et elle trouvait qu'il avait ce pouvoir étonnant, ce pouvoir qu'elle lui découvrait, elle devait admettre qu'il avait le don de la soulager en la tenant un instant contre son épaule *sans rien tenter*, comme s'il était guéri à tout jamais.

Greg et quelques autres avaient profité de l'inondation pour mettre la main sur un certain nombre de caisses d'alcool, de la Budweiser, du whisky et du champagne français, de sorte qu'ils n'étaient pas démunis de ce côté-là. À cette occasion, elle avait pu constater que Joël aimait beaucoup le champagne, oui, aussi bizarre que c'était, et le fait qu'il s'en trouvât à présent plusieurs cartons de douze dans la cave l'enchantait littéralement.

Elle avait acheté deux coupes de cristal, exprès. Pour lui faire comprendre qu'elle appréciait son attitude – en fait, elle ne les avait pas achetées mais dérobées, si l'on veut savoir la vérité. Enfin, peu importe, elle voulait lui montrer qu'elle pouvait très bien flipper complètement sur le plan sexuel et être en même temps satisfaite de sa présence, et sensible aux efforts qu'il faisait – qu'il niait en prenant un air étonné.

Elle lui demanda son tee-shirt et se dirigea vers la cuisine pour faire une machine.

« Est-ce qu'il y a de l'aspirine quelque part ? » demanda-t-il du salon.

Dans le frigo, elle trouva du jambon d'York, de l'edam, des cornichons doux et du pain de mie en tranches. Elle l'entendit parler à sa mère, puis raccrocher sèchement.

« T'énerver davantage ne servira à rien, déclara-t-elle en arrivant avec un plateau chargé des maigres victuailles susmentionnées. Fais-toi couler un bain. Tâche de te détendre. Et puis je voudrais aussi te remercier. Ce salaud ne l'a pas volé. Enfin, je voulais te dire que j'ai été touchée par ton geste. Merci.

— Penses-tu, grimaça-t-il, ce fut un plaisir. Ne me remercie pas. N'empêche, que ça te fasse réfléchir la prochaine fois. Ne disparais pas sans me dire où tu vas. »

Il braqua la manette de la télé et chercha une chaîne musicale.

« Je sais ce que tu penses... », soupira-t-elle.

Ils se turent quelques minutes pour suivre la fameuse interview que Joey Ramone avait donnée dans les toilettes du CBGB durant l'hiver 1980, puis Joël avala ses cachets et se laissa choir dans un fauteuil.

« Sauf que c'est difficile de pas y penser, reprit-il sans quitter l'écran des yeux.

— Oui. Je sais. Mais n'en faisons pas une montagne, tu veux ? »

Il fit la moue. Hocha la tête. Puis il annonça qu'il allait accepter le boulot que lui proposait cette femme, avec ses maudits rosiers.

« Non, mais attends, tu ne peux pas faire ça..., se raidit-elle. Non, mais attends... »

Ça ne l'amusait pas non plus, lui. Ça ne l'excitait pas de jouer les jardiniers en échange d'une poignée d'euros, pour cette vieille peau d'Élisabeth Dorflinger avec son chapeau de paille et son ruban, qui vivait seule dans ses cinq cents mètres carrés et partait régulièrement en voyage, mais que pouvait-il

faire d'autre pour le moment ? Quel cheval enfour-
cher ? Quelques billets étaient toujours bons à prendre – dans l'urgence, quand on avait pour mère une
vraie siphonnée de *fashion victim.*

« Et c'est tout ce que tu as trouvé ? s'étrangla-
t-elle. *Cette femme-là ? C'est tout ce que tu as
trouvé ?*

— Quoi, encore ? Qu'est-ce qu'elle a qui ne te
plaît pas ?

— *Avec les autres à côté ? Avec les jardins atte-
nants ? C'est ce que tu veux dire ?* »

Elle déclara que les bras lui en tombaient – se
disant en elle-même que s'il ne s'était pas battu pour
elle moins d'une heure plus tôt, elle aurait réagi plus
vigoureusement. Elle déclara que ça la laissait sans
voix.

Il fronça les sourcils. Il était vexé. Il semblait
épuisé.

« Si tu veux, trouve-moi autre chose. Vas-y.
Mais fais vite, ne traîne pas en route, parce que je
commence demain, je commence demain chez elle,
désolé. Et je suis très bien payé. »

Elle le fixa longuement pour tenter de découvrir
ce qu'il cachait, sans succès. Joël était un bon comédien. Elle avait eu l'occasion de le vérifier plus
d'une fois. Mais à qui allait-il faire croire que cette
histoire de chèque l'avait poussé à une telle extré-
mité ? Que la soudaine frousse de manquer d'argent,
bien réelle au demeurant, l'avait renvoyé à l'âge de
ses culottes courtes, presque tremblant ?

« Elle finira par te l'envoyer, ce chèque. Tu le sais
aussi bien que moi.

— Écoute. Je l'espère. Bon, je n'ai pas tellement envie de parler d'elle. Je suis crevé. J'aimerais pouvoir en être aussi sûr que toi. J'aimerais vraiment. »

Elle alluma une cigarette, tira dessus avant de la lui glisser dans la bouche.

« L'exemple même du boulot d'étudiant à la con, soupira-t-elle. C'est tout ce que j'ai à te dire. Elle n'a pas un chien que tu pourrais promener ? »

Le quartier tout entier était construit sur une large butte et n'avait subi qu'un fort ruissellement durant les quarante-huit heures qu'avait duré le déluge, mais une indéniable odeur de champignon, de soupe herbeuse, leur parvenait cependant du jardin après avoir flotté mollement dans les airs.

« Mais qu'est-ce que ça peut bien te faire ? marmonna-t-il en revenant de la cuisine avec une bouteille de dom pérignon et les deux coupes. Excuse-moi, mais tu n'es pas censée être jalouse, ou alors j'ai loupé quelque chose. »

Pan !

Son compte était bloqué. Sa carte bleue était bloquée. Il voulait être certain qu'elle comprenait à quel point il se trouvait dans une situation merdique. Il ne pouvait même pas se payer le billet d'avion pour débarquer chez sa mère et la secouer comme elle méritait d'être secouée, peut-être même au point de lui dévisser la tête. Il plongea ses mains dans ses poches et les vida sur la table. Quatre-vingt-trois euros et trente-deux cents. C'était toute sa fortune. Tout ce qu'il avait. Tout ce qui lui restait. Et Élisabeth Dorflinger proposait de lui régler une semaine d'avance. De sorte qu'il n'avait pas hésité une minute.

Est-ce qu'elle pouvait comprendre ça ? Est-ce qu'elle pouvait cesser de le considérer avec cet air suspicieux alors que son crâne résonnait encore des coups qu'il avait reçus pour la venger ?

« Ça veut dire quoi ? demanda-t-elle. Que j'ai une dette envers toi ? »

Il s'épongea le front, car il transpirait, avant de ricaner :

« Non, ça ne risque pas. Tu n'as aucune dette envers moi. Je ne veux surtout pas que tu t'angoisses à ce sujet. Rassure-toi. Tout le monde sait que tu ne dois rien à personne. »

Ensuite il lui fit signe pour qu'elle vienne le rejoindre sur le canapé, elle s'installa à côté de lui, s'inclina, et ils avalèrent un peu de poudre à tour de rôle, mais il put constater qu'il l'avait blessée et que la critique qu'il lui avait adressée faisait son chemin. Lorsqu'elle lui demanda de s'expliquer, il répondit qu'il pouvait lui donner un exemple, que le premier exemple qui lui venait à l'esprit concernait son grand-père, Victor Sollens, qui s'était jeté dans le fleuve pour attirer son attention, pour lui lancer un appel auquel elle n'avait toujours pas répondu.

« Ma vieille, c'est un parfait exemple. Tu considères que tu n'as aucune dette envers lui et pour toi, c'est suffisant. Tu as la conscience tranquille. C'est tout à fait typique de toi. Désolé, mais c'est tout à fait ta façon d'agir. Ne prétends pas le contraire. Moi, tu sais, c'est pour toi que je dis ça. Je n'ai rien à y gagner. C'est pas mon grand-père, okay ? »

Elle porta la main à son cœur :

« Quoi ? Comment ? Mais tu insinues quoi, là ? Que je n'ai pas de cœur ? que je suis une espèce de machine ? un glaçon ? Je te remercie. Non, mais je te remercie. Super. En attendant, ne mélange pas tout. Ne tire pas de conclusions totalement débiles sous prétexte que je ne couche pas avec toi. Parce que ça n'a rien à voir. Ça ne m'empêche pas d'avoir des sentiments pour toi. L'un n'empêche pas l'autre. J'espère que tu l'as compris. »

Ils terminèrent chacun leur coupe et s'en servirent une autre. Elle s'enfonça dans son fauteuil. La nuit était parfaitement calme. Elle avait une tonne de travail en retard, des trucs qu'elle n'avait pas rendus, des gens qu'elle devait contacter pour obtenir un document vidéo sur Robert McNamara, mais elle ne se sentait pas le courage de bouger et encore moins de tendre le bras vers ses livres et son agenda.

« Quelque chose ne va pas ? » lui demanda-t-elle, faisant allusion au voile de sueur qui luisait sur sa figure.

Il grimaça pour indiquer que sa migraine ne l'avait pas lâché. Au même instant, ils se tournèrent vers la télé où la police diffusait les portraits-robots d'une bande évadée de prison à la faveur des violentes intempéries qui avaient frappé la région.

« C'est tellement bizarre, tellement étrange, soupira-t-elle. Je ne sais pas si tu te rends compte. Mets-toi à ma place. »

Il la considéra d'un œil vitreux mais se résolut à exprimer, opinant sourdement du chef, l'indulgence qu'il lui accordait sur ce terrain, l'empathie qu'elle

provoquait avec le récit de ses découvertes généalo-
giques et de ses liens de parenté avec la famille
Sollens qui valait son pesant de cacahuètes.

Il fallait bien reconnaître que c'était beaucoup
pour une fille qui ne cherchait que la tranquillité, qui
s'était inscrite à cinq cents kilomètres de chez elle
pour avoir la paix, pour ne plus avoir de parents dans
le jambes, pour ne plus avoir ce poids d'un père et
d'une mère dont le couple avait explosé en plein vol
– après s'être copieusement déchirés sur le dos de
leur unique enfant.

Sa mère qui revenait, pour commencer. Puis voilà
qu'elle avait un nouveau père. Puis un grand-père et
une grand-mère. Et un oncle. Et bientôt une tante par
alliance. Et une petite cousine par alliance. Et une
autre qui était en route. Et il n'y avait pas de raison
que ça s'arrête. Tout ce micmac. Tout cet invraisemblable micmac. Elle frissonna. Il y avait de quoi finir
dans un hôpital psychiatrique, se disait-elle entre ses
dents. Elle se leva.

Elle lui proposa de sortir dans le jardin qu'un
rayon de lune rendait attirant, sympathique, mais il
lui fit signe qu'il était KO. Ça ne lui ressemblait pas.
Quoi qu'il en soit, elle n'eut pas encore l'occasion
de s'inquiéter car un reflet jaillit de l'arbre voisin

« Est-ce que tu as une idée de l'heure qu'il est ?
lança-t-elle en direction du feuillage obscur. Tu ne
vois pas que je suis habillée, crétin ? Alors, va faire
ça ailleurs, d'accord ? Tu es vraiment dégueulasse,
tu sais. »

Elle rentra. Elle avait l'intention d'entretenir Joël
sur la nécessité de rehausser la haie qui les séparait

des voisins et de leur progéniture, mais elle le trouva sur le sol. Il avait roulé du canapé. Il gisait inanimé. « Joël ? » Il cligna des yeux. Il déclara qu'il se payait le mal au crâne du siècle. Que le mieux qui pourrait lui arriver, en la circonstance, serait de regagner sa chambre et de se mettre au lit. Voilà qui lui ressemblait de moins en moins.

Elle le rejoignit au pied de l'escalier, cependant qu'il tâchait d'évaluer la difficulté de la montée, chancelant, d'un œil maussade. Il trouvait qu'il faisait froid. Elle lui donna un coup de main pour l'escalade. Il l'envoya promener lorsqu'elle proposa d'appeler un docteur, un médecin de garde, *et pourquoi pas les pompiers ?* grogna-t-il en lui demandant de s'occuper de ses oignons. Il se sentait juste un peu groggy. Dans un tiroir de la salle de bains, elle trouva plus fort que l'aspirine, un remède contre les règles douloureuses dont il absorba aussitôt trois comprimés, livide, interdit, cramponné au lavabo dans lequel il s'était rafraîchi le visage, en vain.

Le lendemain matin, à son réveil, elle l'entendit siffler comme un pinson dans sa chambre. Puis il entra chez elle sans frapper. Vivant. Ressuscité.

Il était également rasé et coiffé. Elle décida qu'il était inutile de lui demander comment il se sentait. Elle se dressa cependant sur un coude lorsqu'il lui confirma qu'il se rendait de ce pas chez Élisabeth Dorflinger pour lui tailler ses rosiers et qu'elle devait repenser à ce qu'il lui avait dit.

Elle haussa les épaules. Elle n'avait pas besoin de ses conseils. Pas besoin des conseils d'un type aussi brillant. Parallèlement, elle était rassurée de le voir debout sur ses jambes. Elle retomba dans ses oreillers.

Par avance, elle se réjouissait de se retrouver seule, dans le silence parfait de la maison. Non pas, encore une fois, qu'elle eût à se plaindre de la présence de Joël. Au contraire. Mais quelle chance merveilleuse c'était, quel vrai plaisir d'entendre la porte d'entrée se refermer sur ses talons.

Il s'était penché pour lui poser un baiser railleur sur le front.

Très drôle. D'un autre côté, heureusement qu'elle l'avait, s'était-elle dit.

Pendant ce temps-là, Joël avait tourné au coin de la rue et remontait vers le boulevard extérieur avec l'espoir, comme beaucoup sur ce trajet, d'être pris en stop, de se déplacer en restant sur les hauteurs – le tableau en contrebas demeurait surprenant, il ne manquait plus que les gondoles.

La circulation était clairsemée. Mais Joël appartenait au genre de garçon pour lequel on s'arrêtait, à moins d'être myope, si bien qu'il tomba très vite sur une femme qui peignait et vendait des aquarelles – il y en avait des cartons entiers sur les sièges arrière – et qui l'emmena à son rendez-vous à condition qu'ils échangent leurs numéros de téléphone.

Posant un pied sur le trottoir, il promit d'appeler – bien qu'elle eût peu de chances avec la peau grasse, absolument rebutante, qu'elle se payait, sans parler de ses maigres seins de hippie essorée. « Tu ne le regretteras pas », promit-elle en lui clignant de l'œil.

Durant un quart de seconde, il pensa que cette femme plaisantait.

Après son départ, le silence retomba. Des moineaux gazouillèrent dans les branches du mûrier sous lequel il hésitait. Il n'y avait pas âme qui vive alentour. Personne en vue chez les Sollens – bien que plusieurs véhicules fussent garés devant l'entrée –, pas plus que chez sa nouvelle employeuse ou autour des quelques villas disséminées dans les parages. Difficile de trouver un quartier plus calme, songea-t-il au moment où Victor Sollens, par cette étincelante et lumineuse matinée, se matérialisa devant lui.

Sans un mot, le vieux le saisit par le coude et l'entraîna un peu à l'écart, derrière un bouquet de jeunes saules plantés sur le terre-plein au parterre fleuri où ils trouvèrent un banc à l'abri des regards. Ils s'y arrêtèrent. Une fois assis, après quelques secondes de flottement, Victor sourit, puis il tira de sa poche quelques billets de cent et les déposa dans la main que lui tendait Joël.

« J'espère que tu les mérites, fit le vieil homme. Tu sais, je ne te conseille pas de te foutre de moi.

— Ne vous inquiétez pas. Je fais du bon boulot. J'arrête pas de travailler pour vous.

— Très bien. Je l'espère. Ne trahis pas ma confiance. Et rappelle-toi : si tu vois qu'elle a besoin de la moindre chose... »

Joël le rassura. Pas plus tard qu'hier soir, n'avait-il pas réussi son coup en rappelant à Sonia qu'elle avait un grand-père et que la vie ne lui ferait pas ce cadeau tous les jours ?

Victor admit que ce n'était pas rien

« Bon. Continue dans cette voie et tu n'auras pas affaire à un ingrat. Mais agis avec délicatesse, n'est-ce pas ? Allons-y doucement. Quoi qu'il en soit, je pensais que tu pourrais l'amener, la prochaine fois. Élisabeth est d'accord. Je la rembourserais de la journée qu'elle te paye. Ce serait une rencontre impromptue. Nous pourrions déjeuner ensemble. Vois si tu peux nous arranger ça. Ce serait vraiment bien.

— Hum, pas facile ce que vous me demandez là.

— Je double la somme. Tu as l'air de quelqu'un qui a des soucis d'argent. Je connais ce genre de tête. Autrefois, des hommes venaient pleurer dans mon bureau pour que je ne dépose pas leur chèque à la banque. Je les voyais venir de loin. Inutile de me raconter des histoires. Bref, que dirais-tu de cinq billets supplémentaires ?

— Dix.

— Dix ? Mais pour qui me prends-tu ? Dix ? Et pourquoi pas cent ? Six, pas un de plus. Je t'ai aidé à obtenir ce job. J'ai parlé en ta faveur. J'ai évoqué tes talents de jardinier. Remercie-moi plutôt.

— Écoutez. À moins de huit, je le fais pas. Désolé. Je vous l'amènerai pas pour six, monsieur Sollens, pas la peine d'insister. Je vais sûrement pas vous accorder un rabais, sûrement pas. Ça n'a rien de personnel. En général, on me fait pas de cadeaux, alors j'en fais pas.

— Très bien. Parfait. À ce train-là, tu seras bientôt devenu un parfait sauvage. Et sincèrement, qu'elle te fréquente commence à m'inquiéter un peu. La pauvre, c'est tout ce qui lui manque. Un vrai sentimental. Si bien, vois-tu, que je ne vais pas discuter avec toi. Ton prix sera le mien. Alors amène-la-moi.

— Okay. Je vais voir ce que je peux faire. »

Il hocha la tête quelques secondes, puis d'un bond il sauta sur ses jambes et fila derrière les saules pour vomir son petit déjeuner.

Entendant ce qui se passait, Victor ne se précipita pas sur les traces du jeune homme. Il grimaça en tournant les yeux vers le ciel qui resplendissait. Il pensait déjà qu'il faudrait lui fournir une pelle afin de réparer les dégâts.

« Est-ce que ça va ? finit-il par demander prudemment. Une jolie gueule de bois, ma foi. Superbe. Que dirais-tu d'un verre d'eau ? Veux-tu que j'aille te chercher à boire ? Ne bouge pas. Je vais aller te chercher un verre d'eau. »

Joël respira un bon coup puis déclara que tout allait bien et qu'il n'avait pas soif. Ses jambes étaient encore flageolantes mais la nausée qui l'avait anéanti durant une bonne minute l'épargnait à présent. Il s'ébroua.

Plus tard, sans prévenir, il s'effondra au milieu du salon d'Élisabeth Dorflinger qui voyant cela pâlit, perdit complètement les pédales et poussa des hurlements à n'en plus finir jusqu'à ce que Victor – qui avait un bon moment tâché, l'oreille aux aguets, d'en définir l'origine depuis la chambre de Marc où il avait provisoirement installé ses affaires – intervienne et la tire de ce mauvais pas.

Les parents de Joël arrivèrent le lendemain soir. Sonia les conduisit directement de l'aéroport à l'hôpital – relativement préservé, protégé par des sacs de sable qui avaient constitué un rempart assez efficace au plus fort de l'inondation, bien que des traces d'humidité fussent encore visibles sur les murs, à hauteur de mollets.

Vingt-quatre heures après son opération, Joël ne s'était toujours pas réveillé. Il fallait attendre. Hématome extradural. Trépanation. Les médecins n'avaient pas fourni plus d'explications qu'elle n'en avait donné durant le trajet au cours duquel ses passagers s'étaient montrés, le nez collé au carreau, stupéfaits par l'étendue et la sombre beauté des terres envahies par les eaux.

De chaque côté de la route, un miroir sans fin reflétait le ciel flamboyant. Que pouvait-on faire contre toute cette eau ? Dans l'ensemble, les gens avaient envie de baisser les bras.

Sonia ne le laissait guère entrevoir, mais elle était totalement effondrée. N'importe qui se serait interrogé sur sa capacité à conduire une voiture, dans l'état où elle se trouvait, entourée de ses deux effroyables passagers. Elle se sentait groggy. Elle se mordillait la lèvre tandis qu'ils se chamaillaient dans son dos à propos de l'hôtel ou Dieu sait quoi. Si bien qu'elle enclencha son lecteur pour écouter le fameux *I'm not there* de Bob Dylan que Joël lui avait téléchargé une semaine plus tôt, ainsi que l'album des Baby Shambles et Catpower qu'ils appréciaient tous les deux. Une véritable marque d'attention, une pure marque d'attention – aussi extraordinaire que c'était. Elle serrait les dents, mais elle était bouleversée. Elle se sentait responsable – *plus ou moins* responsable.

S'il avait reçu un mauvais coup, durant cette bagarre, c'était sa faute à elle. Uniquement sa faute à elle. Il s'était battu pour elle, sans tergiverser. Sans hésiter une seconde. Et, à présent, il était placé en salle de réveil et ne se réveillait toujours pas.

Ils avaient choisi le Hilton. Sonia les y accompagna après leur courte visite à l'hôpital – ils s'engouffrèrent dans le hall illuminé du vénérable palace tandis que, plantée sous la marquise, elle ouvrait son coffre à bagages.

Souvent, il valait mieux ne pas avoir de parents, se disait-elle. Souvent, ils constituaient de si pénibles boulets à traîner. De telles montagnes que ça flanquait le vertige. Joël n'avait pas menti. Son père et sa mère étaient de vrais connards. Mais elle se sentait de son côté si fautive, si coupable, qu'elle aurait pu les supporter mille fois.

« Eh bien, permets-moi de te féliciter, lui dit Josianne. Tu as un sacré courage. Surtout la mère. Je plains ce garçon, tu sais. Je le plains de tout mon cœur. Toi aussi, par la même occasion. Je parie que le père ne vaut guère mieux. »

Josianne avait des cernes sous les yeux en raison des heures qu'elle faisait à l'hôpital, de l'aube au crépuscule, afin de combler le manque de personnel – trois infirmières privées de voiture, deux autres coincées chez elles par la fermeture des écoles – et s'associer à la grande activité qui régnait dans les différents services.

« Personne ne sait quand il se réveillera, ni s'il se réveillera, reprit-elle après avoir serré une des mains de Sonia dans les siennes. Que tu viennes passer ton temps ici ne sert à rien. Tu le sais. Tu le sais très bien. Et puis je suis là. Je peux t'avertir aussitôt s'il se passe quelque chose. Dès qu'il y a du nouveau. Tu peux avoir confiance en moi. »

Sonia n'en doutait pas. Bientôt, une fiesta allait avoir lieu dans le coin – elle ne pourrait pas y couper – et elle considérait que Josianne serait peut-être la seule personne avec laquelle échanger trois mots et boire un verre au cours de cette future galère. Elle aimait bien le regard de Josianne. Dans le genre décidé, résolu. Elle savait qu'elle pouvait accorder sa confiance à l'infirmière qui allait devenir sa tante par alliance dans un avenir très proche.

C'était au moins ça. Avoir au moins une alliée dans la place. En attendant, Josianne lui referma la main sur une boîte de somnifères, jugeant qu'elle en avait besoin. « Contrairement à moi, bâilla celle-ci, contrairement à moi qui suis déjà morte. »

Elle s'excusa. Désolée pour l'image. Elle exhorta Sonia de ne plus culpabiliser davantage – à moins de vouloir tomber malade – et la raccompagna jusqu'à la sortie. Un groupe d'infirmiers gominés, lamentables, fumaient des cigarettes et les suivaient des yeux.

Enfonçant les mains dans les poches de sa blouse, perplexe, elle regarda Sonia qui traversait l'avenue en direction de sa Volvo. Elle sentait que la jeune fille était encore sous le coup de l'émotion. Plus bouleversée encore qu'il n'y paraissait, plus déstabilisée. Parallèlement, durant leur discussion, revenant des toilettes vers la banquette de la cafétéria qui avait la réputation, justifiée, d'horriblement coller

aux fesses, elle avait cru distinguer le bref coup d'œil
de Sonia sur sa silhouette, et qu'elle n'ait pas jugé
indispensable d'en parler ne signifiait rien. Qu'elle
n'ait proféré aucune remarque sur la ligne étonnamment svelte de notre infirmière ne signifiait pas qu'aucun doute ne l'eût effleurée. Pourquoi Sonia aurait-
elle jeté un coup d'œil vers son ventre s'il n'y avait
pas eu, aujourd'hui, d'autre question que celle du
ventre archiplat, mystérieusement plat, qui échoyait à
une jeune intrigante soi-disant enceinte ?

De toute façon, quelqu'un finirait bien par se lancer. Inéluctablement. Certes, elle serait mariée avant,
aucun danger, mais elle ne se réjouissait pas beaucoup de certaines réactions de David lorsqu'elle y
pensait. Sans rien remettre en question, elle appré-
hendait, avec fatalisme, les ambiances un peu
lourdes, affligeantes, délétères qui seraient leur lot
quand Bradge confirmerait la nouvelle. Surtout si
David flairait le coup monté.

8.

Le mariage de David et Josianne arriva très vite et
profita d'une merveilleuse journée. Il se déroula
chez les Sollens qui transformèrent pour l'occasion
le jardin, qui s'étendait en contrebas de la maison, en
petit paradis végétal dont Victor accepta de régler la
note sans broncher. Des tables supplémentaires
furent installées. Tout fut mis entre les mains du
décorateur que leur imposa plus ou moins Catherine
Da Silva sous prétexte qu'il ne pourrait y en avoir
d'autre à moins de vouloir devenir la risée de la ville
entière. Et idem pour le traiteur.

David s'était réveillé tôt. Depuis que la ville
pataugeait dans son cloaque, ce n'était pas le travail
qui l'éreintait et il avait retrouvé la forme. Il se levait
à l'aube pour courir, abandonnant dans son lit une
jeune femme censée prendre bientôt son nom. Il
l'observait avec attention puis rabaissait le drap, feignant d'avoir compris quelque chose. Il pensait à
tout cela durant sa course, il s'interrogeait, tâchant
d'analyser la panique qui le saisissait à l'idée de ce
qu'il allait faire, à l'idée de la peine qu'il allait s'in-

fliger en disant oui. Il priait pour qu'une force supé-
rieure vienne à son secours et lui épargne l'espèce
d'embolie cérébrale qui le frapperait aussitôt qu'il
aurait prononcé son vœu.

Le père Joffrey refusa obstinément de lui fournir
des pilules pour l'aider à surmonter l'épreuve, et
cela d'autant qu'il ne pouvait bénir une telle union.
« Mais je n'ai pas l'intention de m'y opposer, David,
tu sais que je ne vais pas m'y opposer. Quant à moi,
je te souhaite d'aller en paix. Sois assuré de mon
affection. Sincère et entière. Bien que cette femme
soit divorcée et que tu l'aies mise enceinte. Je ne
l'oublie pas. Je te le fais simplement remarquer. Je
n'ai pas besoin de te faire un dessin, n'est-ce pas ? »

L'éclatante lumière du matin avait explosé comme
un geyser de feu derrière les vitraux tandis que le
père Joffrey, souriant, lui posait amicalement une
main sur l'épaule et la lui pressait.

À l'est et à l'ouest de la ville, de nouvelles pompes avaient été installées, d'énormes engins qui aspi-
raient des centaines de milliers de mètres cubes
d'eau et les projetaient dans les airs, au loin, comme
des canons – ce qui avait permis d'assécher le chœur
de l'église et de s'assurer que le plancher de la
sacristie était de nouveau à refaire.

David les voyait également à l'œuvre – elles fonctionnaient vingt-quatre heures sur vingt-quatre, ron-
flaient dans le lointain comme des furies – des
fenêtres de son bureau où la paperasserie s'avérait
endémique bien qu'ils n'eussent plus une seule voiture à vendre. Il avait commencé à compter en jours,
puis il avait compté en heures. Peut-être même avait-

il compté *en minutes*. Et en désespoir de cause, il avait appelé Édith.

Il voulait simplement lui demander son avis par téléphone. Lui demander s'il faisait bien d'épouser Josianne car lui-même était incapable de fournir une réponse intelligible à la question, okay ?, si bien qu'il se sentait autorisé à demander conseil à une amie qui, en tant que femme, pouvait avoir un point de vue intéressant sur la chose. Un simple coup de fil. Le plus simple des coups de fil. Mais, pour finir, il s'était retrouvé à proposer une rencontre – totalement bafouillant, le cerveau totalement explosé – à proposer de manger un morceau ensemble – délire total –, et moins d'une heure plus tard ils se faisaient face dans un bar à sushis, sur de hauts tabourets chromés.

« Tu peux me dire ce que tu en penses. N'aie pas peur. Tout va bien. C'est moi qui te le demande. J'ai besoin d'un regard extérieur, j'ai besoin d'un avis éclairé, tu comprends. Dans la situation où je me trouve. Je sais maintenant ce que signifie d'être aveugle. Ce que signifie ne rien voir. Pour un peu, je paniquerais. Putain. Édith. »

Il soupira.

Dans ce bar à sushis, situé au sommet de l'immeuble Generali, la vue était panoramique et, de quelque côté que l'on se tournât, le paysage offrait de larges étendues liquides que le soleil de midi faisait étinceler par plaques. Édith plaisanta à propos de l'allergie qu'elle avait développée concernant l'eau – lorsqu'elle n'était pas en bouteille ou ne coulait pas dans son bain. L'eau considérée comme abysse. Elle n'en souffrait plus guère, aujourd'hui, mais un tel spectacle, à l'époque, lui aurait gonflé la figure comme une abominable nuée de moustiques. Ils observèrent le paysage durant un instant, puis ils se regardèrent sans rien dire.

David se secoua le premier et déclara qu'à présent il ne lui restait plus sans doute qu'à prier le ciel pour être l'homme de la situation. Cependant, le doute le rongeait.

« Parfois, je pense que je suis trop vieux. Que je n'aurai jamais l'abnégation nécessaire. Parle-moi franchement. Qu'en penses-tu ? Je ne vais jamais savoir m'y prendre, j'en suis sûr. Je sens que je vais tout foutre par terre. Ça me pend au nez. Tu ne trouves pas que ça me pend au nez ? »

Elle ne répondit pas. Elle se doutait que tout n'était pas aussi simple. Mais tout à coup, elle se rendait mieux compte de son état réel, de son état proche de l'égarement, de la panique, ainsi qu'il le disait lui-même, qui l'étreignait, qui ne le lâchait plus dès que la question effleurait son esprit. Elle ne s'attendait pas qu'il fût secoué à ce point, qu'il fût malmené à ce point. Elle voyait les efforts qu'il faisait pour se contrôler, pour ne pas paraître totalement *débile*, et tout cela sonnait tellement *vrai*, malheureusement, qu'elle en était malade pour lui. Elle fut tentée de lui caresser la main, mais retrouva ses esprits *in extremis*.

Elle n'y pouvait pas grand-chose. Les dés étaient jetés. Réussirait-elle un jour à le considérer comme une espèce de frère ? C'était à son tour de ne pas avoir de réponse.

Elle aurait aimé en parler avec Marc. Qu'ils en parlent tous les trois. Mais l'idée, à la réflexion se révélait particulièrement stupide. Et Marc, en ce moment, n'était pas d'humeur. Il avait d'autres chats à fouetter.

« Je sais que je ne peux pas mieux tomber, reprit-il après avoir terminé sa soupe de tofu, je sais que c'est une fille formidable. Je suis attaché à elle autant qu'on peut l'être et je me réjouis de vivre à ses côtés, la question n'est pas là...

— Écoute, David, je suis contente que tu m'aies appelée. Je suis contente de m'apercevoir que nous pouvons passer un moment agréable tous les deux. C'est formidable. Je m'en réjouis. Mais arrête. Arrête avec ça. Ne donne pas de toi un tel spectacle. S'il te plaît. Épouse-la ou ne l'épouse pas, mais *arrête*. »

Pourquoi résistait-il ? Pourquoi s'opposait-il à la volonté de tous ? Que cherchait-il à sauver ? Ils étaient entourés de Japonais silencieux et il se reprocha intérieurement de gâcher leur premier repas en tant que futurs beau-frère et belle-sœur, même si, ricana-t-il à part lui, il y avait de quoi se les prendre et se les mordre.

Qui aurait pu croire qu'un tel tableau existerait ? qu'il verrait ça de ses propres yeux, lui ? Lui, David Sollens, apparemment sain de corps et d'esprit, mais ayant renoncé à Édith et s'apprêtant à épouser une autre femme – de la pure science-fiction.

Tout le monde se demandait comment Josianne avait pu rassembler assez d'énergie pour concilier son travail et la préparation de son mariage – qui reçut fort heureusement le précieux concours d'Irène. Tout le monde était en admiration devant elle, devant l'ouvrage qu'elle avait abattu. Elle était morte, mais en Versace ainsi qu'elle l'avait rêvé. Elle avait des cernes sous les yeux mais elle était resplendissante. Elle allait d'un groupe à l'autre, elle était radieuse. Son cœur battait à toute allure.

Elle avait cru défaillir quand ils avaient signé, quand elle était devenue Mme Sollens, elle avait dû combattre une envie folle de pousser un long hurlement de victoire qui l'aurait transformée en flamme quand il l'avait soulevée dans ses bras, puis avec Géraldine, et en secret elle versa des larmes de joie sur son enfant mort, elle lui demanda pardon et lui promit de profiter de leur nouvelle vie tandis que les invités se laissaient offrir des verres et vaguement examinaient pour commencer les petits-fours.

Vincent Delborde, l'avocat des deux frères, prétendait que l'ambiance à la mairie n'avait pas été fameuse, mais Josianne n'avait rien remarqué sinon qu'elle portait désormais au doigt une magnifique alliance en or blanc dont la simple vue la renversait.

Elle était un peu ivre, bien entendu. Mais elle était encore capable de monter quelques marches. Elle se tourna pour admirer l'assemblée, toutes ces personnes qui s'étaient déplacées pour assister au triomphe d'une fille qui l'avait amplement mérité – et qui n'avait rien fait d'autre que d'employer les armes en circulation dans ce vaste monde où il faut se débrouiller pour survivre. Elle regarda son tout récent mari qui discutait avec son frère au milieu des hortensias. Elle ne savait pas ce que c'était, mais elle

aimait cette musique, du moins ce morceau inter-
prété à la scie musicale par un génie. Au-dessus
d'elle, la maison lui semblait deux fois plus grande.

Elle monta. À mi-hauteur, se tenant à la rampe
tiède, elle croisa Catherine Da Silva. Qui l'embrassa
– mais difficile de savoir à quoi s'en tenir avec cette
femme. Qui l'embrassa en lui soufflant à l'oreille
« *jolie prise, ma jolie, jolie prise, toutes mes félicita-
tions...* », avant de poursuivre sa descente, un très
espiègle sourire aux lèvres – et vraiment trop en
V.Westwood, de l'avis même de Josianne. On pouvait voir les choses ainsi, se disait-elle. On pouvait
voir la vie comme un exercice de pêche et les
hommes comme des canards en celluloïd. Ça ne la
gênait pas. Elle n'y voyait pas d'offense.

Elle s'attarda un instant contre la balustrade qui
surplombait le jardin. Elle désirait prendre son temps.

Non qu'elle n'eût point connu cette maison dans
ses moindres recoins. Non qu'elle se fût privée de
l'arpenter avec le cœur étreint tant elle désirait hier
encore y trouver sa place.

Aussitôt qu'elle posa un pied à l'intérieur, elle
sentit la différence. Elle remarqua sans peine comme
tout était plus accueillant, plus doux, plus respec-
tueux que lorsqu'elle n'était que cette fille qui couchait avec David Sollens – rien, autrement dit, rien
de rien, une parfaite étrangère, une poussière.

Elle s'installa sur le canapé. Croisa les jambes.
Alluma une cigarette – elle ne fumait, pour ainsi
dire, que dans les grandes occasions. Elle ne voyait
ni n'entendait les quelques convives qui s'attardaient
par là, un verre à la main. Elle était sur un nuage.

Elle ressentait une telle ivresse qu'elle se demandait comment elle allait pouvoir la dissimuler, comment elle allait faire pour ne pas vendre la mèche. Une véritable extase. Elle se sentait tellement bien. Depuis combien de temps ne s'était-elle pas sentie aussi bien ? Elle n'avait pas assez de ses deux mains pour compter.

Plus rien ne pouvait lui arriver. Le miracle avait eu lieu. Et puis quelles preuves aurait-il qu'elle lui avait menti ?

Lorsqu'il la rejoignit, elle le serra contre elle, sans lui fournir de plus amples explications. Victor fit signe à un type qui vint les prendre en photo. Dès qu'ils furent de nouveau seuls, il s'en fallut d'un cheveu qu'elle ne lui dise la vérité pour ne pas sup-porter ce fardeau plus longtemps, mais elle se dégonfla. Elle se dégonfla lamentablement. Rien ne viendrait lui gâcher cette journée.

Irène lui donna raison. Pas de précipitation. Chaque chose en son temps. On aurait dit qu'elle s'inquiétait davantage, à présent, des réactions de son fils et qu'elle n'était *vraiment* pas pressée de brûler les étapes.

« Quoi qu'il en soit, je pense que tu devrais me laisser en dehors de cette histoire... Nous avons tous à y gagner, crois-moi. Il n'appréciera sans doute pas d'apprendre que nous étions complices. Déjà le mot. Enfin, bref. Tu sais comment sont les garçons avec leurs mères. C'est extrêmement complexe. C'est une chose que je ne peux même pas t'expliquer. »

Irène portait un tailleur blanc, résolument opti-miste. Si l'on faisait abstraction du délicat problème évoqué à l'instant avec sa toute nouvelle belle-fille, elle s'estimait plutôt satisfaite, se sentait d'humeur plutôt rayonnante. C'était idiot, bien sûr. Cet homme n'était certainement qu'un de ces flatteurs prêts à tout pour décrocher un job. Mais il y avait des rides que Bradge ne pouvait enlever d'un coup de bistouri. Et ces rides étaient à la disposition d'un inconnu qui passait et qui pouvait les effacer d'un souffle, d'un sourire un peu appuyé. Renversant. Absolument incroyable. Elle aurait aimé pouvoir dire à Josianne ce qu'elle avait ressenti. En discuter avec elle. Et parallèlement lui apporter la preuve qu'une femme vibrait toujours en elle, au cas où celle-ci en aurait douté. Malheureusement, c'était impossible. La plus élémentaire prudence invitait à la plus grande discrétion concernant ces sujets cuisants. On regrette toujours d'en avoir trop dit.

La présence du père Joffrey avait sans doute rendu l'ambiance un peu plus bizarre qu'elle n'aurait dû l'être. Mais enfin, ce n'était pas une excuse. Pas plus que l'état d'excitation dans lequel la mettait le mariage de son aîné. Aussi, quelle main invisible l'avait donc poussée à accepter de recevoir le père Joffrey et son menuisier de bon matin ? L'homme, un blond au physique agréable, aux lèvres pleines – à peine de l'âge de ses fils, estima-t-elle d'un bref coup d'œil –, ne l'avait pas quittée des yeux durant tout l'entretien.

Et elle avait fondu. Elle avait cherché le premier siège en vue pour s'y asseoir tandis que le père Joffrey s'interrogeait tout haut sur ce que coûterait un beau parquet de chêne clair qui en même temps ferait honneur aux...

Naturellement, rien ne pouvait s'ensuivre. Elle avait mis fin à l'entrevue sitôt que possible, les raccompagnant à la porte en baissant les yeux et en serrant les pans de son peignoir de bain juste sous son cou, comme une demeurée. Mais qu'importe. Il n'emportait pas tout. Le hardi menuisier lui laissait un superbe cadeau dont elle jouissait encore quelques heures plus tard, au cours de sa garden-party ensoleillée qui se déroulait à merveille.

Il fallait juste qu'elle ignore Édith. Faire comme si elle n'était pas là. Tout en la tenant à l'œil.

Durant le bref discours que Victor prononça, un micro à la main, pour souhaiter à son fils tout le bonheur possible, et autant à Josianne bien entendu, Irène observa Édith qui elle-même se demandait comment Irène réagirait lorsque viendrait son tour avec Marc.

Édith n'imaginait pas parvenir à un tel résultat. Avoir une aussi bonne ambiance. Il faudrait pratiquement à coup sûr déchanter. Étant donné qu'Irène ne lui pardonnerait jamais, il ne fallait pas s'attendre à une amélioration sensible dans les prochains jours.

Victor resta un moment figé, à regarder sa femme. « *Est-ce qu'elle rajeunissait ?* se demandait-il avec angoisse. *Est-ce qu'il était condamné à voir ça, Irène qui rajeunissait et devenait de plus en plus attirante ? Tandis que lui décrépitait.* »

La veille, à l'aube, il avait fermé son ordinateur en la voyant apparaître en haut de l'escalier. De l'angle du salon qui le tenait caché, il avait observé cette femme qui surgissait de la pénombre et sa gorge s'en était brutalement nouée. Combien de temps lui restait-il à vivre ? À combien était le précipice ?

« Eh bien, tu es resplendissante, lui déclara-t-il. Laisse-moi te dire que tu es tout simplement ravissante. Le blanc te sied à ravir, comme d'habitude. Mais quelle belle journée, dis-moi. »

Irène était obligée de constater que les compliments de Victor ne lui faisaient pas le même effet que le regard du menuisier. Elle en tremblait encore de ce menuisier à la gomme. À présent, elle lui en voulait de l'avoir mise dans un tel état, d'avoir surgi sans prévenir, de lui avoir fait subir ce qu'elle avait subi, venant d'un inconnu, venant d'un homme en *combinaison de travail*, venant d'un homme au sourire un peu bestial, voilà qui presque la mettait en rage rien que d'y penser. L'impudence qu'avait eue ce gars, la suffisance dont il avait fait preuve... et pourtant, quel sourire magnétique, au bout du compte, se disait-elle, passablement stupéfaite.

« Rend-toi utile. Apporte-moi un verre » répondit-elle à son mari qu'elle trouvait, par moments, *absolument* insupportable, *monstrueusement* envahissant. Depuis que sa secrétaire, Valérie Ardentropp, cette chère Valérie, soignait sa dépression dans une clinique où Bradge avait les mains libres, Irène s'inquiétait de la présence quasi permanente de Victor à la maison, et le moment, songeait-elle, viendrait où il faudrait mettre le holà. Où elle ne pourrait plus le supporter. Jamais elle ne lui pardonnerait de l'avoir abandonnée.

Au moins, il servait les martinis-gin à la perfection. Comme il s'éloignait, elle se demanda s'il avait
toujours besoin de sa canne ou s'il avait ajouté un
ustensile à sa panoplie de vieux séducteur attardé.
Qu'était-il allé se mettre en tête depuis le rapport
qu'ils avaient eu l'autre fois, dans son appartement,
alors qu'elle était vraisemblablement sous l'emprise
de l'alcool, dans une sorte de regrettable état coma-
teux ?

Rien de bien fameux, autant qu'elle s'en souvenait.
Peu après, les pluies avaient commencé, le ciel s'était
obscurci et c'était à peu près tout ce qu'il y avait à en
dire. Un rapport placé sous de mauvais auspices. Il
n'y avait donc rien à en attendre. Elle ne comprenait
pas quelle assurance, quelle autorité il en tirait. Le
pauvre avait-il encore toute sa tête ? Croyait-il avoir
gagné un droit sur elle, obtenu une position plus favo-
rable, ou avoir pris l'avantage à l'occasion d'un aussi
peu mémorable et signifiant exercice ? Quoi qu'il en
soit, elle se faisait fort de le ramener à la raison. S'il
s'était mis de folles idées en tête, elle l'aiderait aimablement à s'en débarrasser.

Des palmiers avaient été disposés ici et là et dis-
pensaient une ombre douce – sinon, d'adéquates
ombrelles étaient à la disposition des peaux sensibles
ou simplement sujettes à la paranoïa cancérogène –
tandis que circulaient d'excellents petits-fours et
d'autres petites choses plus compliquées dont ces
impayables Japonais ont le secret. La ville alanguie
s'étendait en contrebas, glougloutante, et une bonne
part des conversations traitait de ce phénomène, au

demeurant parfaitement néfaste au bon déroulement des affaires, inutile de le préciser.

Catherine Da Silva venait de publier un édito terrible sur le nouveau problème qui émergeait, s'imposait de jour en jour, constitué par les centaines de milliers de tonnes d'ordures et de détritus qui s'entassaient au milieu des rues et qui profitaient de la décrue pour grandir – du bois, des portes, des meubles, mais aussi des télés, des frigos pleins, scotchés, des congélos remplis de nourriture que les pannes d'électricité avaient avariée et qui commençait à pourrir devant d'affreux petits pavillons, dans des allées, des cours d'immeubles, derrière des palissades, plus rarement dans les quartiers où étaient garées les grosses cylindrées car ceux-là mangeaient essentiellement de la verdure et évitaient les surgelés dans la mesure du possible. La mairie réfléchissait à un endroit ou l'on pourrait stocker ces immondices avant des les trier et les faire incinérer, mais la manière dont Bush avait géré le problème à La Nouvelle-Orléans s'avérait un exemple du genre en comparaison. Les partisans du maire eux-mêmes le reconnaissaient : la crise n'était pas traitée au mieux. L'homme qu'ils avaient contribué à faire élire allait-il continuer à les décevoir ?

Irène ne s'intéressait pas à la politique. Trop grossière à son goût. Contrairement à Marc dont elle lâcha le bras au moment où il se lançait dans une critique véhémente de l'administration de cette fichue ville.

Elle ne voulait pas entendre ça, fût-ce de son fils. Qui n'y échapperait pas et deviendrait aussi ennuyeux

que les autres. Ils avaient défilé à sa table si longtemps. Victor les avait invités des centaines de fois à
l'époque. Quel intérêt, aujourd'hui, aurait-elle pu
nourrir pour la chose après avoir entendu ce qu'elle
avait entendu, vu ce qu'elle avait vu ?

Elle préférait la compagnie de ceux qui plaisan-
taient, prenaient du bon temps, appréciaient cette
journée magnifique – elle attrapa la taille d'Élisabeth
Dorflinger qui riait aux éclats pour une raison inconnue, félicita le jeune gars au crâne rasé qui s'occupait
de la musique, embrassa Roberto, but un autre martini-gin, se promena d'une table à l'autre, insou-
ciante, euphorique, mariant l'un de ses fils –, jusqu'au moment où elle se rendit compte que cet
homme, ce charpentier ou Dieu sait quoi, occupait de
nouveau son esprit. Qu'elle était carrément *ailleurs*.

Légèrement horrifiée, elle se secoua. Levant les
yeux, elle aperçut Édith qui parlait avec David et
cela suffit à faire bouillir son sang maternel, tout à
fait ce dont elle avait besoin pour remettre ses idées
au clair, mais cela ne la distrayit qu'un moment et
l'image du menuisier la poursuivit de plus belle.

Le plus dur consista à se volatiliser, à s'éclipser
sans attirer l'attention. Elle s'y employa avec talent.
Contourna la maison en évitant les rencontres, les
questions éventuelles. En revanche, il y avait tant de
voitures garées devant la maison – et tant de mal éle-
vés, tant d'imbéciles – qu'elle perdit une seconde
tout espoir de parvenir à sortir la sienne.

Sonia, qui remontait l'allée, lui déclara que la voie
était libre – à condition de frôler quelques méchants
rétros, ajouta-t-elle sur un ton lugubre.

Mais Sonia était un moindre mal. Sonia avait visiblement bien assez de ses affaires pour se mêler de celles des autres. Avec son petit ami dans le coma. La pauvre fille. Irène la remercia pour l'information et se dirigea vers sa voiture sans ajouter un mot, la gorge sèche. Comme si une arme était enfoncée dans ses reins.

Mettant le contact, elle se demanda si elle était devenue folle.

Victor la guettait. Son absence l'avait rendu un peu nerveux mais elle pointa le bout de son nez avant qu'il n'y tînt plus et ne partît à sa recherche.

Les occasions étaient si rares. La situation était encore si confuse. Il y avait un tel vide à combler. Vingt ans. Il ne lui en restait plus autant à proposer. Pouvait-on, en toute justice, lui reprocher certaine impatience ? Faisait-il preuve d'un empressement incompréhensible, injustifié, déplacé ?

Irène, par chance, n'était pas dans les parages, prompte à le retenir, à tempérer son enthousiasme, mais il se fit violence lui-même, baissa la tête et attendit qu'elle parvienne à sa hauteur pour se manifester. Car c'était une chose que Sonia ne semblait guère apprécier. Qu'il devienne collant. Qu'il devienne embarrassant. Elle lui avait fait comprendre qu'il fallait qu'il garde ses distances, alors il se méfiait désormais. Il ravalait la joie profonde qu'il éprouvait à la voir. À la sentir. À l'écouter. À échanger quelques mots avec elle.

Il trouva qu'elle avait mauvaise mine. Il lui dit : « Comment va ma petite Sonia ? Bon sang, ma pauvre chérie. » Les nouvelles de son jeune ami n'étaient pas bonnes. Toujours pas sorti du coma. Tout le monde était au courant. Il lui prit une main et la pressa entre les siennes. Ça, il pouvait. Ce genre-là pouvait encore passer. Ça, il pouvait à la rigueur. Et il ne s'en priva pas. C'était monstrueux de penser que l'accident de Joël s'avérait bénéfique, que l'accident les avait rapprochés, sa petite-fille et lui – il s'était arrangé pour la croiser à l'hôpital, prétextant qu'il venait aux nouvelles, avait en outre démontré sa compassion par le biais de fréquents coups de téléphone desquels il puisait la saveur de quelques mots de sa part –, oui c'était monstrueux, bien sûr c'était monstrueux, mais c'était la réalité, c'était ainsi.

« Je suis désolé pour toi, ma chérie. Pour lui aussi, j'entends. Tu sais que s'il y a quoi que ce soit que je puisse faire, je le ferai. Tu peux compter sur moi. Par exemple, n'hésite pas à m'appeler si tu veux quelqu'un pour t'accompagner. Surtout, n'hésite pas. Rien n'est plus sinistre qu'un hôpital. Rien n'est plus terrible. Ces cris, ces odeurs infernales. Fichtre. Ne me dis pas le contraire. Tu sais, écoute-moi : ne t'impose pas une épreuve trop difficile. Ne repousse pas sans fin la main qui ne cherche qu'à t'aider. Surtout si c'est la mienne. »

Elle se força à sourire. Sans doute s'était-elle sentie un jour en meilleure forme, soit, avec une meilleure mine, elle en convenait, mais elle rassura le vieil homme qui était en train de lui transformer la main en charpie :

« Merci, mais je crois que je vais tenir le coup.

Merci, vous êtes gentil. Je crois que je vais me débrouiller toute seule.

— Quand vas-tu te décider à me tutoyer ? soupira-t-il. Ce n'est pourtant pas grand-chose. Franchement ce n'est pas une demande astronomique. Ne me dis pas que je te déplais à ce point. Ne me foudroie pas sur place. »

Le pire était lorsqu'il essayait de l'embrasser. Non qu'elle conçut à son égard une aversion particulière, comme il le redoutait. Le problème, au contraire, venait de l'indifférence complète qu'elle éprouvait à ce contact, de l'absence de sentiment, de chaleur, d'étincelle, que les lèvres de son grand-père auraient dû provoquer sur sa joue. Elle se figeait. Au dernier moment, elle fermait les yeux, mais le miracle ne se produisait pas. Durant une seconde, il la changeait en statue, électrisée par le néant. C'était tellement lamentable. C'était la honte de cette pauvreté sentimentale, de ce désert affectif, qui lui sciait les jambes et la changeait en poupée de chiffon entre les mains de son aïeul.

Ces choses ne se commandaient pas, il fallait être un peu obtus pour penser le contraire. Les efforts de Marc, son père, vis-à-vis d'elle, pour se montrer concerné, témoignaient de la dimension pathétique d'une telle entreprise. Marc Sollens. Son père, donc. En voilà un dont le cœur n'avait pas explosé sous le choc. En voilà un qui ne se mouillait pas trop et gardait courageusement ses distances.

« Marc n'est pas un démonstratif, avait avancé Victor. Lorsque je l'appelais, il partait en courant. Dès que je faisais mine de l'embrasser, il rentrait la tête dans les épaules, fermait les yeux et grimaçait comme si le plafond allait lui tomber sur le crâne. Que peut-on espérer d'un individu pareil ? Enfin, je pense qu'il tient ça de sa mère. Irène a toujours eu horreur des effusions.

— Ceci dit, je m'en fiche. Cette histoire me saoule complètement. Je m'excuse, mais il y a beaucoup plus grave. Il y a beaucoup plus important en ce moment. Je ne me le pardonnerai jamais, pour commencer. Je le jure. Et s'il ne se réveillait pas ? Vous savez, je ne peux même pas l'imaginer. Je ne peux même pas me le *représenter*. Je me dis que c'est impossible. Qu'une telle horreur ne se peut pas. »

Elle se souvenait de cette conversation. Entre-temps, l'état de Joël ne s'était pas amélioré d'un pouce et l'espoir faiblissait. Les médecins pensaient qu'au mieux il allait devenir un légume. Charmant. C'était épouvantable. Mais tout, sauf qu'il meure. Tout plutôt que d'avoir *sa mort* sur la conscience. Le légume plutôt que la mort. Oui. Oui. Mille fois oui. Elle ne reviendrait pas là-dessus. Et cependant, elle se sentait débile.

Victor lui proposa une coupe de champagne mais elle préférait ne pas boire.

« Est-ce que tu comptes te laisser mourir ? lui demanda-t-il.

— *Pardon ?*

— Ce n'est pas ce qui le remettra sur ses jambes. En aucune façon. Tu le sais aussi bien que moi. Alors ne joue pas avec ta santé. La santé est notre seul capital. Je te parle en connaissance de cause. Tu fais quoi ? Tu fais la grève de la faim ? Je te trouve bien pâle, tu sais. Écoute, je vais te préparer un plateau. Ne bouge pas. Plutôt salé ou plutôt sucré ? »

Après avoir embrassé Édith, elle aperçut David qui souriait étrangement dans le vide. Elle ressentait à peu près la même chose pour son oncle – le gars qui venait de se marier et qui visiblement ne comprenait pas ce qui lui arrivait – que pour son grand-père. Autrement dit, rien. Absolument rien. Aucun frémissement notable. Pas plus de sentiment pour l'un qu'elle n'en éprouvait pour l'autre. Cette seule pensée la mettait dans une rage folle contre sa mère. Pour l'avoir placée dans cette situation. Pour l'avoir trahie depuis le jour de sa naissance. Jusqu'à aujourd'hui où elle était sommée de se comporter en bonne fille avec les membres de cette famille qui se révélait être soudain la sienne. Et elle n'avait pas droit de se sentir furax ? Elle devait garder son sens de l'humour ?

Over the Rainbow. La sublime version d'Israel Kamakawiwo'ole. Celle qui arrache de vraies larmes de bonheur tant sa beauté est renversante, lumineuse et profonde. Cette version-là (*Over the Rainbow/ What a Wonderful World* in *Facing Future,* chez Bigboy Records). Sonia sursauta dès les premières mesures et jeta un coup d'œil vers le type qui s'occupait de la musique. Elle adorait tant ce morceau que conséquemment, en toute logique, celui qui le programmait avait déjà parcouru la moitié du chemin qui conduisait à son cœur, ça ne loupait pas.

Elle ferma les yeux. La musique était bien le meilleur de tous les remèdes. La bonne vibration. La bonne résonance. Le bon souffle. Mais elle devait faire une croix sur le DJ. Ne même pas chercher à croiser son regard. Ces jeux étaient terminés. Il y avait d'autres priorités, désormais. D'ailleurs, elle ne comptait pas rester longtemps.

« Tu dois garder confiance, insista Josianne. Tu sais, j'en ai vu quelques-uns dans cet état et j'ai toujours su lesquels allaient nous quitter très vite et lesquels allaient s'en sortir. Je ne sais pas si c'est un don. En tout cas, ton ami ne passera pas de l'autre côté. Je le sentirais, sinon. Je le sentirais, crois-moi. Je me suis très rarement trompée. »

Il y avait plus désagréable que de se sentir serré dans les bras de Josianne, respirer son parfum et tâter du coussin moelleux de ses deux obus, même pour une femme. L'endroit était réconfortant. L'endroit rappelait la tiédeur du lit un dimanche matin. Sentir des bras autour de soi relevait de la bonne vieille méthode, du bon vieux remède – se résolvait à croire cette pauvre Sonia –, plus efficace qu'une boîte entière d'oméga-3. Par chance, le plus puissant des analeptiques était à la portée de toutes les bourses : juste deux bras compatissants.

« Mais attention, lui souffla Josianne à l'oreille Écoute-moi. Pour avoir vécu plusieurs années avec un handicapé, je dois te mettre en garde. Réfléchis bien à quoi tu t'engages. Parce qu'il te pourrira la vie d'une manière ou d'une autre. C'est la seule certitude que tu peux avoir. Il te poussera à bout. Et tu finiras par le haïr. Tu ne pourras pas faire autrement. Il n'y aura pas de happy end. »

Sonia s'écarta pour la considérer plus tranquillement mais le soleil, qui étincelait de toutes parts, l'empêchait d'y voir très clair.

Personne, ici, ne se mettait à sa place.

À quelques pas de là, Édith observait le tableau. Sonia dans les bras de Josianne. Comme si elles étaient de vieilles copines. Elle se sentait un peu mélancolique. Pour dire la vérité. À cause de ce mariage, bien sûr, avant tout. Elle avait l'impression qu'une page se tournait, qu'on lui appuyait légèrement sur le cœur. Pourquoi le nier ? Pourquoi se raconter des blagues ? L'idée qu'à présent David était marié la tarabustait un peu, disons la vérité. Mais le contraire aurait été étonnant. Le contraire aurait été peu vraisemblable.

Elle fit mine de s'intéresser aux paroles de Catherine Da Silva qui avait pris place devant elle, mais son esprit vagabondait et elle revoyait le trio infernal qu'ils avaient constitué autrefois, elle revoyait des éclats de cette vie qui n'avait pas apporté que désolation et défaite, il faut bien l'avouer. À moins de raconter n'importe quoi. Or, la seule, la vraie question était celle-ci : *Qu'avaient-ils connu de mieux, depuis ?* Hum ? D'accord ? Alors soyons sérieux une minute. Avaient-ils connu quelque chose d'aussi violent, d'aussi sidérant, d'aussi essentiel, depuis qu'ils s'étaient quittés ? Comme tout paraissait fade, à côté, il fallait bien le reconnaître. Comme tout semblait périssable.

Elle lui en voulait un peu, forcément. C'était de la pure trahison. De l'abandon pur et simple. Elle se sentait totalement jalouse.

Cela étant, elle reconnaissait ses propres torts. Ses

propres torts étaient considérables. Parfaitement exact. En couchant d'emblée avec Marc, elle n'avait pas facilité la tâche de David. Elle s'était conduite comme la dernière des folles. Faussant le jeu dès les toutes premières minutes – pour la seule raison qu'on n'avait pas oublié que cet homme-là était, et pouvait bien être encore, le meilleur coup de la ville.

La quarantaine avait toutes les allures d'un âge difficile. Objectivement. On y voyait s'affronter des forces antagonistes, des élans s'opposer, des lignes droites se tordre. Rien de très simple ne semblait devoir sortir de tout ça.

Catherine Da Silva arrêta David lorsqu'il passa à portée et l'attrapa gentiment par le cou et lui couvrit la figure de baisers. Ce que Josianne observa d'un œil glacé.

« Mais ce que tu me dis là est carrément *horrible* ! déclara Sonia. Ce que tu dis est *tellement dur*... Waou.

— Je le sais, figure-toi. Je le sais bien. Mais le dire le contraire serait tellement plus simple. C'est ce que tu veux ? Qu'un cinglé vienne te bombarder avec des souris mortes ? Ou qu'il fasse pire encore ? Parce que tu marches sur tes jambes et pas lui ? J'espère que tu ne m'en veux pas d'essayer de t'éviter une chose pareille. J'espère que ça ne te donnera pas une mauvaise opinion de moi. En particulier le jour de mes noces. Bon, je me tais parce que voici ton père. Alors je vous laisse. »

Marc, en effet, se dirigeait par ici. Il avait entendu dire que les parents de Joël étaient arrivés, logeaient au Hilton où ils avaient carrément pris un appartement et qu'ils abusaient de son dévouement, de sa gentillesse.

« J'ai entendu Joël le dire lui même. Qu'ils étaient tarés. Je l'ai très bien entendu. Ce n'est un secret pour personne. Laisse-les donc se débrouiller. Tu n'as pas besoin d'en faire autant. Ils profitent de toi.

— Peut-être. C'est possible. Ça m'est égal. Ce n'est pas grand-chose.

— *Pas grand-chose ?* Tu fais leurs courses, tu fais la cuisine. Ils n'ont jamais vu un restaurant de leur vie, ces gens-là ? Heureusement qu'il y a des femmes de chambre au Hilton, sinon, tu étais bonne pour l'aspirateur, j'imagine. »

Il ricana à demi. Visiblement, il était satisfait d'avoir trouvé quelque chose à lui dire. Ce n'était pas toujours aussi facile.

« Ne t'inquiète pas pour moi, *papa,* lui répondit-elle. Personne ne me force, *papa.*

— Tu as raison. Autant le prendre à la rigolade. C'est la seule façon de nous en sortir. Appelle-moi papa autant que tu veux. Je finirai bien par m'y faire.

— Est-ce que je ne dois pas aider ces gens au maximum ? *Après ce que j'ai fait à leur fils ?* Est-ce que c'est mal de se montrer un peu charitable ?

— Non, je ne dirais pas que c'est mal. Mais je pense qu'il vaut mieux fixer des limites. *Leur* fixer des limites. Parce que tu n'as rien *fait* à leur fils, justement. Je n'arrête pas de te le répéter. Tu n'as rien *fait* à Joël, sors-toi cette absurdité de la tête. Ce ne sont pas tes coups qui l'ont frappé, d'accord ? Tu ne pouvais rien empêcher. Tu ne peux pas empêcher deux hommes de se battre quand une femme est dans le coup. C'est la base.

— Mince. Je crois que je n'ai pas envie d'avoir cette conversation. Mais alors pas du tout. C'est possible d'en changer ? »

L'armée avait été envoyée en renfort, avec leurs camions et leurs canots pneumatiques, et l'air était empesté par l'odeur de carburant brûlé qui se mêlait à celle de la moisissure et des égouts. Mais Irène avait baissé tous ses carreaux, ne se posant même pas la question de la clim malgré la tiédeur moite qui flottait sur le boulevard extérieur où elle roulait au pas.

Avoir la moindre réaction sensée, la moindre pensée claire, lui était impossible. Elle posait un regard distrait sur l'embarras des rues, sur les militaires, les pompiers, les policiers qui s'affairaient, mais rien ne parvenait jusqu'à son cerveau. Deux hélicoptères se balançaient dans le ciel, au-dessus des quartiers qui restaient inondés et qu'il fallait ravitailler, principalement en eau potable. Aux carrefours, lorsqu'ils fonctionnaient, des feux orange clignotaient et leur enfilade montait parfois vers l'horizon, en particulier lorsque l'on se trouvait dans la perspective de l'avenue Stanley-Kubrick qui mesurait bien trois kilomètres de long et s'élevait en s'incurvant à l'ouest.

Elle gardait son calme car elle ne sentait aucune faille dans sa détermination. Elle s'était mise en route et rien ne pouvait l'arrêter. Déterminée à quoi, au fait ? Vers quoi se précipitait-elle ainsi ? Elle n'aurait su le dire. Cela avait presque le goût d'une

expérience mystique, d'une épiphanie. Elle klaxonna
sévèrement un vieux débris qui essayait de se rabat-
tre en force devant elle et elle ne céda pas.

Jamais elle n'avait filé au milieu d'une réception.
Jamais elle ne l'avait fait. Jamais elle n'en aurait été
capable. Au fond, tout cela devenait intéressant. Elle
se jeta un bref coup d'œil dans le rétroviseur. Elle
avait eu raison de se mettre en blanc. Elle avait eu
raison d'adopter cette crème antivergetures, de l'ap-
pliquer quotidiennement sur son visage. Le résultat
était là. Elle avait eu raison d'opter pour le blond
cendré. Cette couleur lui donnait meilleure mine. Il
suffisait de peu de chose, quelquefois.

Elle se gara sous les eucalyptus. Un peu plus bas,
l'herbe luisait encore devant l'église, la terre était
noire, étincelante, gorgée d'eau. Des scouts avaient
sorti les chaises, les bancs, les prie-Dieu, suspendu
les missels sur une corde à linge fixée à cet effet
entre le heurtoir du portail et un cyprès où galopaient
des écureuils poussant des cris aigus de ce genre :
tyouk-tyouk-tyouk. Tout cela respirait le calme et la
tranquillité. L'église du père Joffrey était excentrée,
mais le quartier était réputé pour son atmosphère
discrète, pour ses après-midi silencieux, pour ses
espaces de verdure et son côté un peu cul serré,
ambiance catholique de gauche – les autres, les fous
furieux, habitaient des quartiers beaucoup plus popu-
laires, ou les quelques châteaux du coin que les
guerres avaient laissés debout.

Sur le côté gauche de l'église, de l'autre côté d'un
cloître pourvu d'un jardin carré où poussaient
d'abondantes glycines, se trouvaient la sacristie, puis

son extension, cette fameuse salle destinée à héberger le cours de catéchisme, cette fameuse pièce dont
le parquet subissait le supplice de l'eau pour la
seconde fois en si peu de temps – se transformait en
gondole, vrillait, gonflait, se tordait comme si le
diable en avait pris possession –, *pour la seconde
fois*, presque coup sur coup, comme si le Malin était
vraiment de la partie.

Comment voir la chose autrement ? Quelle force
mystérieuse la téléguidait ? S'apprêtant à emprunter
une piste latérale pour éviter les scouts qui taillaient
quelques bouts de bois avec leur canif dans le but de
fabriquer de rudimentaires pinces à linge pour fixer
des chasubles, des dentelles, des napperons, etc.,
Irène s'arrêta un instant dans l'ombre d'un frêne afin
d'y boire un vermouth. Il faisait très beau. Elle vida
la mignonnette puis la jeta par-dessus son épaule et
marcha vers l'église d'un pas décidé.

Les scouts avaient bien travaillé. Le sol était
encore luisant, mais la place était nette, parfaitement
vide, épongée. Quelques bougies brûlaient sur un
pupitre de fer forgé hérissé de pointes, la lumière des
vitraux dansait plus ou moins sur les murs et le père
Joffrey s'était installé à l'orgue – des touches duquel
il distillait la mélodie de *C'est un rempart que notre
Dieu* – et il était plongé si entièrement dans l'exécu-
tion du morceau qu'il ne remarqua pas Irène qui
hésitait une seconde devant le bénitier avant de se
signer puis de nouveau raser les murs ornés des différentes étapes du chemin de croix.

Elle parvint ainsi jusqu'à la sacristie. Ne sachant
pas très bien si le Seigneur se trouvait dans cette

église à ce moment précis malgré l'ampoule qui brillait au-dessus de l'autel, ne sachant pas très bien si le Seigneur l'accompagnait dans cette étrange équipée – bien que rien ici-bas, comme elle avait fini par le comprendre, ne se faisait sans Sa volonté –, elle frémit en poussant la porte qui la conduisait de l'autre côté.

Il l'attendait. Elle aurait juré qu'il l'attendait. Lorsqu'elle pénétra dans cette pièce dont l'accès était encore à ce jour fermé d'un épais film de plastique translucide, elle eut l'impression de suffoquer. Mais, étonnamment, elle n'en laissa rien paraître. Une foi indescriptible l'animait. Une foi immense en la justesse de l'acte qu'elle allait accomplir, fût-il encore bien vague, très flou, bien au-delà de ce qu'elle était capable d'imaginer.

Sans un mot, elle s'avança vers lui. Les longs accords du cantique résonnaient au loin. L'homme, le menuisier, tenait un solide rabot à la main et elle se fit cette réflexion : « J'apprécie qu'un homme se serve encore de ses mains. J'apprécie de voir que tous ne se sont pas mis à l'outil électrique, moche et bruyant, sans le moindre brin d'âme. J'apprécie vraiment. »

Depuis quand appréciait-elle ce côté manuel chez un homme ? Depuis quand se souciait-elle de l'allure d'un rabot, électrique ou pas ? On nageait en plein délire. Et non seulement ça, mais il était torse nu, et même assez velu, ce qu'elle n'appréciait guère. Et pourtant. Et pourtant. Comment rendre compte de cette terrible attirance, de cet étourdisse-

ment qui la prenait et qui en aurait terrassé plus
d'une ? Qui aurait pu expliquer ça ?

« Je suis venue voir ce plancher de mes propres
yeux, lui dit-elle. Alors, d'après vous, il est fichu,
c'est bien ça ? »

Il n'y avait rien à répondre. Dans le dos du menuisier qui restait sans bouger, son rabot à la main, certaines lames de parquet ressemblaient à des arcs,
d'autres à des pièces de tonneaux. Les yeux de
l'homme étaient sombres. Il semblait avoir de belles
cuisses.

Depuis quand s'intéressait-elle aux cuisses d'un
homme ? Le délire se prolongeait. Un instant, elle
envisagea qu'on l'ait droguée de bon matin, que pro-
fitant de la folie qui régnait dans toute la maison, on
ait versé un truc dans son café. Tant elle agissait
comme une parfaite étrangère, comme une femme
qu'elle ne reconnaissait pas.

Il lui dit qu'ils ne pouvaient pas faire ça ici et que
sa camionnette était garée dehors.

Elle s'étrangla.

« Écoutez, je suis juste venue voir ce plancher »,
bredouilla-t-elle.

L'homme sentait le bois. Il avait une quarantaine
d'années. Elle ne savait même pas si elle en avait
envie. Dans sa camionnette ? Sa *camionnette*, hein ?
Elle espérait qu'ils le feraient à même le sol, sur une
vieille couverture immonde, et qu'il la sodomiserait
pour que tout soit parfait. Lui et tous les gars de sa
bande.

Soit. Elle était nerveuse.

Une porte donnait directement dehors. Il avait la

clé. L'après-midi commençait à peine lorsqu'ils sortirent dans la ruelle et se dirigèrent vers la fourgonnette garée à l'ombre d'une haie de bambous qui l'empêchait de se transformer en cocotte-minute.

Tandis qu'il cherchait ses clés pour déverrouiller les portières, elle se colla à lui, incapable de tenir plus longtemps. Toute molle.

« Hé, doucement, du calme... », gloussa le menuisier qui se révélait chatouilleux. Au-dessus d'eux s'élevaient les bois du parc Molly Bloom – suite à un court séjour que Joyce avait effectué au siècle dernier, dans un petit hôtel de la ville qui conserve une chambre à son nom, comme Oscar Wilde à Paris ou Friedrich Nietzsche dans une pension des Grisons –, essentiellement composé de résineux dont le parfum entêtant évoquait certains produits d'entretien ou désodorisants de l'époque de nos grand-mères.

« Je crois que je vais me sentir mal, gémit-elle tandis qu'il bataillait avec la serrure. Je crois que si vous n'ouvrez pas immédiatement cette porte, je vais me mettre à hurler. Vous m'entendez ? »

Marc était satisfait du mariage de son frère. Il demandait simplement à voir. Il ne faisait pas de pronostics. S'il considérait Josianne, objectivement, et bien qu'il ait eu un peu de mal, au début, avec elle, il tempérait son jugement aujourd'hui et admettait qu'elle pouvait fort bien se montrer à la hauteur, que la chose n'était pas impossible. Il la regardait et, objectivement, songeait qu'il fallait se garder d'un jugement trop hâtif. Cette fille avait les dents longues, certes, mais ne cherchait pas vraiment à le cacher, ce qu'il fallait porter à son crédit. Physiquement, elle possédait d'excellents atouts.

Il ne se serait pas agi qu'ils se retrouvent seuls tous les deux sur une île déserte, ricanait-il. Il conviendrait même, à l'avenir, de ne pas établir de lien trop affectueux entre beau-frère et belle-sœur si l'on voulait s'épargner les ennuis habituels. Mais il était difficile de ne pas penser à la chose quand on voyait Josianne. Il était difficile de ne pas avoir de sourdes pensées.

Ce qu'il voulait éviter à tout prix. Il aurait aimé pouvoir orienter son esprit dans d'autres directions, de temps en temps. Il aurait aimé se sortir ces idées de la tête parce qu'elles étaient pénibles. Et même douloureuses. Il frémissait en pensant où ces histoires pouvaient le mener. Comme de baiser n'importe quelle femme, n'importe quand, n'importe où, n'importe comment. Sans capote. Y penser lui donnait encore des sueurs froides. Sans être foutu d'enfiler la moindre capote.

La veille, il avait ouvert son courrier d'une main tremblante. La rousse lui avait-elle tiré une balle dans le crâne ? Lorsqu'il fut rassuré, il se laissa choir sur une chaise et trembla intérieurement en froissant les résultats du laboratoire qu'il brûla au-dessus de l'évier.

Ce genre d'écart devenait insupportable. Il en avait conscience. Pourquoi ne pas jouer à la roulette russe pour gagner du temps ? En tout état de cause, il n'était plus question de sortir sans un préservatif en poche, dorénavant, règle numéro un – de manière à ce que la faute ne se transforme pas en fracassante catastrophe s'il devait, en pitoyable et navrante créature qu'il était, flancher.

Il releva la tête et s'avisa que son verre était vide. L'instant suivant, Béa surgissait d'un bosquet de jeunes érables au feuillage vermillon – d'autres espèces étaient disséminées çà et là, pour la déco, dans d'énormes pots à roulettes – avec une bouteille de tanqueray.

« Les mariages m'ont toujours, malheureusement, rendue triste, soupira-t-elle. Je n'y peux rien. En tout cas, la fête est réussie, vous ne trouvez pas ? Vous savez, ça commence à me rendre folle de ne pas reprendre le travail. Je me sens inutile. »

Elle lui avait rempli son verre tout en parlant, tandis qu'il se demandait comment elle s'y était prise pour s'emparer d'une bouteille de gin alors qu'une armée de types en livrée se tenaient embusqués derrière le buffet.

« Bientôt, Béa. Bientôt, je vous le promets. Vous savez d'où ça vient, non ? Vous savez à qui nous devons tout ça, n'est-ce pas ? » Elle secoua la tête. « Bien, poursuivit-il. Pas besoin de vous montrer les coupables du doigt, à ce que je vois. Et à moi, donc. Vous ne croyez pas que l'inactivité me pèse ?

— D'un autre côté, je ne sais pas si je vous l'ai dit, mais heureusement que je ne travaillais pas l'autre matin, je ne vous l'ai pas dit ? Eh bien, peut-être que ma sœur serait morte, à l'heure qu'il est. Si je ne lui avais pas inopinément rendu visite, je ne serais pas là en train de m'amuser avec vous. Aucune chance. »

Par-dessus l'épaule de Béa, il considéra l'assistance, toutes ces figures souriantes qui au fond n'en revenaient pas d'assister au mariage d'un des deux frères, que ça estomaquait, surtout avec Édith dans les parages. Vingt ans plus tôt, on les avait pris pour de parfaits demeurés, ce qu'alors ils étaient sans doute. Mais aujourd'hui ? David et lui avaient-ils l'air d'appartenir au clan des vaincus, aujourd'hui ? À présent que le rideau s'ouvrait, quel tableau voyait-on apparaître ? S'ouvrait-il sur un champ de ténèbres ? Avaient-ils effectué un si mauvais parcours, en comparaison de beaucoup d'autres – qui remplissaient les hôpitaux, les prisons et les cimetières –, avaient-ils été aussi mauvais qu'on aurait juré qu'ils seraient ?

Béa était en train de lui parler du suicide manqué de sa sœur, Martine, mais il avait du mal à suivre. Un instant, il pensa carrément à la saouler puis à l'installer sur une chaise longue dans le fond du jardin. Il chercha Irène des yeux mais ne la trouva pas – pour elle aussi, quelque chose arrivait à son terme et il n'aurait pas été mécontent d'avoir un long et muet échange avec elle par le biais d'un seul regard. « Tu ne vivras donc pas le pire de tes cauchemars, aurait-il eu envie de lui dire à cet instant précis. Tu seras épargnée. Tu peux respirer. C'est ce qui s'appelle avoir un coup de chance. Un vrai coup de bol, m'man. J'espère que tu apprécies. »

Mais elle n'était pas là. Peut-être à l'intérieur. Jubilant. Ayant senti passer le vent du boulet. Il l'imaginait très bien. Éclatant de rire sans raison. Se demandant si elle devait y croire. Mais elle n'était pas là, alors tant pis pour elle. Tant pis, elle n'avait qu'à être là, se dit-il, constatant à quel point ils se ressemblaient elle et lui, à quel point il était le portrait craché de sa mère si l'on y regardait d'assez près.

Le discours de Victor eut pour mérite de faire taire Béa qui racontait à présent en détail le lavage d'estomac qu'avait dû subir Martine, les litres et les litres qu'elle avait regurgités durant l'exercice.

Il profita du fait qu'elle se tournait vers l'orateur pour s'éloigner en direction du buffet où il rencontra Sonia, comme on l'a vu, et où ils eurent cette discussion relatée plus haut à propos des parents de Joël qui profitaient odieusement de la situation et la laissaient s'occuper de tout, tel qu'Édith – estimant sans doute qu'il était temps qu'il eût sa part de joies et de contrariétés – le lui avait rapporté.

Il allait devoir intervenir. Dieu sait qu'il savait qu'elle n'allait pas apprécier son intervention. Dieu sait qu'il savait que le meilleur chemin de leurs relations ne passait pas, bien sûr, par ce qu'elle allait appeler *une insupportable intrusion dans ses affaires* et sans doute le dire plus crûment.

Il allait prendre ses précautions. Il y avait entre Sonia et lui un vide si énorme qu'il en venait à douter de le voir se combler un jour. Il y avait une petite fille qui manquait, une enfant qu'il aurait vue grandir. De ce point de vue, David était mieux loti avec Géraldine. Il coiffait, habillait, mélangeait les céréales, racontait des histoires, conduisait à l'école. Tandis que lui se heurtait de plein fouet à une fille de vingt ans que, le matin même, pour ainsi dire, il voyait pour la première fois. Les filles de cet âge, il ne les connaissait pas bien. Les filles de cet âge, il y avait encore peu, il les payait pour qu'elles lui sucent la queue – sinon quelle était leur utilité ? Sans être méchant, quelle était leur utilité ? Il s'avouait totalement incompétent en la matière. Ce n'était pas de la mauvaise volonté. D'ailleurs, il ne demandait qu'à s'améliorer. Peut-être que ça ne se voyait pas, mais il se donnait quand même du mal. Chaque fois qu'il la voyait, il faisait un effort. Il lui tendait des perches qu'elle ne semblait pas vouloir saisir. Enfin, quoi qu'il en soit, il prendrait un maximum de précautions. Il s'emploierait à traiter cette histoire en douceur. À ne pas la froisser, si c'était du domaine du possible. Lorsqu'il irait dire deux mots aux parents de Joël.

Le voyait-elle autrement que comme le type qui baisait sa mère ? Le considérait-elle sous un jour particulier ? Une chose ne faisait aucun doute, c'était une fille secrète. Il ne fallait pas espérer en trouver la clé du premier coup. Lorsqu'il reporta son attention sur son père, celui-ci achevait le discours qu'il avait concocté pour les mariés qui se regardèrent d'abord d'un air stupide puis s'embrassèrent. Et en récompense furent applaudis.

Tandis qu'à deux pas de là, Édith se rongeait un ongle.

Le soir tombait lorsque l'on commença à se demander où était passée Irène.

David et Josianne avaient souhaité terminer la fête en comité restreint, si bien que ceux qui n'étaient pas conviés au repas du soir – et qui composaient la majorité – avaient allumé leurs lanternes et agité les mains par les carreaux en prenant congé. Victor avait été le premier à poser la question. Et il s'était avéré que personne ne l'avait vue depuis un bon moment. Et que le garage était vide

À présent, chacun affichait un air de totale perplexité. Assez tôt avait circulé l'idée saugrenue qu'elle aurait accompagné Sonia à l'hôpital – car on ne voyait pas vraiment d'autre possibilité en d'aussi particulières circonstances. Mais on venait juste de réussir à joindre cette dernière – pas la peine de vivre dans un pays civilisé et d'en supporter les conséquences, si c'était pour avoir des lignes aussi merdiques et des techniciens aussi nazes –, de sorte que cette hypothèse était désormais abandonnée.

Le père Joffrey les retrouva au crépuscule. Assister en plein jour – et ainsi donner à penser qu'on l'agrée – à l'union de divorcés, fussent-ils des intimes, des amis très proches, lui était apparu, amèrement, comme un seuil qu'en toute conscience il ne pouvait franchir, même s'il l'avait encouragée pour des questions de *realpolitik*, mais il n'en avait pas pour autant pris le thé avec Irène, ni même aperçu son ombre au cours de l'après-midi, ni avant ni après les vêpres. Est-ce qu'on essayait de lui faire une blague ? Est-ce qu'elle se cachait pour lui jouer un tour ?

Au bout d'un moment, Victor préféra s'asseoir. On hésitait à passer à table. La soirée n'était pas encore gâchée, mais elle en prenait le chemin. Tandis que sonnait l'heure où la ville qui miroitait en contrebas commençait à craindre, les mines s'éti-

raient, les mâchoires pendaient vers le plancher. Que
sonnait l'heure où la police commençait à contrôler
les identités, à patrouiller, à poursuivre les pillards –
étonnamment agiles : des types s'enfuyaient avec
des machines à laver sur le dos, de préférence des
Miele ou des fours Gaggenau. Quoi qu'il en soit,
bien qu'ils fussent au sec, l'ambiance devenait exécrable chez les Sollens. Et le type qui s'occupait de
la musique semblait suivre le mouvement car on
entendait des trucs qui auraient pu seoir à une veillée
funèbre.

Il y avait de la langouste. Ça ne servait à rien de la
gâcher. Ça n'aurait pas fait avancer les choses. Il y
avait encore des voix qui s'élevaient pour prédire le
retour d'Irène sous peu, dans un avenir très proche,
car on était sûr que rien n'avait pu lui arriver – il fallait arrêter avec cette crise d'angoisse collective, totalement aberrante, totalement disproportionnée, *ne
soyons pas stupide,* insistait Catherine Da Silva,
Irène ne s'est pas volatilisée.

De son côté, Édith ne voyait pas quel intérêt aurait
eu Irène à monter une telle mise en scène. Elle avait
certes appris à se méfier de celle-ci, l'ayant souvent
pratiquée, ayant pu mesurer le degré de duplicité
d'Irène Sollens en diverses occasions, mais elle
commençait à bien la connaître, en contrepartie. Le
mariage de David représentait une grande victoire
pour elle et sa profonde satisfaction n'était pas
feinte. Aucun danger. Aucun danger qu'elle voulût
saboter ce à quoi elle travaillait depuis des jours,
dans l'euphorie la plus complète. Édith était bien
placée pour savoir que quelque chose clochait à pré-

sent – on évaluait l'absence d'Irène à environ cinq ou six heures.

Marc et David étaient d'accord. Ce qui pouvait sembler court se révélait également très long. De concert avec Édith – qui avait la prémonition d'une tuile mais ne voulait inquiéter personne –, ils encouragèrent Victor à signaler sa disparition tandis que Josianne appelait l'hôpital et chargeait la fille du standard de faire des recherches et de la rappeler aussitôt.

« Mes amis, déclara-t-il après s'être entretenu avec Olivier De Watt, le policier le plus haut gradé de cette ville – moins d'une minute pour l'avoir au bout du fil, sur son numéro personnel –, mes amis, je ne pense pas que l'on puisse faire davantage pour le moment. Je suis désolé. Sans doute nous inquiétons-nous pour rien. De Watt s'en occupe personnellement, j'ai sa parole. Écoutez, la nuit est à peine tombée. Ne noircissons pas le tableau inutilement. Mes amis, mettons-nous à table et attendons-nous à la voir surgir d'un instant à l'autre, okay ? Allons ! Qu'on apporte du champagne ! Prenez place, mes amis. Quant à toi, Irène, si tu nous entends, tu es priée de rentrer au plus vite, merci. »

En vérité, il riait jaune. Fixant des yeux sa demi-langouste dont l'œil brillait comme une perle noire et dont la cervelle était fendue en deux et la carapace tranchée au sécateur, il se sentit désemparé.

Avait-elle été frappée par un coup d'Alzheimer et avait-elle erré dans le soleil couchant, sur les routes, pendant qu'ils avaient le dos tourné ? Avait-elle fait une chute dans un fossé et attendait-elle du secours avec une cheville foulée ? S'était-elle endormie sur un parking ? Avait-elle été enlevée contre une rançon ?

Il prétexta l'oubli d'un médicament pour monter à l'étage.

Il entra dans la chambre d'Irène et se coucha sur son lit. Enfonça son nez dans les oreillers. Froissa le fin dessus-de-lit entre ses doigts tout en gémissant.

Puis il s'inspecta dans la glace et redescendit.

Donc, pour commencer, ils le firent dans la camionnette. Et dans l'inconfort, la rusticité qu'elle avait imaginée. Aucune surprise, de ce côté-là. Le soleil de l'après-midi transperçait les bambous et cognait sur le toit, si bien que la température à l'intérieur du véhicule frôlait l'insupportable. Il y régnait une odeur désagréable qui saoulait – colle à base de térébenthine, vernis à bois, produit à décaper ?

Mais quelle expérience ahurissante ! Quelle stupéfiante expérience !

Non pas tant l'aspect sexuel de la chose que ce formidable sentiment de liberté, de détachement, de pure vengeance, de fébrile vitalité qu'elle avait éprouvé au moment où le menuisier la pénétrait sans même prendre le temps de lui ôter sa culotte.

Cet homme la libérait et la vengeait. Voilà ce qui importait. Voilà d'où l'on pouvait tirer une réelle jouissance, d'après elle, voilà qui procurait un très concret, un très réel plaisir – bien plus fort qu'un orgasme provoqué par la chair, selon elle, même si celui-ci n'était pas négligeable à en juger les tremblements, soubresauts, frissonnements qui l'avaient agitée au cours de la minute qui avait suivi.

Ils étaient à bout de souffle, lessivés lorsqu'il se retira d'elle. La chaleur, d'une part, mais pas uniquement la chaleur. L'homme était vigoureux. Elle se mordit les lèvres à différentes reprises pour ne pas crier. Il lui prenait les seins dans la bouche tandis qu'elle se cramponnait aux barres transversales où étaient suspendus scies, ciseaux et autres outils à bois qui se balançaient en cadence.

Il était encore tôt. Rien ne pressait. À côté d'elle, l'homme grognait de satisfaction, les bras en croix. Le temps s'était arrêté, cet instant était magnifique pour ce qui la concernait. Elle pensa avec amusement à la facilité avec laquelle ce parcours s'était effectué, à la distance qu'elle avait franchie en quelques heures quand une vie entière, jusque-là, n'y avait pas suffi. Ce bond considérable qui la bluffait. Elle se demandait ce qui avait pu lui communiquer cette force. De quel charme irrésistible avait usé son compagnon pour l'attirer jusqu'ici. L'idéal aurait été qu'il possédât une glacière et lui proposât un rafraîchissement à défaut d'une salle de bains pourvue d'un bidet.

L'homme tendit la main pour lui flatter la croupe. Ce n'était pas le genre de comportement qu'elle appréciait par-dessus tout, mais elle se sentait d'humeur clémente, bienveillante, conciliante, couchée sur le fond du fourgon, de sorte qu'elle renonça à faire une quelconque remarque, préférant fermer les yeux et songer au moment où elle rentrerait chez elle, galvanisée, mentalement rayonnante, libérée de son mari et de ses fils par le miracle d'une relation sexuelle absolument folle – la veille encore inconcevable, la veille, lorsqu'elle n'était encore qu'une mère de famille, dont le mari était vieux et les enfants avaient de la barbe, mais une famille quand même, aussi effrayant que c'était.

Elle ne retournerait jamais à Victor. À présent, elle en était sûre, et, souriant intérieurement, elle se pencha vers le sexe du menuisier qu'elle prit dans sa bouche.

Un peu plus tard, elle s'aperçut que le jour déclinait en se dressant sur ses coudes. Alors là, elle exagérait. Mais aussi bien s'en fichait-elle. Il était au moins sept heures du soir. On devait commencer à s'inquiéter de son absence – chose qui ne lui déplaisait pas outre mesure. Elle devenait atroce, non ? Elle devenait garce, non ? – la garce qu'elle aurait dû être depuis le début si elle s'était servie de son intelligence, si, au lieu d'écouter son cœur, elle avait d'abord pensé à elle, n'est-ce pas ?

Mais bref. Allait-elle avoir la force de se relever ? Lui restait-il assez d'énergie ? Le constat de son impuissance la fit sourire. Il fallait, se disait-elle, que de telles séances fussent des exceptions dans une vie si l'on ne voulait pas devenir cardiaque. Elle avait entendu parler de ces rapports frénétiques, inextinguibles, pouvant s'étaler sur des heures, sans trop y croire, propos tout droit sortis, sans doute, de l'imagination de quelques filles impressionnables et fichtrement romantiques. Quoi qu'il en soit, le soir tombait, le ciel devenait verdâtre.

Elle déclara qu'elle devait s'habiller, maintenant. À tâtons, elle partit à la recherche de ses sous-vêtements – elle ne voulait même pas imaginer dans quel état se trouvait son tailleur qui avait valsé dans la sciure.

Même à vingt ans elle ne se serait jamais conduite ainsi, même à l'époque de la libération sexuelle. Elle en était époustouflée. Allait-il lui demander son numéro de téléphone ? Sinon, devrait-elle lui demander le sien ? Une main emprisonna sa cheville. Elle faillit pouffer de rire. L'appétit de cet homme était extravagant.

Elle avait son compte, quant à elle. La main que le menuisier glissait à présent entre ses jambes ne l'électrisait plus beaucoup mais elle ne voulait pas non plus se montrer ingrate et la repousser alors qu'il se donnait à nouveau du mal pour stimuler son clitoris. L'horloge de l'église sonna huit heures. Elle se retourna pour lui faire face et lui effleura la joue alors qu'il s'apprêtait à cracher dans ses mains.

« Je suis morte, lui dit-elle. Pas vous ? » Du coin de l'œil, elle remarqua l'érection du menuisier. « C'est le mariage de mon fils, et comme vous savez... euh... il est déjà bien tard. Je dois m'occuper des invités, n'est-ce pas, vous le devinez. Je serais bien restée. Sans aucun doute. J'ai... je... Maintenant que nous avons fait connaissance, eh bien, pourquoi ne pourrions-nous pas.... »

Elle hésita. Et si elle le froissait en lui proposant un rendez-vous dans une vraie chambre, dans un vrai lit, ce qu'elle ne manquerait pas de provoquer s'il avait un goût particulier pour sa camionnette, pour sa vieille couverture, pour ses outils rassemblés autour de lui ou Dieu sait quoi encore, et donc, si elle le vexait ?

« Oubliez ce que je viens de vous dire, déclara-
t-elle en fixant les attaches de son soutien-gorge. Je
ne mets aucune condition à notre prochaine rencontre. Nous pourrions simplement ajouter une
mousse pour niveler les ondulations. Quelque chose
d'un peu civilisé. Mais je ne veux rien vous imposer,
Roger. Que ce soit bien clair. Après tout, nous ne
sommes pas en sucre. »

Elle aurait souhaité qu'il la laisse, à présent, qu'il
se montre raisonnable, mais il était bien évident qu'il
voulait la garder près de lui et perpétuer leur étreinte
durant des heures encore. Il était fou. Une âme de
collégien. Il l'attira contre lui, l'enserra de ses bras
amoureux

Elle avait été charmée au premier coup d'œil qu'il
lui avait lancé. Qui le niait ? Et comme il était bon
de se sentir désirée par un homme qui n'a pas la
moitié de son âge, comme c'était bon et réjouissant.
Comme cette chose-là était bonne et réjouissante. Le
désir d'un homme jeune. Il aurait fallu l'inventer si
ça n'avait pas existé. Voilà qui pouvait remplacer
toutes les crèmes du monde, tous les maquillages en
tubes, toutes les cures, toutes les interventions. Voilà
qui vous vaccinait contre la morosité.

Comme elle avait bien fait de se lancer dans cette
aventure. Comme elle avait bien fait. Comme elle se
félicitait. Quelle libération ! Quel poids en moins !
Quelle bouffée d'oxygène !

Malheureusement, les meilleures choses avaient
une fin, il fallait qu'il le comprenne, il fallait qu'il
soit sage à présent, aussi lui retira-t-elle la main de

ses fesses et lui referma-t-elle ses cuisses car il était
vraiment temps qu'elle se rhabille. Impérativement.
« Vous n'êtes pas fâché, j'espère. » Pour toute
réponse, il lui balança son poing en pleine figure.
Lui brisant le nez.

9.

Lorsque l'aube se leva, ils n'avaient toujours pas de nouvelles. Le père et les deux fils avaient passé la nuit dans le salon, à fumer, à terminer quelques bouteilles susceptibles de chasser l'angoisse qui les tenaillait, à marcher de long en large, à regarder la télé – un documentaire animalier sur les truites et les fermes d'élevage industriel – en mangeant de la pièce montée, à secouer la tête en signe d'incompréhension, à jurer, etc., jusqu'à ce qu'un voile d'or se répandît patiemment à l'horizon, indiquant qu'une nouvelle et terrible journée commençait. L'aube était silencieuse.

Les femmes se reposaient dans les chambres. Marc observa le ciel qui s'embrasait puis miroitait dans les rues transformées en canaux depuis maintenant un bon moment. Les tours du centre avaient la taille de petites bougies d'anniversaire. Au fond, les bois étincelaient, se couvraient de filaments électriques. Des oiseaux s'envolaient des sapins tout proches qui dévalaient le long de la route jusqu'à l'emplacement originel du fleuve.

Il n'avait **pas** besoin de ses jumelles pour voir que les filles avaient décampé. Il bâilla.

Victor et son autre fils occupaient un canapé dans lequel ils semblaient enracinés. Bradge avait laissé une poignée de somnifères mais ils traînaient encore sur la table basse. David fixait l'écran couleur de son téléphone, enfonçait des touches tandis que son père donnait l'impression d'être empalé.

Il n'y avait pas si longtemps, Irène passait par la fenêtre, songeaient-ils de concert. Puis elle avait lancé sa voiture contre celle d'Édith. Aujourd'hui, elle disparaissait. Pour la énième reprise, ils se rembrunirent. Où était-elle passée, cette fois ? Que leur avait-elle réservé ? Quelle fable allait-elle de nouveau leur servir ? Ils avaient beau savoir que ce qui leur arrivait ne différait guère de ce qui arrivait aux autres familles, qu'ils se situaient dans la moyenne – en comparaison de ces interminables légions de cinglés, de menteurs, d'estropiés dont on hérite bien souvent pour voisins –, ils se demandaient si une malédiction pesait sur leur nom.

Marc décida de rentrer. Il y avait toujours quelque chose à faire au garage, ce n'était pas les occupations qui manquaient, mais ni lui ni son frère ne se sentaient en état de s'y rendre, sans même parler des circonstances, sans même tenir compte de cette disparition ahurissante qui les avait achevés.

Ils se donnèrent une accolade molle et furtive cependant qu'un léger brouillard en suspension dans l'air, au-dessus du jardin, s'irisait et que s'éveillaient des grillons

« Beau mariage, vieux. Super. »

David acquiesça en baissant les yeux. Difficile de ne pas penser que sa femme l'attendait là-haut, que *sa femme* l'attendait là-haut, okay ?, et cette simple pensée, cette sidérante évocation, émoussait gravement sa capacité de réaction au monde qui s'agitait autour de lui. *Sa femme* l'attendait là-haut. Voilà qu'il était devenu *propriétaire*, dites donc. Et voilà donc ce qu'il avait gagné : une femme. *La sienne.* Magnifique. C'était magnifique. C'était d'une cruauté inouïe.

Ils convinrent que chacun garderait son téléphone allumé, à portée de main, et que le plus sage pour l'instant serait d'aller dormir, si l'on avait cette chance, afin de reprendre quelques forces.

Ils chancelaient tous les trois un peu, dans leurs smokings.

Ayant récupéré Édith – qu'il trouva en pleine conversation avec Géraldine, dans l'obscurité, à propos de ce qui s'était passé et de l'avantage qu'il y avait à avoir deux pères, en tout cas quelqu'un d'aussi gentil que David pour *second* père –, il fit un peu ronfler le moteur de la Mercedes et son regard se perdit un instant. Puis l'arrosage automatique se déclencha dans le jardin immobile d'Élisabeth Dorflinger.

Quand, en milieu d'après-midi, lasse, elle apprit que sa grand-mère avait disparu, Sonia se morfondait dans un couloir de l'hôpital, adossée à un mur tiède, refoulée de la chambre de Joël par une infirmière inflexible, dans un couloir qui exhalait une atroce odeur de pin, de sorte que la nouvelle ne l'émut pas outre mesure. Loin de là. Elle avait bien pire à affronter. D'autrement plus terrible épreuve à surmonter que la disparition d'une grand-mère qui, par ailleurs, ne lui manifestait pas un intérêt exceptionnel.

Les parents de Joël venaient d'appeler pour dire qu'ils ne passeraient pas aujourd'hui, à moins qu'elle ne vienne les chercher et ne les ramène – elle devait savoir, pleurnichaient-ils, à quel point les taxis étaient devenus rares dans cette fichue ville –, ce que, bien entendu, elle avait accepté avant même qu'ils n'insistent. « Mais attention, il faudra que nous soyons rentrés avant six heures car nous ne voulons surtout pas rater le dernier épisode de *Epitafios*, la nouvelle série sud-américaine, produite par HBO Latin America, et rediffusé sur le câble, d'accord chérie ? Hier soir, nous l'avons loupé. On compte sur toi ? »

Le portier du Hilton commençait à la connaître. Il lui fit signe de se garer en double file et de laisser les clés sur le contact pendant qu'elle montait à l'appartement des parents – à ce point rongée par la culpabilité qu'elle resta un moment à se mordre les lèvres, une fois de plus, avant de se décider à frapper à leur porte. Il n'y avait pas place pour autre chose. Il n'y avait pas place pour une plus ou moins vieille femme disparue – depuis *quelques* heures, alors *pitié !* – qui la considérait encore, du coin de l'œil, avec une sorte d'effroi, de stupéfaction extatique qui aurait pu lui décrocher la mâchoire si elle n'y avait pris garde.

Avec eux, les visites étaient de courte durée. Le père se postait devant une fenêtre et tenait ses mains dans son dos en observant le ciel. La mère s'asseyait. Lors de ses premières visites, elle avait gardé un instant une main de son fils dans les siennes – s'étonnant, sur le chemin du retour qu'elle ne fût pas aussi froide qu'elle s'y attendait, et s'attirant un lugubre *je te signale qu'il n'est pas encore mort,* de la part de son mari.

Dix minutes. Un quart d'heure au maximum. Peu de larmes. Quelques mouchoirs de papier tirés d'un sac Fendi qu'elle gardait sur ses genoux – qu'elle caressait même, quelquefois, lui glissant quelques mots comme s'il s'agissait d'un animal de compagnie.

Ils pensaient à présent que ces visites ne servaient à rien, sinon à leur briser le cœur davantage, et ils commençaient également à penser qu'elle cherchait à les culpabiliser, à leur indiquer l'exemple à suivre en passant sa vie à l'hôpital, au chevet de Joël – ce qui était d'un ridicule achevé –, et ça, ils ne pouvaient plus le supporter.

« Mais pour qui se prend cette gamine ? » s'interrogeaient-ils avec rancœur dès qu'elle avait le dos tourné.

Ils l'envoyèrent chercher des boissons fraîches afin de pouvoir souffler une minute. Le père appuya son front contre la fenêtre. La mère déploya un éventail et soupira. Elle examinait distraitement le moniteur auquel était relié son fils quand elle sursauta.

Quelques minutes plus tard, Sonia remontait le couloir avec les deux sodas, les deux cafés et les deux Esquimaux – quant à elle, impossible d'avaler quoi que ce soit dans cette chambre – et elle faillit laisser tomber tout ça par terre en apercevant un rassemblement de blouses blanches dans la chambre. Un vent de panique la traversa.

Le sang quitta son visage. Puis elle respira profondément, prit son courage à deux mains et franchit les quelques mètres qui la séparaient de Joël – autour duquel le personnel médical formait une compacte et blanche corolle – tel un zombie.

À son approche, l'étrange nénuphar s'ouvrit – on aurait dit une scène réglée à l'avance pour une comédie musicale un peu morbide –, découvrant la mère de Joël qui était assise sur le lit et qui aussitôt se tourna vers elle, satisfaite :

« Te voilà enfin, lui dit-elle. Ton camarade vient d'ouvrir un œil, figure-toi. »

Le soir venait. Fringant, le père avait déclaré que Joël se réveillait au moment où la nuit arrivait, si bien qu'il renonçait à essayer de comprendre son fils et ceux de son espèce, mais cette franche bonne humeur était assez vite retombée.

Marc la réveilla de bon matin. Son père. Lui, il allait se coucher. Ils n'avaient toujours pas de nouvelles d'Irène. Ils avaient alerté la police. Elle cligna des yeux car il faisait grand jour dans la chambre. À son tour, elle l'informa que Joël était sorti du coma mais qu'il n'avait toujours pas dit un mot et qu'il bavait.

« Il *quoi* ? Il *bave* ? »

Elle baissa la tête au bout du fil. Elle revoyait tout à fait bien la mine constipée des médecins qui avaient défilé dans la chambre et plus ou moins exprimé leurs condoléances à la famille.

« Ses lèvres sont paralysées. C'est pour cette raison qu'il bave. Je crois qu'il n'y peut rien, tu sais. Tu ferais sans doute pareil à sa place.

— Oui. Excuse-moi. Au temps pour moi. Mais je n'ai absolument rien contre lui. Je veux que tu saches que je n'ai absolument rien contre Joël. Tu es majeure, tu es libre de coucher avec qui tu veux.

— Tu es en train de plaisanter, j'espère. »

Entre-temps, Odile s'était levée en titubant d'un matelas installé dans un coin – elle trouvait la maison grande pour deux filles seules, inquiétante à la nuit tombée – et nue traversait la chambre en bâillant et en traînant les pieds. Elles échangèrent un faible geste de la main tandis que Marc poursuivait à l'autre bout :

« Je ne vais pas le faire aujourd'hui. Mais certainement demain. J'irai le voir. J'espère qu'on aura des nouvelles d'Irène d'ici là. Enfin, je voulais te mettre au courant. Ça m'a semblé aller de soi. Pas trop fâchée de t'avoir tirée du lit ? »

Ils se quittèrent un instant plus tard. Il raccrocha et leva les yeux sur Édith qui avait décidé de boire un Perrier avant de se coucher – se coucher, avec toute cette eau autour d'elle, y avait-il la moindre chance qu'elle pût dormir, sincèrement – et, perplexe, examinait les deux énormes chiens des Damanti qui grattaient furieusement un endroit de leur jardin – elle finissait par croire que Marc avait raison, les deux molosses étaient aussi stupides qu'ils en avaient l'air – grognant, sautant dans tous les sens, écumant, montrant les crocs, de vrais dégénérés.

« Mauvaise nouvelle, déclara-t-il. Joël est sorti du

coma. C'est donc la plus mauvaise option qui se présente. Il paraît même qu'il bave. Le cauchemar, quoi. Je sens que nous allons au-devant de complications. C'est inévitable.

— Oui. Difficile d'y échapper, on dirait. Je lui ai parlé. Je sais. »

Ils inspectèrent leur jardin en silence. Les vingt-quatre dernières heures avaient été rudes. L'étendue liquide qui s'étalait au bout de leur terrain ajoutait à l'irréalité des épreuves qu'ils traversaient les uns et les autres.

Édith tenait le coup. Elle ne s'approchait pas trop, ne jetait à la chose que de rares coups d'œil, mais ça allait, elle tenait bien le coup. Elle connaissait quelqu'un qui aurait été fier d'elle – quelqu'un qui l'avait tirée du fond d'un trou abyssal et littéralement tenue à bout de bras jusqu'à sa sortie de clinique –, et cette pensée valait son pesant d'or, cette pensée valait une bonne poignée d'euphorisants. Marc ne l'aurait pas reconnue, songea-t-elle en buvant son eau minérale. Maigre et pâle et sans forces, une vraie folle. Il serait sans doute parti en courant. Un type normal n'aurait pas demandé son reste.

« Regarde-moi ces deux abrutis, fit-il en secouant la tête. Qu'est-ce que Marga leur donne à manger ? Uniquement de la viande rouge ? Tous les animaux de compagnie finissent tarés, non ? »

Ils creusaient au pied d'un bosquet. Peut-être y avait-il un vieil os planqué là ou un terrier de lapin abandonné depuis belle lurette – des oiseaux tournaient au-dessus d'eux car ils délogeaient probablement des vers, des lombrics endormis dans les mottes qui volaient en tous sens.

Du bout de l'index, il suivit la colonne vertébrale d'Édith. On entendait *Ship in a Bottle* de Bright Eyes qu'il avait lancé en actionnant la télécommande. Si bien que le dos d'Édith lui sembla magnifique. Il aimait également ses fesses. Glisser la main sous les jupes d'une femme demeurait un grand moment, quoi qu'on en dise. Pour rendre fou, il n'y avait pas mieux. Il gloussa mentalement.

Or, du majeur, il était en train de lui faire mousser la fente – ce qu'elle semblait apprécier, si un battement de cils voulait encore dire quelque chose –, lorsque Gilbert Damanti fit irruption dans son propre jardin – qu'il dévala en direction des chiens, armé d'un club de golf qu'il moulinait au-dessus de sa tête.

Poussant également des hurlements.

Ce qui s'appelait avoir des voisins bizarres.

« Je t'en prie. Ne nous occupons pas d'eux, lui dit-elle. Est-ce qu'on ne pourrait pas monter dans la chambre ? »

Certes, les faits et gestes de Gilbert Damanti éveillaient sa curiosité. Que se passait-il de l'autre côté de la haie ? Elle était à l'affût de ces choses. Elle parvenait toujours à en tirer quelques lignes pour *City*. Mais le désir que Marc avait fait naître en elle ne devait pas être pris à la légère. Paul Balart, son ancien mari, n'était pas resté les bras croisés à la regarder au cours de leur vie commune. Loin s'en était fallu. Il avait réclamé et pris son dû. En application de leurs accords. Enfin, quoi qu'il en soit, en

résumé, elle réagissait vivement aux caresses de
Marc. Elle ne donnait pas l'impression de sortir d'un
couvent perdu dans les steppes. Ce cher Paul. Elle
n'avait jamais pu le détester tout à fait. Il fallait
admettre que le sexe, et rien que le sexe, ne constituait pas qu'une simple force d'appoint mais bien
plutôt un monde à part entière. Il n'y avait jamais
rien eu d'autre entre elle et Paul et pourtant, contre
toute attente, ils avaient pu vivre toutes ces années
ensemble. Existait-il de plus indubitable preuve ?
Quel parfait incrédule restait-il à convaincre ?

Lorsque Gilbert Damanti arriva comme une bombe
sur les deux danois, ceux-ci se disputaient âprement
le fruit de leur fouille hystérique – un mètre carré de
gazon volatilisé et un hortensia bleu battant de l'aile,
tel était le prix annoncé pour une espèce de paquet,
de la taille d'un beau rostbeef, apparemment solidement ficelé et emmailloté dans un linge presque
entièrement couvert de marques sombres.

« Tu as vu ça ? » gémit-elle, appuyée à la table,
robe troussée, reins cambrés, dans une position que
Marc affectionnait particulièrement.

Un frisson la traversa. Dans la seconde qui suivit
et devant la charge de leur maître, les deux stupides
et irascibles brutes à gueules noires abandonnèrent
leur butin et détalèrent au triple galop. Grimaçant de
colère, Gilbert Damanti ramassa la chose en vitesse.
Puis il glissa un œil soupçonneux alentour. Précaution qui ne manquait pas de drôlerie quand on songeait que le soleil, tel un immense projecteur, était
braqué sur lui.

« Je donnerais cher pour savoir ce qu'il y a dans ce paquet », grogna Marc.

Et elle, donc. Cette scène la fascinait. Son imagination bouillonnait. Marc faisait ce qu'il fallait mais le mystère qui s'installait sous l'œil écarquillé d'Édith – Gilbert D. qui remontait en toute hâte vers la maison, plié en deux, son horrible paquet sous le bras – l'empêchait de se consacrer entièrement à l'entreprise que menait avec méthode son ardent partenaire dont la boucle de ceinture tintinnabulait le plancher.

Quelle étrange matinée, se disait-elle. Sans même parler de la disparition d'Irène, de la résurrection de Joël, du mariage de David, etc. Les sons lui semblaient étouffés, l'extérieur plus lumineux que de coutume. Marc ne paraissait pas pressé, ce qui était heureux. Côté sexe, Marc avait toujours battu David d'un cheveu, l'affaire était entendue. Et un cheveu était un cheveu dans ce domaine. Un cheveu pouvait manquer et tout était par terre et c'était parfois le commencement de la fin qui s'annonçait.

Rêveuse, elle appuya sa joue contre le plateau de bois poli – dont la douceur l'enchantait chaque fois – et s'abandonna à cette atmosphère insolite où, au chant joyeux des fauvettes, se mêlaient les propos franchement orduriers de son insatiable compagnon. Marc avait toujours fait preuve d'imagination. David était différent. Dans un monde parfait, ce genre de chose n'aurait jamais pu exister.

Vers midi, Victor eut une longue conversation avec Olivier De Watt.

D'où il ressortit que tous les moyens étaient mis en œuvre pour retrouver Irène. Que tous les moyens étaient toujours mis en œuvre lorsqu'il s'agissait de retrouver une personne disparue. En théorie. Victor l'interrompit : « Est-ce que j'ai l'air d'un débutant, Olivier ? Est-ce que c'est *lui* qui vous envoie ? »

La décision ne fut pas facile. Elle aurait été différente s'il avait eu à la prendre quelques mois plus tôt, à un moment où il n'avait pas encore senti refleurir son désir pour Irène, où il ne l'avait pas encore considérée d'un regard neuf. Ils n'auraient eu aucun moyen de pression contre lui. Ils n'auraient même jamais osé lui mettre un tel marché entre les mains.

Mais, ce matin-là, il fut trop tard pour finasser. Il sentait son cœur battre. Depuis qu'Irène avait disparu, son cœur battait plus lourdement, pesait dans sa poitrine. Il ne lâchait pas son spray. Il n'avait plus toute la vie devant lui et donc ne pouvait plus s'embarrasser de considérations vaseuses lorsque ses relations avec Irène étaient en jeu, lorsqu'il s'agissait de reprendre place à ses côtés – car il n'en existait finalement aucune autre, il n'existait pas d'autre place, avait-il subitement conclu un beau jour de février, ayant eu une illumination en la voyant patiner avec David sur un lac des environs.

L'idée de sa propre mort l'anéantissait. Du temps qu'il lui restait. Après une courte hésitation, il donna son accord de principe.

Il n'aurait pas su dire à quel point cette maison semblait méconnaissable sans Irène, à quel point tout semblait factice.

Il raccompagna De Watt jusqu'à sa voiture, la tête basse.

Sitôt que celui-ci fit signe à son chauffeur de démarrer, Élisabeth Dorflinger se matérialisa au milieu d'un fourré avec une bombe antipucerons.

« Eh bien, mon pauvre ami, tu as une de ces têtes. Tu ne t'es donc pas couché ? »

En souvenir, sans doute, de leur lointaine liaison, elle adoptait assez souvent un comportement maternel avec lui – considérant qu'en toute justice la maladie de Pic dont souffrait son mari faisait d'elle une quasi-veuve, elle se sentait libre d'exercer son affection sur qui bon lui semblait, sinon cette vie, selon ses dires, vous vouait à périr infiniment d'ennui.

« Tu as la tête de quelqu'un qui n'est pas fier de lui, reprit-elle.

— J'ai la tête de quelqu'un qui est fatigué.

— Tu as une tête de Judas, oui. Une vraie tête de Judas

— Je suis mort d'inquiétude, Élisabeth. Il se peut que ça me donne un air... Je n'en sais rien. Je ne sais pas l'air que ça me donne. Je suis profondément angoissé.

— Il y a autre chose ?

— Comment ça, *il y a autre chose* ? Ça ne te semble pas suffisant ? Ça ne me permet pas de faire une drôle de tête ? C'est censé me donner un air détendu ? »

De Watt s'était engagé à remuer la ville de fond en comble. À mettre ses meilleurs hommes sur le coup, vingt-quatre heures sur vingt-quatre, à employer les chiens, à secouer tous les indics, les culs-de-jatte, les aveugles, à proposer une prime, à faire pour Irène ce qu'il ferait pour un membre de sa propre famille. Victor avait envie d'expliquer à Élisabeth que tout cela avait un prix. Tout le monde savait que ces choses-là avaient un prix. Tout le monde savait comment ça marchait. Alors à quoi bon user de la salive, se dit-il. À quoi bon se justifier.

« Au fait, je compte sur ta discrétion, Élisabeth. Tout le quartier n'a pas besoin d'être au courant. Essayons d'éviter ça. Je t'en serais reconnaissant.

— Charmant. Pour qui me prends-tu ? De toute façon, elle sera au journal du soir. »

Il leva la tête pour humer l'air. Il cligna des yeux dans le soleil, se frotta pensivement un coude. Puis il tourna les talons et s'éloigna vers sa maison en grimaçant. Une désagréable besogne l'attendait.

Lorsque de nouveau Irène ouvrit un œil, la camionnette cahotait, les amortisseurs grinçaient dans les ornières et des arbres, en ombres chinoises, défilaient derrière les sas d'aération translucides fixés dans le plafond. La lumière baissait, le ciel virait au pourpre foncé. Elle était secouée comme une poupée de chiffon. Le moteur du van ronflait. Elle souffrait d'une migraine épouvantable.

Lorsqu'elle prit conscience de ce qui lui arrivait, des larmes coulèrent sur ses joues. Des larmes coulèrent sur sa figure, sale et particulièrement enflée dans la région du nez. Ses poignets étaient liés. Au moyen de ses propres bas.

Où l'emmenait-on ? Où Roger l'emmenait-il ? Un

homme à qui elle s'était donnée sans retenue. Un homme dont elle s'était demandé comment elle ferait pour le revoir, et pourquoi pas avec lequel entretenir une liaison, rien de moins, étant donné la satisfaction qu'elle avait retirée de leur ébouriffante étreinte. Comment était-ce possible ? Comment l'agneau se changeait-il en loup ? Dieu la punissait-Il pour un vague adultère – Victor n'était plus qu'un vague mari – alors qu'elle pratiquait depuis toujours et finançait pour bonne part les divers et réguliers projets du père Joffrey – comme d'ailleurs la construction de cette salle de catéchisme *qui l'avait mise en relation* avec son kidnappeur ?

Mais s'Il avait eu l'intention de la punir, pourquoi lui aurait-Il accordé la joie de marier l'un de ses fils, de prendre cette fichue garce de vitesse avant qu'elle n'eût de nouveau semé la discorde et distillé le poison entre les deux frères ? Pourquoi la combler le matin si c'était pour la briser le soir ?

Il n'y avait pas d'ouverture entre l'avant et l'arrière de la camionnette, de sorte qu'Irène ne pouvait pas communiquer avec son chauffeur, ni même le voir, ni voir la route, et elle se remit à pleurer, mais toujours en silence. En même temps, elle devait lutter pour ne pas se laisser envahir par la terreur tandis que la nuit tombait.

Elle se força à s'asseoir car les outils rangés dans les râteliers menaçaient de dégringoler et de lui tomber sur la tête et certains étaient tranchants et luisaient dans la pénombre.

Elle ne pouvait pas respirer par le nez. Chose à peine croyable, elle se souvenait du craquement qui avait accompagné le coup. Une brindille de bois sec. Son nez était cassé. Autrement, aucune autre partie de son corps ne semblait souffrir.

Elle ne demandait qu'une chose : qu'il ne lui fasse pas de mal.

Le véhicule tanguait, dérapait sur les feuilles mortes, cognait contre les bosses. La tôle résonnait. À mesure que la nuit descendait, l'odeur de la forêt devenait de plus en plus forte.

L'exercice qui consistait à renfiler sa jupe – impossible de retrouver sa culotte noire dans la pénombre – avec les mains attachées, les pénibles contorsions occasionnées par cette manœuvre dérisoire, les bouffées d'angoisse, laissèrent Irène un instant à bout de souffle.

Curieux, comme un simple bout de tissu pouvait devenir important, tout à coup. Donner l'illusion.

Elle était en soutien-gorge, les cheveux défaits, et elle continuait à être secouée dans tous les sens. Puis elle se réfugia dans un angle. Au fond de quelle profonde forêt la conduisait-il ? Puis enfin ils s'arrêtèrent.

Le silence tomba. À présent, le ciel était sombre. Un hibou hulula. Une portière s'ouvrit, puis claqua. Elle entendait des pas. Ils contournaient le van. Puis ils s'arrêtèrent devant la porte.

Voilà le genre de situation dans laquelle on se retrouvait lorsqu'on était assez stupide pour penser que ces choses-là n'arrivaient qu'aux autres, se dit-elle.

La photocomposition de cet ouvrage
a été réalisée par
GRAPHIC HAINAUT
59163 Condé-sur-l'Escaut

Cet ouvrage a été imprimé par

FIRMIN DIDOT

GROUPE CPI

Mesnil-sur-l'Estrée

pour le compte des Éditions Julliard
24, avenue Marceau, 75008 Paris
en avril 2006

N° d'édition : 47223/02 - N° d'impression : 79368
Dépôt légal : mars 2006

Imprimé en France